自分の同類を愛した男

英国モダニズム短篇集

井伊順彦◇編・解説

井伊順彦 今村楯夫◇他訳

20世紀
英国モダニズム
小説集成

風濤社

目次

凡例　〔　〕は訳註、長いものは＊で各作品末にまとめた。

20世紀英国モダニズム小説集成

自分の同類を愛した男

英国モダニズム短篇集

H. G. ウェルズ

Herbert George Wells
1866-1946

イギリスの小説家、文明批評家。映画脚本も手がける。ジュール・ヴェルヌとともに「SFの父」と呼ばれる。前期は『タイムマシン』（一八九五）、『モロー博士の島』（一八九六）、『透明人間』（一八九七）などを物した。二十世紀に入ると、フェビアン社会主義に傾き、『キップス』（一九〇五）など文明批評色の濃い社会派小説を多く物すようになる。第一次世界大戦後には『世界文化史』（一九一九）など評論を著した。

ミス・ウィンチェルシーの心

ミス・ウィンチェルシー[*1]はローマへ行こうとしていた。ひと月以上も前からそのことで頭はいっぱいで、そんな想いがあふれ出した結果、ローマへ行くつもりのない人や、今後行きそうにもない人たちとの会話でも、話題に出しては相手の顰蹙《ひんしゅく》を買ったりしていた。ローマは言われるほど魅力的ではないと力説した者もいれば、「自分のご執心のローマ」にとんでもなく「のぼせあがって」いるなどと蔭口をたたく者もいた。可愛らしいリリー・ハードハーストが友達のビンズ氏に語ったところによると、ミス・ウィンチェルシーが「大好きな愛しのローマに行ったきり帰ってこなくても、わたし（リリー・ハードハースト）は全然悲しむまい」という。

ミス・ウィンチェルシーが、ホラティウスやベンヴェヌート・チェッリーニ[*2]、ラファエロ、シェリー[*3]、キーツに異常なほどの情熱をかたむける様子には、皆一様に驚いていた。シェリーの未亡人だったとしても、夫の墓にあれほどの興味は示さなかっただろう。旅行用に用意した服は細部にまで気を配っていて、実用的ではあるけれども「いかにも観光客」らしくならないようにしていた。ミス・ウィンチェルシーは「いかにも観光客」であるのが大嫌いだったのだ。ベデカー社の旅行ガイドブック[*4]の派手な赤い表紙には灰色のカバーをかけていた。チャリング・クロス駅〔ロンドン中心部のターミナル駅〕のプラットホームでは、内心得意満面だったのだが、つんと取り澄まして楽しげで可愛らしく見えた。

ついに素晴らしい一日が幕を開け、ローマへ旅立てるのだ。晴れていてドーバー海峡の船旅は快適なものになりそうだったし、すべての前兆がうまくいくことを暗示していた。この新しい旅立ちは最も気持ちのよい冒険の始まりであった。

この旅は教員養成大学時代の友達二人と一緒に行くことにしていた。二人はミス・ウィンチェルシーほど歴史や文学に通じていなかったが、感じが良く誠実な女性だった。身長としては見下す形になったが、二人ともとても彼女のことを尊敬していて、ミス・ウィンチェルシーは自分の美や歴史に関する情熱の高みにまで、友達を「目覚めさせる」時間を楽しみにしていた。二人は席を既に確保していて、客車のドアの前で歓びをほとばしらせるように出迎えた。顔を合わせるなり、ファニーがどことなく「観光客ふう」の革ひもをしていることや、ヘレンがサージのジャケットを着てしまい、しかもサイドポケットに両手を突っ込んでいることに、ミス・ウィンチェルシーは小言めいたことを口にした。しかし二人は自分に満足していたし、友との小旅行にわくわくしていたので、何も言い返さなかった。

再会してひとしきり大はしゃぎし、ファニーは落ち着きなく「すごーい！　ローマに行くのよ！　ローマに！」とうるさく何度も繰り返していたが、そのうち興味は他の旅行者へと移っていった。ヘレンは自分たちだけのコンパートメントを確保しようと、他の人が入り込んでこないように、外のステップで踏ん張っていた。ミス・ウィンチェルシーはプラットホームに群がっている人たちを肩越しに見てあれこれ茶化し、ファニーはけらけらと笑った。

三人はトマス・ガン氏の「ローマ十四日間一四ポンド」を売りにしているパックツアーの面々と一緒に旅をしていた。ミス・ウィンチェルシーがガイド役だったので、もちろん自分たちはガイド付き旅行ではなかったが、手配の面で便利だったため利用していた。ツアー客たちはとても奇妙で、素晴らしく面白い雑多な人間の集まりだった。霜降りのスーツを着て手足が長く、きびきびとした旅行ガイドは数ヶ国語を話し、顔をピンク色に染めて口やかましく、大声で説明をしていた。話したいときは、終わるまで大きな身振りでツアー客の注意を引きつけた。片手には客たちの書類や切符《チケット》や複本《パンフレット》を山ほど持っていた。

客は二種類に分けられるようだった。ガイドが話をしたいのに見つからない人たちと、話をする必要がないのにプラットホームを右へ左へぞろぞろと彼について回る人たちと。後者は、ガイドのそばにいるのがローマへの近道と思っているようだった。三人の小柄な老婦人がなかでも精力的に追いかけていたのだが、ついに相手を怒らせてしまい、ガイドは両手をパンパンと打ち鳴らして三人を客車に追いやると、また外に出てきた。列車が出るまでのあいだ、ガイドがそばを通るたびに、ひとつ、ふたつ、みっつと老婦人たちの頭が窓から出てきて、「大事な枝編みの旅行かばん」についてどうなっているのかと、かみつくようにたずねていた。光沢《つや》のある黒い服に身を包み、とてもどっしりした体つきの妻を伴った、これまたとてもかっぷくのいい男性もいたし、年をとった馬番さながらの小さな老人もいた。

「ああいう人たちは何をローマに求めているのかしら？」とミス・ウィンチェルシーは疑問を口にした。「ローマはどんな存在なのかしらね？」

　とても小さな麦わら帽子をかぶったのっぽの副牧師と、長いカメラの三脚を持っているせいで動きづらそうなちびの副牧師がいた。その対比がファニーにはとてもおかしかった。一度誰かが「スヌークス」[*5]と呼んでいるのを耳にした。

「ああいう名前って小説家が作り出したものだといつも思っていたけど」とミス・ウィンチェルシーは言った。「すごいわ！　スヌークスですって。だれがスヌークスさんかしら」

　ついに三人は、大柄のチェックのスーツを着た、がっしりとして毅然とした背の低い男性を選び出した。

「あのひとがスヌークスじゃなかったとしたら誰なの。絶対あの人よ」とミス・ウィンチェルシーは言った。

　やがてガイドは車両の角にいるヘレンが何やら企んでいることに気づいた。「あと五人」と指を広げながらガイドは声を張り上げた。四人グループの、母親、父親、そして二人の娘たちが入ってきた。みんなとても興奮している。

「大丈夫よ、かあちゃん。貸して」と、娘の一人が荷物置場に荷物を押し込もうと格闘し、ハンドバッグで母のボンネット〔あご下で紐を結ぶ婦人用帽子〕をボスンと叩いてしまった。

ミス・ウィンチェルシーは、やたらうるさくて母親のことを「かあちゃん」と呼ぶような人々を嫌悪していた。

一人旅の青年が後に続いてきた。そのいでたちには「いかにも観光客」なところは全くなかった。ミス・ウィンチェルシーがよく見てみると、そのグラッドストーンバッグ*6は、ルクセンブルクとオステンド〔ベルギー北西部の港湾都市〕の地名入りラベルが貼られた見栄えのする革製で、ブーツは茶色がかっているが趣味は悪くなかった。腕にはオーバーコートをかけていた。

五人全員が席に落ち着く前に検札があり、ドアはぴしゃりと閉められた。そしてほら！ 列車はチャリング・クロス駅からローマへと滑るように走りだした。

「すごいわあ！」ファニーが叫んだ「ねえ、ローマに向かっているのよ！ ローマに！ 今でも信じられない感じよ」

ミス・ウィンチェルシーはちょっと微笑《ほほえ》んでファニーの興奮を鎮め、「かあちゃん」と呼ばれた婦人は、駅でどうして「そんなに時間ぎりぎり」になったかを、誰を相手にするでもなく説明していた。二人の娘たちは「かあちゃん」と何度かがさつな様子で呼んで、うまく母親の声音を落とさせ、母親はしまいには旅行用バスケットの持ち物リストをブツブツ読み上げるにいたった。が、やがて顔を上げ、「いやだ！」と言った。「あれを持ってこなかった！」

すると二人の娘は「やだ、かあちゃん」と応じたが、「あれ」は結局出てこなかった。

まもなくファニーはヘア*7の『ローマを歩く』を取り出した。ローマを訪れる人たちにとても人気の、気軽に読めるガイドブックのようなものだ。娘二人の父親は、どうやら英語の意味を確認しながら回数券《クーポン》のつづりを丹念に調べ始めたようだった。長い時間をかけて切符をじっくり見て正しく並べると、それらを上下逆さまにした。そして万年筆を取り出し、とても慎重に日付をつけた。同乗者を控えめに眺めていた青年は、本を取り出して読み耽った。かわいそうなフランス皇后[*8]がかつて住んでいたチズルハースト〔ロンドン東南部の街〕で窓から外を眺めた。ヘレンとファニーはチズルハーストで、ファニーが興味を持った場所だ。

それをいい機会として、ミス・ウィンチェルシーは青年が持っている本をじっくり観察することができた。それはガイドブックではなく、製本された薄い詩集であった。顔をちらりと見ると、上品で感じが良かった。彼は金メッキのパンセネ〔鼻に固定する、つるのない眼鏡〕をかけていた。「皇后は今もあそこに住んでいると思う?」とファニーから問いかけられ、ミス・ウィンチェルシーの観察は終了となった。

その日の残りの旅の間、ミス・ウィンチェルシーはほとんどしゃべらず、会話を出来るだけ気持ちよく、感じよく印象づけられるようにしていた。その声はいつも低く、明晰で楽しげであったが、こういう場ではとりわけ低く、明晰で楽しげになるようにするのを良しとしていた。

ドーバーの白い崖にやってくると青年は詩の本を片付け、そしてついに列車が船の横で停まると、彼はミス・ウィンチェルシーと友達の荷物に対して下品にならない程度の手助けに積極性を見せた。ミス・ウィンチェルシーは「愚かな言動が嫌い」だったが、青年がすぐに自分たちをレディであると見抜き、大げさにふるまったりしないで手助けしてくれるのを見て満足した。そして素晴らしいことに、あなた方にもっとおせっかいをやきたいわけではありませんよ、というような礼儀正しさを青年は示した。

ミス・ウィンチェルシー一行は今までイギリスを出たことがなく、みんな興奮していて、英仏海峡を渡る時はそわそわしていた。青年がミス・ウィンチェルシーの旅行鞄を持ってきて、そこが船の中で一番良い場所だと教えてくれたので、三人は船の真ん中に近い場所で小さくまとまって立っていた。そしてアルビオン[*9]の白い沿岸が遠ざかるのを見てシェイクスピア作品の一節[*10]を引用し、イギリス式に旅の仲間たちをこっそり笑いの種にしていた。

大柄な人たちが船酔いを嫌がり、酔い止めに前もっておこなうことを見て、一行はおもしろがった――切ったレモンとフラスコに入れたウィスキーが大活躍だから。一人のご婦人は顔にハンカチをかけてデッキチェアに大の字に横たわっていた。「いかにも観光客」ふうの明るい茶色のスーツを着た、かなりでっぷりして堂々とした男性はイギリスからフランスへ行く間ずっと、生まれ持っての足が許す限りの大股でデッキを行ったり来たりしていた。これらはすべて完璧な船酔い対策だったので、誰も気分が悪くなるようなことはなかった。

ツアー客たちはガイドに何だかんだと尋ねながら、ついに彼が下へ退散するまでデッキを追いかけ回していた。その様子を見てヘレンは、ベーコンの皮を突っつき回す雌鶏たちといった品性下劣なイメージを抱いた。薄い詩集を持った青年は船尾に一人さびしく立ち、イギリスが離れて行くのを物悲しく見ているように、ミス・ウィンチェルシーの目には映った。

カレー〔ドーバー海峡対岸のフランスの港町〕に着いて、ごちゃごちゃと物珍しい景色が目の前に広がったが、青年はミス・ウィンチェルシーの旅行鞄や他のこまごましたものを持つのを忘れなかった。三人は全員、フランス語による入国審査をなんとか通ったものの、自分たちのアクセントのひどさにうちのめされた。この点でも青年はとても役に立った。青年は一行におせっかいをやいたりはしなかった。三人を居心地の良い車両に案内して帽子を取って挨拶し、去って行った。ミス・ウィンチェルシーは出来る限り感じ良く上品にお礼を言い、ファニーはもう少しで彼に聞こえなくなるというところで「いい人ね」と褒めた。

「何をしている人なのかしら」とヘレンが言った。

「イタリアに行く予定みたいよ。持っていた本に緑色の切符がはさんであったから」ミス・ウィンチェルシーは例の詩集のことを二人に教えようかと思ったが、やめておこうと決めた。

やがて車窓の光景に夢中になり、青年の存在は忘れられた。三人はいかにもフランス語といったフランス語で書かれた看板がたくさんある中を旅することで、教養が深まったような気分になっていた。この国はイギリスよりもいいじゃないのと、ミス・ウィンチェルシーは思った。自分たちの国と違って、風景を隠す大きな看板などがなく、線路脇には草のからまった小さな標識があるのみだったからだ。

しかし、フランス北部は本当につまらない田舎で、しばらくするとファニーはヘアの『ローマ……』を再び手に取り、ヘレンはいち早くランチに取りかかった。一方ミス・ウィンチェルシーは楽しい空想から目覚めた。つまり、今ついにローマに向かっているのだと実感しようとしていたのだが、ヘレンの率先垂範でお腹がすいていることに気づいたわけだ。三人はバスケットからランチを取り出し、いとも楽しく食べた。午後には疲れてしまい、ヘレンがお茶を入れるまで静かだった。

ミス・ウィンチェルシーはうたた寝をしていたかもしれない。覚えているのはファニーが口を開けて寝ていたことくらいだ。同じ車両には、フランス語が話せる、とても上品で厳めしく見える年齢不詳の婦人二名が乗っており、ミス・ウィンチェルシーはファニーを起こすことに心を砕いた。列車の揺れはうるさいほどになり、窓の外を風景が流れて行くようすを見ているうちに、目が痛くなってきた。当夜の停車場に着く頃には、三人はもう旅なんかうんざりという気になった。

当夜の滞在は青年の登場のおかげで雰囲気が明るくなった。彼のふるまいは好ましかったし、達者なフランス語はとても役に立った。青年のクーポンは三人と同じホテルを選べ、しかも偶然だろうか、ホテルの食事では青年はミス・ウィンチェルシーの隣に坐った。

ローマのことで胸がわくわくはしていたが、ミス・ウィンチェルシーは青年のそんな行動に関するいくつかの可能性をじっくり考えた。スープと魚料理を摂り終えた青年が、思い切ったように旅の単調さを口にすると、ミス・ウィンチェルシーはそれにただ同意するのではなく、別の言い方で応じた。やがて二人は自分たちの旅の行程を比べはじめ、ヘレンとファニーはかわいそうにその会話から取り残された。

比較の結果、互いに旅程が同じだと分かった。フィレンツェで美術館巡りのために一日をかけようとしていて、「聞いたところによると」と青年が言いだした。「どうしても一日はかかるそうです」

残りの日程はローマだった。青年はいかにも楽しげにローマについて語った。大変な読書家で、ソーラクテ山についてのホラティウスの詩[11]を引用したりした。ミス・ウィンチェルシーは大学入試のためにホラティウスのその書物に「目を通して」おり、その引用を理解できたのが愉快だった。この出来事は状況にちょっとした彩りを与えた——単なるおしゃべりの中にわずかな教養を。ファニーはいくらか自分の気持ちを話し、ヘレンは気の利いた言葉を二、三差し挟んだが、女性陣の会話の大部分は当然ながらミス・ウィンチェルシーが担った。

ローマに着く頃には、青年はなんとなくグループの一員となっていた。名前も職業も不詳だが、どうやら教師をしているようで、ミス・ウィンチェルシーは大学の公開講座の講師ではないかとにらんでいた。いずれにしてもそういう職種であり、贅沢だったりとんでもないことをしたりする人ではなく、洗練された紳士であった。

ミス・ウィンチェルシーは一、二度、オックスフォード大学かケンブリッジ大学を出ているかを突き止めようとしたが、彼はその遠回しな質問には反応しなかった。ミス・ウィンチェルシーは、大学について「地元に残る」ではなく「上京する」と表現するかどうか知ろうと、彼に発言させようとした。これがいかに学舎出身かどうかを示すか知っていたのだ。青年はごく当たり前のように「学舎《ヴァーシティ》」[12]という言葉を使っていた。「大学《ユニヴァーシティ》」ではなく。

時間が許す限り、ラスキン[13]が案内するフィレンツェを一行は観光した。青年は三人とピッティ美術館で会い、楽しくおしゃべりをしながら一緒に見て回った。どうやら彼女たちに認めてもらっているのがとても嬉しいようだ。青年は美術に通じていて、四人とも全員が午前のひとときをおおいに楽しんだ。評価の定まっている作品の価値を再認識したり、新しい作品に価値を発見したりするのは、なんとも快かった。ベデカー・ガイドブックを調べまくっても、なかなか目的地に行けない人もたくさんいるのだから。

ミス・ウィンチェルシーいわく、青年はちっとも学者ぶらなかった。ミス・ウィンチェルシーは知識をひけらかす人間が大嫌いだった。彼は深みのあるユーモアの持ち主で、例えば、ベアト・アンジェリコ[*14]の古風な趣の作品を下品にならない程度に冷やかしていた。ユーモアの下層にいこじなほどの生真面目さを具《そな》えており、絵画の教訓を素早くとらえていた。

ファニーは名画の間をゆっくり歩いた。「絵画の価値なんてほとんど知らない」ことを自認していて、「どれもこれも綺麗」に見えるわと告白した。

ファニーって、どの絵を観てもだいたい「綺麗」としか言わないわね、とミス・ウィンチェルシーは思った。明るい日を浴びた高山《アルプ》を描いた最後の絵のところに来た時にはほっとした。ファニーの早口で単調な賞讃の弁が途切れたからだ。ヘレンはほとんど口を開かなかったが、彼女が昔の美術に関する知識に欠けていることは、ミス・ウィンチェルシーも以前から知っており、べつに驚かなかった。ヘレンは青年の遠慮がちで微妙な冗談に笑うこともあれば、そうでないこともあった。ときおり他の見物者たちの服装の方に注意が向き、美術には気が回らなくなったようなことも再三ならずあった。

ローマでは青年は折に触れて三人と行動を共にした。そしてときどき、「いかにも観光客」ふうな友人に連れ回されていた。青年はミス・ウィンチェルシーに、「ローマにはたった二週間しかいられないんですよ」と、おどけながら不満をもらした。「友達のレナードが、ティヴォリ〔ローマの東北、ローマ時代からの保養地〕で滝を見るのに、まるまる一日かけたいそうでして」

「お友達のレナードさんは何をなさっている方なの？」とミス・ウィンチェルシーは出し抜けに聞いた。

「僕が今まで会った中で一番熱心な徒歩旅行者です」と青年は答えた。

面白おかしく言ってはいるけど答えにはなっていないわ、とミス・ウィンチェルシーは思った。

四人は楽しい時間を過ごした。青年がいなかったら、自分たちは何をすれば良いのか分からなかっただろうとファニーは思った。ミス・ウィンチェルシーの興味とファニーの絶讃ぶりはとどまることを知らなかった。二人の情熱は衰えない——美術館の絵画や彫刻、人であふれた巨大な教会、遺跡や博物館、セイヨウズオウの木やウチワサボテン、ワインカートや宮殿などを通じて、二人はローマをしきりに褒め称えた。カサマツやユーカリは見なかったが、話題に出して感心したし、ソーラクテ山はちらりとも見ることはなかったが、興奮気味に話した。ありきたりの旅の行程は、想像力に富んだ遊びで素晴らしいものとなっていた。

「ここをカエサルが歩いたのかしら」と互いに言い合ったりした。「ラファエロがまさにここからソーラクテ山[*15]を見たかもしれないわね」などと。

四人はビブルスの墓石を偶然見つけた。

「ビブルスだ」と青年は言った。

「共和制ローマの一番古い記念碑ね」とミス・ウィンチェルシーも応えた。

「私ってひどい馬鹿ね」とファニーは言った。「ビブルスって誰？」

奇妙な沈黙が少しの間生まれた。

「城壁を造った人じゃなかった？」とヘレンが言った。

青年はヘレンをちらっと見て笑った。「それはバルブス[*16]ですね」

ヘレンは顔を赤らめたが、青年もミス・ウィンチェルシーも、ファニーがビブルスを何も知らないことについては黙殺した。

ヘレンは他の三人よりもともと口数が少ない方だったが、それからはずっと黙ってしまった。たいていヘレンは路面電車《トラム》の切符とかそういったものに注意を払っているか、青年がそれを取り出すのかどうかに気を配り、必要あらばどこにあるかを教えたりした。

若者たちは、かつては世界の中心で思い出の詰まった、薄茶色の美しい町で楽しい時間を過ごした。唯一残念なのは時間がないことだった。電動トラムや一八七〇年代の建物や、フォロ・ロマーノ〔古代ローマ時代の遺跡〕にギラギラと光を浴びせているけしからん広告のせいで、言い表せないくらいに一行の美意識が侵されていた。しかし、そういう事物は楽しみの一部にすぎなかった。実際にローマは素晴らしいところで、ミス・ウィンチェルシーは事前に調べた見るべきいくつかを忘れていたし、ヘレンは思いがけないものの美しさを認めたりした。しかし、他のイギリス人観光客に対して、ミス・ウィンチェルシーがあからさまな反感を示していなければ、きっとファニーとヘレンは喜んでスペイン広場の店のショーウィンドウとかそういったものを覗いていただろう。

ミス・ウィンチェルシーと学識高い青年の知的かつ美術を介した友情はほんのわずかに、より深い感情へと変わっていった。元気いっぱいのファニーは、二人の小難しい称讃に自分もついていこうとけんめいだった。活き活きと「綺麗」だわと口にしたり、新しい場所に興味が向けられると自分もいかにも面白そうに「まあ！　そこへ行きましょう」と言ったりして。一方、ヘレンはというと、旅の終わりに近づくにつれて明らかに共感することがなくなり、おかげでミス・ウィンチェルシーは少しがっかりした。ヘレンはバルベリーニ美術館のベアトリーチェ・チェンチ[*17]の顔に「何かを見て取る」ことを嫌がった。シェリーが着想を得たあのベアトリーチェ・チェンチなのに！

ある日、一行が電動トラムのことをぶつぶつ言っていると、ヘレンはぶっきらぼうに「みんなどうにかして移動しなくちゃいけないのよ。あの嫌らしい小さな丘をふうふう言いながら馬で登るより良いじゃない」と言った。彼女はローマの七丘〔テベレ川東岸の七丘〕のことを「嫌らしい小さな丘」と言ったのだ！

パラティヌス丘に行った日、ミス・ウィンチェルシーは知らなかったのだが、ヘレンが突然ファニーに言った。

「そんなに急がないでよ。あの人たちは私たちに追いついてほしくないのよ。近くに行ったってあの人たちが期待するようなことを私たちは言えないんだから」

「追いつこうとなんてしてないわ」ファニーはやたらと早かった歩調を緩めながら言った。「そんなことしてないわよ」しばらくの間、彼女は息を切らしていた。

一方、ミス・ウィンチェルシーは幸せの中にいた。のちに突如として訪れたある悲劇を振り返ったとき、イトスギが遺跡に影を落とすなかをゆっくり歩いたり、人間の精神が持てる最高級の知識や、伝えられる限りで最も洗練された感情のやりとりをしたことに、初めて自分がいかに幸せだったかに気づいた。ある感情がおおっぴらに、快く暖まりながら、そっと二人の交流の中に忍び込んでくると、ヘレンの当世風の物腰は次第に影をひそめていった。

二人の興味は自分たちの驚くような類似性から、もっと親密で個人的なものへといつのまにか変わっていった。ためらいがちに、個人的なことが話題に上った。ミス・ウィンチェルシーは学校のこと、教員試験の合格のこと、「詰め込み勉強」の日々が終わったことの嬉しさなどをひかえめに語った。青年は自分も教師であることをはっきり口にした。二人は自分たちの天職の重要さ、厄介で些細な事柄を切り抜けるには同情が必要であること、ときどき感じる例の孤独感などを語り合った。

そんな話ができた場所はコロッセオだった。この日、二人が話せたのはそこまでだ。ヘレンがファニーを連れて引き返してきたからだ――ヘレンはファニーをコロッセオのかつての天井桟敷へ連れていったのだった。ミス・ウィンチェルシーのひそかな空想は、すでにかなりはっきりとしたかたちになっていたのだが、今やこのうえなく現実的なものとなった。つまり、その感じの良い青年が、一番生徒のためになるようにと教えている様子や、自分が知的なパートナーとして、助手として活躍しているところを想像した。ミス・ウィンチェルシーは洗練された小さな家を思い浮かべた。そこには書き物机が二つあって、一流の本やロセッティ[*18]、バーン＝ジョーンズ[*19]の絵画の複製《レプリカ》が並ぶ白い本棚、モリス[*20]の壁紙や銅箔の植木鉢に入った花などがあった。本当に、ミス・ウィンチェルシーはたくさんのことを思い描いた。

　ピンチョの丘で二人は大切な時間を一緒に過ごしていた。ヘレンがムーロ・トルト〔ピンチョの丘の下に走る城壁〕を見に、ファニーを引き連れて去って行くなり、青年は率直に語った。この友情が始まったばかりだと思いたいし、あなたと同伴するのは自分にとって大切なことだ、いやむしろそれ以上のことなのだと。

　青年は神経質になって、まるで自分の感情が二人の関係を不安定にさせていると思っているかのように、震える指で眼鏡を押し上げた。

「もちろん」と彼は言った。「自分について話すべきですよね。こうやってあなたにとても妙な話をしているのは分かっています。ただ僕たちの出会いはとても偶然で……つまり幸運で……僕はそれに飛びついているのです。一人旅のつもりでローマに来ましたが……とても幸せで、幸せで。つい最近、自分がある状態にあることに気づいたのです……思い切って考えてみたのです……そして……」

　青年は肩越しにちらりと後ろを見て立ち止まった。「くそ！」と、かなりはっきりと言ったが、ミス・ウィンチェルシーは汚い言葉を吐くというそのしくじりを咎めなかった。振り返ると、青年の友人のレナードがこちらに近づいてくるのが見えた。レナードは側に来て、ミス・ウィンチェルシーに帽子を取って挨拶をした。ニヤッと笑ったようにも見えた。

「あっちこっち君を探していたんだよ、スヌークス」と彼は言った。「三十分前に広場の階段にいるって約束したじゃないか」

スヌークス！　その名前は、顔面へのパンチのようにミス・ウィンチェルシーを打ちのめした。青年の受け答えは耳に入ってこなかった。レナードはわたしのことをぼんやりとした女だと思ったに違いないとそれからしばらくして振り返った。この日、レナードに紹介されたかどうか、何を話したかどうかも定かではない。ある種の麻痺状態に襲われたのだ。すべては嫌な名前、スヌークスのせいで！

ヘレンとファニーが戻ってきて、礼儀正しく挨拶を交わし、青年たちは去って行った。ミス・ウィンチェルシーは大変な努力をして自分の気持ちを抑え、友達の好奇の目に立ち向かった。その午後ずっと、「スヌークス」が心に重くのしかかっていて、おしゃべりをしたり観光したりしながら、あの名前の、言葉では言い尽くせない侮辱を感じながら、悲劇のヒロインとして過ごした。初めてあの名が耳に入ったその瞬間から、幸せな夢は消えてなくなってしまった。思い描いていた青年の上品さは、あの名字の情け容赦のない下品さのためにすべて粉々にされ、台無しになってしまった。

絵画のレプリカやモリスの壁紙、書き物机があったとしても、今やそのセンスの良い小さな家に何の意味があるだろうか？　その上にはあり得ない焼き印が押されているのだ。「スヌークス夫人」と。それは読者には些細なことのように思われるかもしれない。しかし、ミス・ウィンチェルシーの気質である繊細な上品さを考えていただきたい。このうえなく上品だと自負している人間が、「スヌークス」と自分で書くところを考えてごらんなさい。ミス・ウィンチェルシーは嫌っている人々からスヌークス夫人と呼ばれるところを想像し、なんとなく人を蔑んだ気味のあるその名字を思い浮かべた。あのキューピッドの矢で「ウィンチェルシー」の名がこれ見よがしに消され、「スヌークス」の名が残っている銀白色の招待状を彼女は思い描いた。

品位を下げて愛に屈するなんて、女性の弱さの告白だ！　ある女友達や、自分の高い教養のせいで疎遠になって久しい食料雑貨店のいとこたちのひどいお祭り騒ぎを想像した。嫌みな祝辞の入った封筒に、でかでかと書かれるのだ。青年の愉快な仲間たちがその穴を埋めてくれるだろうか？

「ありえないわ」と彼女はつぶやいた。「ありえないわよ！　スヌークスだなんて！」

申し訳ないとは思ったが、自分をかわいそうに思う気持ちの方が強かった。むしろ彼に少し怒りを感じていた。ずっと「スヌークス」だったのに、とても感じよく教養がありそうに振る舞って、その名字に刻まれた卑劣さを紳士的な態度に隠していたのは、ある種の裏切りのように思えた。感情的な言葉で言えば、あの男は自分を「はめた」のだと思った。

もちろんひどい逡巡の瞬間があった。熱情のようなものが、その上品さをかなぐり捨ててしまえ、と命じた時も。心の中に何かがあった。スヌークスはそんなに悪い名前ではないのだ、と無理に努力して考えてみようという、ミス・ウィンチェルシーの中のまだ削られていない低俗さの名残りが。ふわふわとしたためらいがファニーの態度ににじんでいた。その時のファニーは、自分も恐ろしいことを知っているというような悲劇的な雰囲気を漂わせていた。「スヌークス」と言う時、ファニーはささやき声になった。ボルゲーゼ公園で彼とともに過ごす時間を少し持てた時、ミス・ウィンチェルシーは、彼の気持ちに何も応えようとしなかった。短い手紙を渡すと約束はしたけれど。

ミス・ウィンチェルシーは青年に借りていた小さな詩集に手紙を挟んで渡した。その本は二人が親密になったきっかけを生んでくれたものだった。彼女の断りの言葉は曖昧で、遠回しだった。受け入れられない理由としては、青年の背中のこぶという障害を挙げるのみだった。青年も自分の名前の持つ、言い表せない性質について何か感じているはずだった。実際、それについて話す機会はたくさんあったのに、それを避けてきたのだとミス・ウィンチェルシーは考えていた。だから、「明かすことの出来ない障害」について伝えた――彼が望むことがなぜ不可能なのかの理由を。彼女は手を震わせながら「E・K・スヌークス」と宛名を記して。

事態は恐れていたよりも悪くなっていた。彼が説明を求めてきたのだ。いったいどうやって説明出来るというのか。ローマでの最後の二日間はひどいものだった。彼が驚き混乱している様子に、ミス・ウィンチェルシーは悩まされた。今まで相手に期待させるようなふるまいをしていたことが分かっていたし、自分の気持ちを引き立たせるぐらいまで、徹底して自分の気持ちを考えてみようという勇気はなかった。なんときまぐれな女だと思われているに違いない。今や気持ちはなえきってしまっていて、「よろしければ」と文通をほのめかされていることに気づきもしなかった。しかし、すぐに彼は細やかで芝居がかっているかに見えるようなことをした。ファニーを橋渡し役に仕立てたのだ。ファニーは秘密を守れず、その晩やってきて、助言をしてほしいと、すぐ見破られる言い訳をした。

「スヌークスさんがね」とファニーは言った。「私に手紙を書きたいのですって。すごく驚いたわ！　どうしたらいいか分からなかったの。書かせてもいいかしら？」

しばらく真剣に話をしたが、ミス・ウィンチェルシーは注意深く自分の気持ちを隠し続けた。スヌークスの遠回しの求婚を無視したことを早くも悔いていた。ときどきならあの人のうわさを聞かされてもいいじゃないか――その名前が自分にとっては苦痛ではあるけれども。ミス・ウィンチェルシーは、手紙ぐらいいいじゃないの、と答えた。ファニーはいつもとは違うぐらい熱をこめておやすみなさいのキスをした。

ファニーが行ってしまうと、ミス・ウィンチェルシーは小さな部屋の窓辺で長いこと坐っていた。月が輝き、下の通りでは一人の男が心を解きほぐすようにやさしい声で「サンタ・ルチア」を歌っている……ミス・ウィンチェルシーは身じろぎもせずに坐っていた。

ある言葉がミス・ウィンチェルシーの口からそっと漏れ聞こえた。その言葉とは「スヌークス」だった。彼女は深いため息をついて立ち上がり、ベッドへ向かった。

次の日の朝、青年は意味ありげに言った。「あなたのおうわさを、ご友人を通して聞くことになりますね」

感傷的で何か言いたげな戸惑いの色を顔に浮かべながら、スヌークス氏は女性陣をローマから見送った。ヘレンが目をひからせていなかったら、ある種の学識が詰まった思い出の品として、ミス・ウィンチェルシーの旅行用鞄を手に持ち続けていただろう。イギリスに帰る道中、ミス・

ウィンチェルシーは六回にわたり、ファニーに長い手紙を書くように約束させた。ファニーはどうやら、スヌークス氏の極めて近くにいることになるようだった。新しい学校――彼女はいつも新しい学校へ行くのだ――はスティーリー・バンクからたった八キロしか離れておらず、スヌークス氏が教鞭をとっていたのはスティーリー・バンク・ポリテクニック[*21]のなかの一、二校の一流学校だった。きっと折に触れてファニーと会うことになるだろう。

彼についてはあまり話せなかった。ファニーとはいつも「彼」と呼び合い、スヌークスさんとは言わなかった。なぜならヘレンがスヌークスについて冷たい物の言い方をする傾向があったためだ。ヘレンの性格は、昔の教員養成大学の時から少しも変わっていない、とミス・ウィンチェルシーは気づいた。無情で皮肉屋なのだ。ヘレンは、スヌークスが意志の弱い顔をしていると考えていた。彼女のような気質の人間にはよくあることだが、上品さを弱さだと勘違いしていた。青年の名前がスヌークスだと聞いた時、そういうことは予感していた、とヘレンは言った。ミス・ウィンチェルシーはその後、自分の気持ちを傷つけないように気をつけたが、ファニーにはそんな配慮は欠けていた。

二人はロンドンで別れ、ミス・ウィンチェルシーは気分を新たにわくわくしながら、ここ三年間、ますます有能な助手として活躍している女子高での生活へと戻っていった。今の新しい関心事は、帰国して二週間しないうちにとても長い説明的な手紙を書くようにと指示をした文通相手のファニーだった。ファニーはとても期待はずれの応答をした。彼女は確かに文学的才能はなかったのだが、ミス・ウィンチェルシーにとっては、友達に才能がないことを残念に思っていると自覚したことが新鮮だった。ファニーの手紙は心おきなく一人になれる書斎で辛辣な批判の対象となった。辛辣な批判というのはこうだ。「くだらない！」

　そこには、ミス・ウィンチェルシーが出した手紙の中にたくさん書かれていたこと、特に学校のこまごましたことについて書かれていた。スヌークス氏についてはたったこれだけだ。

「スヌークスさんがお手紙をくれて、二週間続けて土曜の午後に会いにきてくれたの。ローマとあなたのことが話題になったわ。私たち二人ともあなたのことを話していたのよ。あなたったらきっとくしゃみをしていたでしょうね……」

　ミス・ウィンチェルシーはもっとわかりやすい情報を要求したいという気持ちをこらえて、もう一度優しく長い手紙を書いた。

「あなたに起こったことを全部教えてちょうだい。あの旅のおかげで私たちは旧交を温めることができたし、今後もずっとあなたと連絡を取っていきたいの」

　スヌークス氏については、ただ五ページ目にあなたがあの方とお話ししていて、わたしも嬉しいということと、もしわたしの様子を尋ねてきたなら、くれぐれも（と強調して）よろしく言っておいてね、と書いた。そしてファニーは鈍感にも「旧交」どおりの調子で返事を書いてきて、ミス・ウィンチェルシーに教員養成大学時代の日々の数々の愚かな出来事を思い出させ、なおかつスヌークス氏については一言も書いてこなかったのだ！

　約一週間、ミス・ウィンチェルシーは橋渡し役としてのファニーの失敗に対する憤りのせいで、手紙を書くことができなかった。その後、感情的にならないように手紙を書き、その中で率直に

た。
「スヌークスさんとは会ったの？」と聞いた。ファニーの返事は思いのほか満足のいくものだった。
「お会いしたわ」と書いてきて、一度スヌークスの名前を出すと、彼について繰り返し書いた。すべてがスヌークスに関する話題だった。スヌークスがどうした、スヌークスがこうしたと。彼は公開講座をする予定なの、とファニーは他の話の途中で伝えてきた。しかしミス・ウィンチェルシーは最初こそ満足したものの、いや、こんな手紙じゃまだ不満だと思った。ファニーはスヌークス氏がミス・ウィンチェルシーについて何か話したとか、しょげたり疲れきっているようだとかを報告していなかった。きっとそのはずなのに。するとほら！　返事を出す前に、ゆるゆるとした女性らしい筆跡で書かれた、六枚にも渡って同じような内容のやたらと感情にまかせた二通目の手紙がファニーから届いた。

そしてこの二通目の手紙は、ミス・ウィンチェルシーが三回読まないと分からないような、かなり奇妙で些細なものだった。ファニーの生まれながらの女性らしさは、教員養成大学で学んだ円熟していて明確な伝統をしのいでいた。ファニーは生まれながらの「女性という生き物」であり、mとnとuとrとeの文字をすべて同じように書き、oとaについては上部を閉じず、iには点をつけなかった。なので、念入りに文字と文字を見比べた後ようやく、スヌークス氏が実は「スヌークス（Snooks）」ではなかったということを確信したのであった。

ファニーが夢中で述べ立てていた最初の手紙では、彼は「スヌークス」氏だった。しかし二通目では綴りが「セノックス（Senoks）」氏に変わっていた。ミス・ウィンチェルシーの手はページをめくるたびに喜びに震えていた。それだけ重要なことだったのだ。既にスヌークス氏の名前を必要以上に避けてきたのかもしれないと、ミス・ウィンチェルシーは思い始めていた。そして突然――この可能性！　六枚ある手紙をひっくり返し、その大事な名前をすべて見てみた。そしてすべて、Ｓのあとの最初の文字はｅの形をしていたのだ！　ミス・ウィンチェルシーはしばらく胸に手をあてて部屋を歩き回った。

この変化をじっと考え、すぐにこれにふさわしい質問は何だろうかと慎重に頭を働かせ、返事が来たらどういう行動を取るべきかあれこれ思いめぐらせて、ミス・ウィンチェルシーは丸一日を過ごした。もしこの変化した綴りがファニーの愚かな気まぐれでなければ、スヌークス氏にすぐに手紙を書こうと決めた。今やつまらない上品ぶった態度の問題なんか、どうでもいい段階に達した。言い訳はまだ考えつかなかったが、手紙に書くことははっきり頭の中にあった。「私たちが一緒にお話ししてから、私の生活環境はとても大きく変わりました」というほのめかしすらも。しかし、ミス・ウィンチェルシーが実際にそのほのめかしを伝えることはなかった。ファニーの思い出したような三通目の手紙が届いたのだ。その最初の文で、ファニーは「この世の誰よりも幸せ」と宣言していた。

ミス・ウィンチェルシーは手紙をグシャリと握りつぶした。残りは読まずに。そして突然能面のような顔になり、じっと坐り込んでいた。手紙は午前中の授業が始まる間際に受け取っていたが、出来の良い生徒たちが数学の計算をしている時に開き、やがて落ち着きはらっているようなふりをしながら再び読み始めた。最初のページから三枚目まで、書き誤りも気にせず文字を追い続けた。

「あなたの名前は好きじゃないと正直に言ったの」というのが、三枚目の書き出しだった。「あの人はぼくも好きじゃないと言ったわ。あなたもご存知の例の率直な言い方でね」もちろんミス・ウィンチェルシーは知っていた。

「だから私、言ったわ。『変えられないの？』って。あの人、最初はそんなこと考えていなかったの。それでね、本当の意味を教えてくれたわ。元はセヴンオークス*22（Sevenoaks）で、それがスヌークスになっただけなんですって。スヌークスもノークスもすごく下品な名字だけど、本当にセヴンオークスが長い間使っているうちに変わっていった形だったのよ。だから言ったの。すぐに良い考えが浮かんでね。『セヴンオークスからスヌークスになったのなら、スヌークスからセヴンオークスに戻したらどう？』って。でね、彼は私を拒否できなくて、その場ですぐに新しい講義の掲示の綴りをセノックスに変えたの。これからは、私たちが結婚したら、アポストロフィを入れてセ・ノックス（Se'noks）にするつもり。たいていの男の人は腹を立てるでしょうに、私の思いつきに従ってくれるなんて、優しいと思わない？　でも彼って本当にそうなのよね。頭がいいし優しいの。もし彼が実際より十倍スヌークスだったとしても、私が彼とつき合うって、彼も私と同じくらい、分かっていたから。彼はとにかくやってのけてくれたのよ」

　憎々しげに紙が引き裂かれた音にびっくりして、クラスの生徒たちが顔を上げると、ミス・ウィンチェルシーは顔面蒼白になっていて、とても小さくなった紙の破片が手に握られていた。数秒間、生徒たちが見つめていると、ミス・ウィンチェルシーの話し方はより親しみやすいものへと戻っていた。
「誰か三番はできましたか?」と落ち着いた口調で尋ね、その後は冷静さを保っていた。が、その日の課題は難しかった。そしてしかるべきお祝いの表現を思いつくまで、ミス・ウィンチェルシーはファニーに手紙を書くのに四苦八苦し、結局は二晩を費やした。ミス・ウィンチェルシーの理性は、ファニーがひどい裏切り行為をしたという確信に対して、勝利の見込みなき戦いを繰り広げた。

このうえなく優雅な人でも、身も世もなく嘆き暮らすこともありえよう。確かにミス・ウィンチェルシーは身も世もなく嘆き暮らした。日頃から異性には一種の敵対意識を抱いており、男性について手厳しく一般論を語っていた。

「私のことなんか忘れてしまったのだわ」とつぶやいた。「でもファニーは女の子らしくて可愛らしいし、物腰が柔らかくておばかさんだわ。男の人にとってはまさに完璧な結婚相手ね」

そして結婚祝いとして、ファニーに上品な装丁のジョージ・メレディス[*23]の詩集を送ると、ファニーは「どれもこれも綺麗」だったとひどく浮かれた手紙を返してきた。ミス・ウィンチェルシーは、いつかセ・ノックス氏がその薄っぺらな本を手に取り、贈った人のことを一瞬でも思い出してくれるように祈った。ファニーは結婚前後、お気に入りの「旧交」伝説を続けようと、そして細かいことも全部話して自分の幸せを届けようと、何度か手紙を寄越してきた。ミス・ウィンチェルシーはローマ旅行の後初めてヘレンに手紙を書き、結婚については何も言わず、厚い友情を伝えた。

ファニーたちはイースターをローマで過ごし、ファニーは八月の休暇中に結婚した。ミス・ウィンチェルシーにくだくだしい手紙を送ってきて、帰宅のことや、自分たちの「ちっちゃなちっちゃな」家のびっくりするような準備について述べた。ミス・ウィンチェルシーの記憶の中で、セ・ノックス氏は今や実像とは不釣り合いなほど上品なイメージの人物になってきており、「ちっちゃなちっちゃな」家での彼の教養ある立派な様子を想像しようとしたがダメだった。「いごこちよい部屋の隅をエナメル加工するのに忙しくって」と、三枚目の最後にのたくった字でファニーは書いてきた。「だからもう少しごめんなさいね」

ミス・ウィンチェルシーは、とことん表現を工夫しながら返事をしたためた。ファニーの準備を穏やかにからかった。この返信がセ・ノックス氏の目に触れてほしいと願った。この願いがあるゆえに、ミス・ウィンチェルシーはその手紙だけではなく、十一月にもクリスマスにも手紙を書く気になれた。

二通の手紙には、クリスマス休暇中にスティーリー・バンクにぜひ来てという誘いも含まれていた。彼のほうがファニーに誘ってくれと頼んでいるのだと、ミス・ウィンチェルシーは考えようとしたが、それはあふれんばかりに気立ての良いファニーが、いかにもやりそうなことだった。彼が今頃自分の馬鹿な間違いにうんざりしているに違いないと、ミス・ウィンチェルシーは信じずにはいられなかった。また、彼が「親愛なる友へ」で始まる手紙をやがて書いてくれるだろうという確信のようなものを抱いた。別れの時の、言葉にできないほど悲嘆にくれた彼の様子が、ミス・ウィンチェルシーにとって大きな支えとなっていた。悲しい誤解だ。振られることは我慢ならなかったのだろう。しかし、彼は「親愛なる友へ」という書き出しの手紙を一度も寄越さなかった。

二年の間、セヴンオークス夫人の――二年目には略さずセヴンオークスになった――再三の招待にもかかわらず、ミス・ウィンチェルシーはスティーリー・バンクに行くことができなかった。そしてイースター休暇も近づいたある日、この世に自分を理解してくれる人なんていないのだと寂しく感じ、気持ちはもう一度、プラトニックな友情と呼ばれるものへ向かっていった。ファニーは新しい家庭生活で幸せであり忙しくもあるのだろうが、彼は孤独な時間を過ごしていることは疑いようもなかった。ローマでの日々を一度でも考えただろうか。今や取り戻しようのない日々を。ミス・ウィンチェルシーのことを彼ほど理解してくれた人は誰もいなかった。世界中のどこにも。また二人で会話を交わせば、ある種のセンチメンタルな楽しみになるだろう。いったいそれに何の問題があるだろうか？　なぜ自分はそれを自分に禁じているのだろう？　その夜、ミス・ウィンチェルシーはソネットを書いた。八行連の最後の二行以外は全部。二行は最後まで書かれなかったが。次の日、ファニーに訪問を告げる、上品な短い書き付けをしたためた。

そういうわけで、ミス・ウィンチェルシーは彼に再び会った。

再会してすぐ、彼が変わったことがはっきりした。前より太り、神経質ではなくなったようで、その会話からすでに昔の繊細さがずいぶん失われたらしいのがすぐにわかった。ヘレンがその顔に弱さを感じとったことさえ正当化できそうだった。ある面で、それは確かに弱さだった。忙しいらしく、自分の仕事に夢中になっており、ミス・ウィンチェルシーはファニーのために来たのだとほとんど思い込んでいた。彼は夕食についてファニーと知的に相談をしていた。長い間楽しく会話をしただけで、特に何も起こらなかった。ローマについては触れず、教科書についての自分の名案を盗んだ男をずっとののしっていた。ミス・ウィンチェルシーにはそれほどの名案とは思えなかった。フィレンツェで楽しんだ画家たちの作品の半数以上の名前を彼が忘れてしまっていることもわかった。

ひどく期待はずれの一週間で、ミス・ウィンチェルシーは週の終わりにホッとしていた。それからは色々な言い訳をして、ファニーたちを再び訪れるのを避けた。しばらくすると夫婦宅の客間は息子二人に占領され、ファニーからの招待はなくなった。手紙での親しい関係はとっくの昔に消え去ってしまっていた。

訳註

＊1　ウィンチェスターとチェルシーを想起させる名前。ウィンチェスターは南部の最も美しい都市のひとつで、首都がロンドンに遷されるまでの中心地。チェルシーはロンドン南西の高級住宅地。

＊2　ベンヴェヌート・チェッリーニ：一五〇〇〜七一。ルネサンスのイタリアの画家、彫刻家。《ペルセウス》などが有名。

＊3　パーシー・ビッシュ・シェリー：一七九二〜一八二二。イギリスのロマン派詩人。ローマを含むイタリア各地を旅して、『縛を解かれたプロメテウス』（一八二〇）や「西風に寄せるオード」（一八一九）を執筆。遺骨はローマのプロテスタント墓地に埋められている。

＊4　ドイツのベデカー出版社の旅行案内書シリーズ。一八二八年創刊。

＊5　Snookとはイギリスでは軽蔑の仕草を指す（親指を鼻先に当て、他の四本の指を広げる）。日本の「あっかんべー」に近い。
＊6　グラッドストーンバッグ：真ん中から二つに開く旅行鞄。
＊7　アウグストゥス・J・C・ヘア：一八三四～一九〇三。イギリスの作家。旅行本を多数執筆。『ローマを歩く』（一八七一）も代表作の一つ。
＊8　ウジェニー・ド・モンティジョ（一八二九～一九二〇）のこと。フランス皇帝ナポレオン三世の皇后。普仏戦争後、フランスは破れ、夫とイギリスへ亡命。チズルハーストに居住した。
＊9　アルビオン：ドーヴァーの石灰質の白い崖。ラテン語でアルビオンは白い国の意味を持ち、イギリスの通称にもなっている。
＊10　『リア王』第三幕第二場での道化の台詞など参照。
＊11　ホラティウス：BC六五～八。古代ローマの詩人。『歌集』第一巻第九歌参照。
＊12　Varsityとはオックスフォード大学またはケンブリッジ大学のことを指す。
＊13　ジョン・ラスキン：一八一九～一九〇〇。イギリスの評論家、美術評論家。『フィレンツェの朝』（一八八一）参照。
＊14　ベアト（フラ）・アンジェリコ：一三九〇－五頃～一四五五。初期ルネサンスのイタリア人画家。代表作は《受胎告知》。
＊15　ビブルス：BC一〇二?～四八。カエサルの政敵。
＊16　バルブス：生没年未詳。前一世紀の政治家でカエサルに従い、三頭政治の形成に尽力。
＊17　ベアトリーチェ・チェンチ：十六世紀イタリアの貴族の女性。悲劇的最期をとげる。シェリーはグイド・レーニ作とされる《ベアトリーチェ・チェンチの肖像》に着想を得て悲劇『チェンチ家』を書いた。
＊18　ダンテ・ゲイブリエル・ロセッティ：一八二八～八二。イギリスの画家、詩人。ラファエル前

派の一員で、代表作《ベアータ・ベアトリクス》《プロセルピナ》。
＊19　エドワード・コーリー・バーン＝ジョーンズ：一八三三〜九八。イギリスの画家、ラファエル前派。ロセッティに師事。代表作《ピグマリオン》連作や《眠り姫》など。
＊20　ウィリアム・モリス：一八三四〜九六。イギリスの詩人、小説家、工芸美術家。アーツ・アンド・クラフツ運動を提唱。代表作『ユートピアだより』（一八九〇）。
＊21　ポリテクニック：実用的なコースもある、イギリスの大学レベルの総合高等教育機関。
＊22　《七本のオークの木》の意。
＊23　ジョージ・メレディス：一八二八〜一九〇九。イギリスの小説家、詩人。ヴィクトリア朝らしい複雑で華麗な文体で書く。代表作『エゴイスト』（一八七九）。

（堀祐子 訳）

サキ

Saki
1870-1916

本名ヘクター・ヒュー・マンロー。スコットランド系の小説家。ミャンマーに生まれる。一八九〇年代半ばからイギリスで記者となり、歴史書を著したりもするが、その後はおもに短篇小説を手がけるようになる。エドワード七世時代のイギリス上流社会のありさまについて、整った文体で毒のある風刺を利かせた作品が多いが、子どもや動物を中心にすえたものや怪奇性の強いものなど、筋の立て方は多彩。長篇小説も二作ながら上梓している。第一次世界大戦で戦死した。

エイドリアン

順化の章

洗礼の記録係は、先のなさを想いながら、赤ん坊をジョン・ヘンリーと名づけた。が、当の子どもは他の幼児期特有の病と一緒にその名を過去へ置き去りにし、友人たちも少年をエイドリアンという名で呼んだ。母親はベスナルグリーン〔ロンドン東部の旧首都自治区。イーストエンドの一画〕[*1]に住んでいたが、それは必ずしも息子の責任ではない。人は自分の家族の来歴を斥けることはできても、生まれ育った土地からつねに逃れられるわけではない。ただ、なんといってもベスナルグリーンの良いところは、その土地柄があまり次世代の人間にまで持ち越されないという点だ。エイドリアンは、ウェストエンド地域のきらびやかな人々専用のアパートで暮らしていた。

エイドリアンの暮らしぶりは、本人にさえ不可解なことだらけだった。浮世の荒波を越えてゆく生き方は、親身になって聴いてくれる知人たちを相手に、自ら語る多少とも芝居がかった〝半生の物語〟と、細かい点でたいてい符合していたのだろう。はっきり分かっているのは、苦しい暮らしぶりから身を起こし、ときおり上等な身なりで食通のごとく、リッツ・ロンドン〔ピカデリー通りの高級ホテル〕やカールトン・ホテル〔ロンドン南西部にあった高級ホテル〕で食事をしていたことだけだ。

　こうした折、エイドリアンはたいていルーカス・クロイデンなる愛想のいい世慣れた男から食事に招かれた。ルーカスは年収が三千ポンドあり、全く申し分のない料理を場違いの相手に振る舞うことを趣味としていた。年に三千ポンドも稼ぎながら、味もよくわからぬ向きと付き合う人間のご多分に漏れず、ルーカスは社会主義者で、一般大衆に対して、チドリの玉子を暮らしに取り入れてやり、フルーツサンデー《クープ・ジャック》とフルーツポンチ《マセドワーヌ・ド・フリュイ》の違いを正しく教え込んでやらなければ、彼らの地位向上を成し遂げるのはとても無理だと力説していた。若い者を布のかかったカウンターの後ろから引っ張り出して、高級料理を味わう幸せを教えるのは偽善的な優しさだよ、と友人たちには注意されていたが、ルーカスはいつも決まって、優しさというのは偽善的なものだと切り返していた。それは的を射ているかもしれない。

　ルーカスが伯母のミセス・メバリーと出くわしたのは、エイドリアンを客として招いたある晩の後だった。場所はいまどき珍しくも家庭的な明かりが灯るおしゃれな喫茶店で、こういう店で会えば、印象が薄い親戚のことも忘れずにすむのではないか。

「ゆうべ一緒に食事をしていたきれいな男の子はどなた？」伯母が尋ねた。「ずいぶん良さそうな子だったから、あなたにはもったいないわ」

スーザン・メバリーは魅力ある女性ではあったが、やはり伯母だった。

「ご家族はどんな方々なの？」

甥がひいきにしている青年の名（改訂版の方だが）を聞いてからこう続けた。

「母親が住んでいるのはベス――」

社会的差別になりかねない一言が飛び出る前に、ルーカスはハッと口をつぐんだ。

「ベス？ それはどこ？ 小アジアのどこかみたいな感じね。その方、領事館の人と関係ないかしら？」

「いえいえ、違います。貧民のあいだで活動している人です」

かろうじてうそではない。エイドリアンの母親は洗濯屋に雇われていた。

「そう」ミセス・メバリーは言った。「何かの布教活動ね。その一方、あの青年には誰も面倒をみてくれる人がいないのね。ひどい目に遭わないよう面倒をみてあげるのは、どう考えてもわたしの責務だわ。そのうち引き合わせてね」

「あの、スーザン伯母さん」ルーカスは言い聞かせるように話した。「ぼくもあいつのことはほとんど知らないんです。そんなにいい人間じゃないかもしれませんよ、うむ、もっとよく知れば」

「髪は素晴らしいけど、口元は弱々しいわね。ホンブルク〔ドイツ南西部の都市〕かカイロにでも連れて行こうかしら」

「そんなばかげた話は聞いたこともないな」ルーカスはむっとして言った。

「あら、うちの一家はとってもおかしな血筋なのよ。あなたが気づいていなかったとしても、お友だちは誰もがきっと気づいているわ」

「ホンブルグではまわりじゅうの視線にさらされますよ。いずれにせよ、事前にエトルタ〔フランス南西部ノルマンディの一地区〕で試してみたほうがいいでしょう」

「フランス語を話したがるアメリカ人に囲まれろっていうの？　遠慮しとくわ。アメリカ人のことは大好きだけど、あの人たちがフランス語を話したがるときは別。イギリス英語を話そうとしないのはほんとに助かるわ。明日五時に、あの若いお友だちをうちに連れてきてね」

スーザン・メバリー伯母もやはり女性なのだと悟ったルーカスは、伯母さんだって好きなようにふるまっていいのかもしれないと思うことにした。

エイドリアンはメバリー一家に連れられて、滞りなく外国に渡った。ただし、健康第一という意見としぶしぶ折り合いをつけ、ホンブルクや他の高級ながら不便なリゾート地を避け、メバリー家の人々は、ドールドルフというエンガディン〔スイス東部イン川上流の保養地〕の裏手辺りにあるアルプスの小さな村で最高級のホテルに滞在した。

夏の間、スイスの素晴らしい場所であればどこにでもあるような、普通の観光客がいるお決まりのリゾート地だったが、エイドリアンにとってはすべてが珍しかった。山の空気、規則正しくたっぷりと用意される食事、なかでも上流社会の雰囲気に圧倒される思いだった。まるで温室の容赦のない熱に、うっかり迷い込むように生えた雑草が圧倒されるように。

何かを壊せば犯罪とみなされ、相応に償いが求められる世界でエイドリアンは育った。ところが、もしもしかるべき方法で頃合いよく、何か物をめちゃくちゃに壊したとしたら、かえって面白いやつだと見なされるのだと気づけば、どこか新鮮でとてもわくわくするではないか。スーザン・メバリーは、少しばかりエイドリアンに社交の世界を教えてやるつもりだ、と言った。ドールドルフに代表されるある社交界で、エイドリアンは広く知れ渡ることとなった。

ルーカスは、伯母やエイドリアンからではなく、クローヴィス[*2]から頻繁に届く手紙を通して、アルプスでの滞在の様子を知らされていた。クローヴィスもまた、メバリー家の取り巻きの一人として行動を共にしていた。

「ゆうべ、スーザンが主催した演芸会は大失敗でした。思っていた通りです。グロブマイヤー家の、まるでかわいげのない五歳の子が芝居の前半に『うすのろ』役で出演していましたが、幕間の休憩時間にベッドに寝かしつけられました。子守りが下の階に行くと、エイドリアンは隙を見てその子を連れ出し、芸を仕込まれた豚みたいに軽く変装させて、芝居の第二部に登場させました。その子ときたら、見た目は豚そっくりで、本物っぽくブーブー鳴き、ぺちゃぺちゃよだれを垂らした次第です。誰もその子が誰なのかわかりませんでしたが、皆が口々に『とっても上手ね』なんて言い合っていて、なかでもグロブマイヤー家は絶讃していました。三度目のカーテンコールの時、エイドリアンにぎゅっとつねられて、子どもは『マーマー』と大声をあげたのです！　ぼくは説明がうまいとよく言われるけれど、その時のグロブマイヤー家がどんな反応をしたかは聞かないでください。まるでリヒャルト・シュトラウス[*3]の曲につけられた怒れる詩篇のようでした。ぼくらは山間から少し登った場所のホテルに移っています」

クローヴィスの次の手紙は五日後に届いた。シュタインボックホテルで書かれたものだ。

「ぼくらは今朝ビクトリアホテルを出ました。なかなか快適で静かな所でした。少なくとも着いた頃は静寂な空気に包まれていたと言えます。部屋に入ってから二十四時間もたたないうちに、静けさというものがすっかり、エイドリアンの言葉を借りれば『律儀な鯉《デューティフル・ブリーム》のように』、消えてしまった。でも、特におかしなことは何もなかったのですよ、昨夜エイドリアンが眠れなくて、同じフロアにあるすべてのルームナンバーのネジをおもしろがって外し、入れ換えてしまうまでは。彼はバスルームのプレートを、たまたま隣にあったホフラート・シリング夫人の部屋に貼付けてしまったものだから、朝の七時からひっきりなしに、何も知らない滞在客たちが夫人の部屋にやってくる始末でした。夫人はびっくり仰天して腹を立て、ドアに鍵をかけてしまったようです。シャワーを浴びようと思っていた人たちは、あたふたと自分たちの部屋に戻ろうとしたのですが、もちろん、ルームナンバーがめちゃくちゃなものだから、またもや迷ってしまい、廊下はみるみるパニックになった半裸の人だらけになってしまった。まるでイタチが入り込んだ穴倉で闇雲に走り回るウサギのようでした。お客がみな自室に戻るまで一時間近くかかり、僕たちがホテルを後にする段になっても、ホフラート夫人はまだ心なしか不安気な様子でした。スーザンは少し心配し始めているようです。エイドリアンは全くお金を持っていないし、どこにいるのかも分からない家族の元に帰すこともできないから、体よく追い出すこともできない。エイドリアンによれば、母親は各地を転々としているらしいし、彼自身、母親の居所が分かっていない。おそらく、もしも本当のことが知れれば家で大げんかになるでしょうね。この頃は、本当に多くの若者が、家族とのケンカなんて世間公認の活動ぐらいに考えているようです」

旅先からルーカスの元に届いた次の連絡は、ミセス・メバリー本人からの電報だった。「郵便料金前納便」で、一文だけ書いてあった。「いったい全体、ベスってどこ?」

（奈須麻里子 訳）

訳註

＊1　カトリック神学者で枢機卿のジョン・ヘンリー・ニューマン（一八〇一〜九〇）を意識しているか。

＊2　クローヴィス：サキの短篇作品によく出てくる人物。有閑階級の出で、教養があり洗練されているが怠惰な男。

＊3　リヒャルト・シュトラウス：一八六四〜一九四九。ドイツの後期ロマン派の作曲家。代表作『ドン＝ファン』、『英雄の生涯』。

捜す

エルシノア荘はいつにないような静けさに包まれていた。しかし、その静けさは、あたかも悲しい永《なが》の訣《わか》れを思わせるような、うろたえた嘆きの声に何度となく破られた。マムビー家の赤ん坊が行方知らずになり、そのせいで静けさが生まれたわけだが、家中の者は取り乱し、ずっと声を張り上げながらあたりかまわず赤ん坊を捜した。家や庭に叫び声が響き渡っていたのはそのせいだ。みな庭を捜しに出てゆくものの、やはりまだ家のどこかにあの子は隠れているのではないかと、何度も家へ戻ってきた。クローヴィスがあまり気が進まぬながらこのエルシノア荘にひとき滞在中で、庭の一番端のハンモックでうとうとしていたところ、マムビー夫人からこの報せを聞かされた。

「うちの子がいなくなったの」マムビー夫人が金切り声を上げた。

「坊ちゃんが？　死んだんですか、逃げ回ってるんですか、それともトランプで賭け金代わりにしたら持っていかれたってことですか」けだるそうにクローヴィスがたずねた。

「あの子は幸せそうに芝生をよちよち歩いていたんです」涙まじりにマムビー夫人は話を続けた。

「ちょうどそこへアーノルドがやって来て、私がアスパラガスにどんなソースをかけたいか聞いていたら――」

「オランデーズソース[*1]と言ってもらいたいところですね」クローヴィスはがぜん興味を示して、彼女の話を遮った。「だってもし僕のきらいなものがあれば――」

「そうしたら突然あの子がわたしの前から消えたんです」金切り声をなお張り上げながら夫人が言葉を継いだ。「それはもう、あちこち捜し回りましたわ、家も庭も門を出たところも。なのにどこにも見当たらなくて」

「坊ちゃんは声の聞こえる範囲にいるんですかね」とクローヴィスは尋ねた。「そうでなければ、ゆうに三キロは離れたところにいるに違いない」

「でも、どこに？　それにどうやってそんな遠くへ？」母親がうろたえながら尋ねた。

「ワシか野獣にさらわれたのかな」クローヴィスが答えた。

「サリー州〔ロンドンの南に接するイングランド南東部の県〕にはワシも野獣もいないわ」とマムビー夫人は言い返したが、声は恐怖に震えていた。

「たまに旅回りのサーカスから逃げ出してきますから。サーカスの連中も宣伝のために檻から鳥や獣を出してやることもありそうだ。地元紙にこんな見出しが躍ったらすごいと思ってるんでしょうね、〈筋金入り非国教徒の幼い男児、まだらのハイエナにかみ殺される〉なんて。おたくのご主人は筋金入りの非英国国教徒じゃありませんが、お母様はメソジスト派[*2]の家系の出ですからね。新聞にもいくらか言論の自由は認めてやらないと」

「だけど、あの子の亡骸も見つからないなんて」マムビー夫人はすすり泣いた。

「もしハイエナが腹ぺこで、獲物をもてあそぶだけでは飽き足らなかったら、亡骸なんてあまり残らないでしょうね。例えて言えば、小さい男の子がリンゴの実を食うと、芯までなくなっちまう《ゼア・エイント・ゴーイング・トゥー・ビー・ノー・コア》[*3]」

マムビー夫人はクローヴィスからさっと顔をそむけ、この人以外に慰めてくれたり、いいことを言ってくれる人はいないかとあたりを見回した。若い母親にありがちな例だが、マムビー夫人は自分の心配事で頭がいっぱいで、目の前のクローヴィスが気にしているアスパラガスにかけるソースのことなど、まるで顧みなかった。その場から一メートルも行かないうちに、通用門がかちっと開く音がして、マムビー夫人ははっとして足を止めた。音を立てたのはミス・ギルペットで、消えてしまった赤ん坊のことを根掘り葉掘り聞こうとピーターホフ荘からやって来た。クローヴィスはこの話に早くも少しうんざりしていたのだが、同じ話を九十回繰り返しても、一回目の時と同じ喜びを味わえるという手前勝手な才の持ち主がマムビー夫人だった。

「ちょうどアーノルドが庭に入って来て、リウマチのことをぶつぶつ言っていて――」

「ぶつぶつ言いたいことならこの家には山ほどあるから、ぼくだったらリウマチのことでぼやこうとは思わないだろうな」クローヴィスがつぶやくように応じた。

「アーノルドはリウマチのことをぶつぶつ言っていたのよ」とマムビー夫人は聞く者をぞっとさせてやろうと、もう何度も大声で泣いたり叫んだりした声の調子を変えて話を続けた。

だが、また彼女は話の腰を折られた。

「リウマチなんてものはありませんよ」とミス・ギルペットが話を遮った。

ウェイターが「ワインリストにある一番お安いボルドー産赤ワイン《クラレット》はもうございません」と、わざとつっかかるように客に告げにくる時のような口ぶりだ。続いて、リウマチに代わるような、さらなる贅沢病の名を挙げたりはしなかったが、贅沢病なんてものはない、とは言った。

マムビー夫人の怒りが、悲しみの中から頭をもたげてきた。

「あなた、今度はうちの子が本当はいなくなってはいないとおっしゃるんでしょ」

「坊やはいなくなってしまいましたわね」とミス・ギルペットは認めた。「でも、それはあなたに我が子を見つけようという確固たる信念がおありにならないからです。ひとえにそんな信念をお持ちじゃないから、坊やを無事に取り戻せないんです」

「でも、そうこうしてるうちに坊やがハイエナの餌食になって、体の一部でも食われてたら」クローヴィスは得意げに自分の唱えた野獣説をまた持ち出した。「おぞましい結果になってるのでは?」

この質問でどんな困ったことが起きそうか気づいて、ミス・ギルペットは動揺した。

「ハイエナは坊やを食べてなんかいません、ぜったいに」ミス・ギルペットがおずおずと言った。

「ハイエナだって、もうぜったいに坊やを腹に収めたと思っているかもしれませんよ。いいですか、ハイエナもあなたと同じぐらい信念を秘めているかもしれない。それに、赤ちゃんが今どの辺にいるか、あなたより専門知識を持っているかもしれない」

マムビー夫人はまた涙にくれた。

「あなたに信念がおありなら」夫人はすすり泣きながらも、一筋の希望の光を見出して、ミス・ギルペットにこう頼んだ。「うちのエリックちゃんを見つけて下さらない？　私たちにはない力をあなたならきっとお持ちだから」

ローズマリー・ギルペット嬢はキリスト教科学《クリスチャンサイエンス》*4の原理をとことん信奉する人だった。しかし、ミス・ギルペットが教義を理解しているのか、またはきちんと説明ができるのかどうかは、その方面の賢者が一番ご存じだろう。今回ミス・ギルペットは間違いなく絶好の機会を与えられた。特にこれという目星もない中、迷子捜しに取りかかるにあたり、ミス・ギルペットは心の拠り所として持てる信仰心という信仰心を片っ端から掻き集めた。そしてだだっ広くて何もない本街道《メインロード》に出て行った。

その背中に向けて、マムビー夫人の警告が飛んだ。

「そこはお捜しになっても無駄ですよ。私たちがもう十回以上は捜しました」

しかし、ローズマリーの耳には、自画自讃の声以外はもう何も聞こえなかった。なぜなら、道路の真ん中にちょこんと坐って、いかにも楽しげに土埃やしおれたキンポウゲの花と戯れていたのは誰あろう、水色のリボンで麻くずのような薄茶色い髪を片耳の上でまとめ、白い子供用エプロンをつけた赤ん坊だったからだ。

まずは女性がよくやるように、遠くの方から車が来ないことを確かめると、ローズマリーは赤ん坊に駆け寄り、腕に抱き上げてやり、相手が嫌がって暴れるのもかまわず、エルシノア荘の立派な門をくぐって戻ってきた。赤ん坊がぎゃあぎゃあ泣きわめくので、本当に迷子が見つかったのは皆に十分伝わったが、喜びのあまりヒステリー状態の両親は、無事に帰ってきた我が子を迎えようと我先にと芝生の上を走った。その親子再会の美しい光景に少しばかり水を差したのは、ばたばたと抵抗する赤ん坊を抱きかかえようと四苦八苦するローズマリーの姿だった。赤ん坊は、順番が逆ながら、興奮に震える両親の胸へと運ばれた。

「見つかった、うちのかわいいエリックが」両親は同じ歓びの声を上げた。

赤ん坊はといえば、小さなこぶしを両目にぐりぐり押し当てて泣きじゃくっており、ぱっくり開いた口以外は顔が見えなかったが、これが我が子だとわかったこと自体が信心のなせる業《わざ》だとも言えそうだった。

「エリックちゃん、パパとママのところに戻ってこられてよかったわねえ」とマムビー夫人があやすように話しかけるものの、赤ん坊の興味が土埃やキンポウゲに向いていることは誰の目にも明らかなので、母親の言葉もクローヴィスには無駄で間の抜けたものに思えた。

「エリックをローリーポーリーに乗せてやるか」と元気よく父親が言ったが、泣きやみかかった赤ん坊は、またぎゃあぎゃあ声を上げた。

そうこうしている間に、庭ならし用の大きなローラーの上に赤ん坊はちょこんと馬乗りにさせられ、ためしにローラーを動かしてみようと紐がぐいと引っ張られた。すると、ぽっかり空いたシリンダーの底から、精一杯泣きじゃくっている赤ん坊の声さえかき消すほどの、耳をつんざく騒音が湧き起こった。と、次の瞬間、水色のリボンで麻くずのような薄茶の髪を片耳の上でまとめ、白い子供用エプロンをつけた赤ん坊がよちよちと出てきた。この新参者の顔立ちも泣き声も間違えようがなかった。

「うちのエリックよ」マムビー夫人は声を上げ、這い出てきた赤ん坊のもとへ走り寄ると、窒息させんばかりにキスを見舞った。「庭ならしローラーの穴に隠れたりして、パパやママたちをどきっとさせたかったのかしら」

　この言葉で、突然エリックが姿を消したと思ったら、またひょっこり姿を現した理由の説明がはっきりついた。しかしながら、本物のエリックより先に庭へ潜り込んできた赤ん坊をどうするかという問題が残った。当の赤ん坊は、少し前までちやほやされるのも嫌がっていたが、皆の態度の豹変ぶりもお気に召さないようで、芝生の上でむずかっていた。マムビー夫妻はこの子をにらみつけた。あたかも、こいつがずるくてろくでもない芝居をして、自分たちの愛情をほんの束の間ながら掠め取ったと言いたげに。ミス・ギルペットは、ほんの数分前まで自分の目をあれほど楽しませてくれた赤ん坊が背中を丸めている姿を、なすすべなく青ざめた顔で見つめた。

「愛が終わりしとき、愛する者とていかに愛をわからざりしか[*5]」クローヴィスは独り言のように詩を口ずさんだ。

　真っ先に沈黙を破ったのはローズマリーだった。

「あなたが抱いていらっしゃるのがエリック坊やなら、あの子は——どこの子？」

「それはあなたがご説明下さることでしょう」マムビー夫人がそっけなく答えた。

「見た通りですよ」とクローヴィスが割って入った。「これはミス・ギルペットの信仰の力が生み出した、もう一人のエリックです。問題はあなたがこの子をどうするか、ですが」

ローズマリーのすでに青ざめた顔から、さらに血の気が引いた。マムビー夫人は本物のエリックをぐっと抱き寄せた。まるでこの得体の知れない隣人の機嫌を損ねて、わが子を金魚鉢にでも変えられては大変だとばかりに。

「私はその子が道の真ん中に坐っていたのを見たんです」と弱々しくローズマリーが応じた。

「だからって、またその子をそこへ連れて行って、放り出しておくわけにもいかないでしょう」とクローヴィスが言った。「本街道《メインロード》は車のためにあるものですからね。お払い箱になった奇跡の賜物の置き場所ではない」

ローズマリーはすすり泣いた。格言《泣けば泣くのは独りだけ》[*6]は、このたぐいの大方の格言と同じく、実情からはひどく懸け離れていた。二人の赤ん坊はいとも悲しげに泣き叫んでいるし、マムビー夫妻も先ほどの涙にくれていたときから、ほとんど立ち直っていなかった。ひとりクローヴィスだけは穏やかな明るさを保っていた。

「私がずっとこの子の面倒を見てやらないといけないのかしら?」とローズマリーが沈んだようすで尋ねた。

「ずっとでもないでしょ」なぐさめるようにクローヴィスが応じた。「十三歳にもなれば海軍に入隊できるから」

ローズマリーの目からまた涙が溢れ出した。

「いや、もちろん」クローヴィスが言葉を継いだ。「この子の出生証明書に関しては、常に問題がつきまとうかもしれませんね。あなたは海軍省に事情を説明しなくちゃならないでしょうが、向こうはまったく頭が固いから」

道路の向こう側のシャーロッテンバーグ荘から、乳母が息せき切って芝生の上を走ってきて、この子は自分が世話しているパーシーだと言ったときは、みなほっと息をついた。正門をするりと抜けたと思ったら、たちまち姿が見えなくなったのだという。

そして、そんな時でもクローヴィスは、台所まで自ら行って、アスパラガスにかけるソースの種類を確かめなければと思った。

訳註
＊1 オランデーズソース：卵黄、バター、レモンジュースに調味料を加えたソース。
＊2 メソジスト派：ジョン・ウェスリー（一七〇三〜九一）の福音主義を信奉するプロテスタント。
＊3 「芯まで〜」はマーク・トウェイン『トム・ソーヤーの探検』（一八九四）第一章からの引用。
＊4 キリスト教科学：一八六六年にアメリカで創立されたキリスト教の一宗派。信仰の力による精神療法が特色。
＊5 イギリスの女流詩人ローレンス・ホープ（一八六五〜一九〇四）の詩『インドの恋愛抒情詩集』（一九〇二）所収の「愛が終わりしとき」第二連から。
＊6 アメリカの詩人、作家エラ・ウィーラー・ウィルコックス（一八五〇〜一九一九）の詩「孤

独」から。

（辻谷実貴子 訳）

フィルボイド・スタッジ——ネズミの恩返しのお話

「娘さんと結婚させて下さい」

　たどたどしくも熱っぽくマーク・スペイリーが言った。

「僕は年収二百ポンドのしがない画家にすぎませんし、お嬢さんはとても裕福なご家庭のご令嬢ですから、こんなお願いは厚かましいとお思いでしょうが」

　大企業の重役であるダンカン・デュレイミーは、不快な様子を微塵も見せなかった。実のところ、娘のレオノアに年収二百ポンドの男であれ結婚相手が見つかりそうで、内心ほっとしていたのだ。財産も名声も失う覚悟のいる重大な局面が、すぐそこまで迫っていたからである。近ごろ始めた新事業はすべてうまくいっておらず、中でも一番の悩みの種が、「素晴らしき新シリアル食品ピペンタ」だった。彼はその宣伝に莫大な資本をつぎ込んでしまっていた。ピペンタは死に《ドラッグ》筋商品とも呼べないくらいの代物で、薬(ドラッグ)を買う客はいても、ピペンタには誰も見向きもしなかった。

「もしレオノアが貧しい家の娘だったとしても、結婚したいと思うかね」

見せかけの財産家は尋ねた。

「はい」

うっかり強く言い切りすぎないよう気をつけながら、マークは答えた。すると驚いたことに、レオノアの父親は結婚の許しをくれたばかりか、式を挙げるならなるべく早いほうがいいと勧めてくれた。

「感謝の気持ちを何かのかたちでお伝えできたらいいのですが」とマークは心から言った。「ライオンに力を貸そうと申し出たハツカネズミのようなものかもしれませんが」

「あの忌々しい売れ残りを売りさばいてくれないか」デュレイミーは、客から鼻もひっかけられないピペンタのポスターを、無造作に顎《あご》で指しながら言った。「そうすれば、うちのどんな社員よりも大きな業績を上げたことになるだろう」

「もっと良い商品名にした方がいいですね」とマークは物思わしげに言った。「それに何か目を惹くようなキャッチコピーをつけてはいかがでしょう。ともかく、ひとつやらせて下さい」

三週間後、「フィルボイド・スタッジ」というもったいぶった名の新しいシリアル食品の発売を、世界中が知ることとなった。スペイリーは、促成栽培されるキノコさながらにぐんぐん大きくなるむっちりした赤子の写真や、愚かしいほど躍起になって領地拡張を進める世界の諸大国のイラストを載せないという方針で推し進めた。ある巨大な薄暗い色のポスターには、フィルボイド・スタッジにありつけないという新式の拷問を受ける地獄の罪人どもが描かれていて、気品ある青年悪魔が透明のボウルに入れて、ちょうど手の届かないところで見せつけるフィルボイド・スタッジに、我先に手を伸ばしているところだった。霊魂と成り果てた死者たちは、当時の大物たちの特徴を絶妙に捉えた何とも言えない顔つきをしていて、いっそうおぞましくみえた。両政党の大物たち、社交界の貴婦人方、有名な劇作家や小説家、そして当代一流の飛行士などの姿が、その呪われた群衆の中にうっすら見て取れた。この地獄篇の片隅には、ミュージカル・コメディの人気俳優もぼんやり見え隠れしていて、いつも通り変わらない笑顔なのだろうけれど、どこか恐ろしい狂気を秘めた笑みを静かに浮かべていた。そのポスターには、鼻につくような大げさな売り文句がなく、一番下に太い文字で恐ろしい一言が書いてあるだけだった。

「この方々はもうお買い上げになれません」と。

人はすすんでできそうにない物事に対し、義務感から取り組むということを、スペイリーはよく知っていた。蒸し風呂《トルコ》にいるところを思いがけず見つけられたとき、医者から蒸し風呂《トルコ》に入るよう言われたんです、と大まじめに説明するようなご立派な中流階級の男性は山ほどいる。わたしは好きだから通っています、などとこちらが返そうものなら、その薄っぺらな動機に相手は眉をひそめてこちらをまじまと見ることだろう。同様に、小アジアからアルメニアの大虐殺について伝えられるたびに、どこからか「命令を受けて」実行されたのだろうと人は思う。今も昔も好んで隣人を殺す者がいるかもしれないとは、誰も考えないようだ。

同じことはこの新しい朝食用の健康食品にも当てはまった。フィルボイド・スタッジをすすんで食べようとする人はいなかったが、峻厳を極めた広告を見た家庭の主婦たちはこぞって食料雑貨店に向かい、騒がしく次から次へと品物を買い求めていった。小さな台所では、まじめくさったお下げ髪の娘が塞ぎ込んだ母親を手伝って、未開の原始的な儀式のように調理をおこなった。出来上がった朝食は、陰気な居間のテーブルで黙々と食された。ひとたび完全に不味《まず》いと気づいたら最後、残りを家族に食べさせてしまおうとする女性たちの気合いは、とどまるところを知らないありさまだった。食欲のない夫がうんざりして食卓から急いで出て行こうとすると、「まだフィルボイド・スタッジを食べていないじゃない！」という声が飛んだ。そして夕食時には「今朝食べなかったあなたの分のフィルボイド・スタッジよ」と、温めてふやけきった一杯が最初に出されたことだろう。

　健康的なクラッカーを食べたり健康のための体操着を身につけたりして、体の中からも外からも、仰々しく摂生する一風変わった健康教の信者たちは、新しい商品を自ら進んでガツガツ食べては肥え太っていった。眼鏡をかけたまじめな若者たちは、ナショナル・リベラル・クラブ[*1]の階段でむさぼるように食っていた。来世の存在など信じていないある主教は広告を戒め、とある貴族の娘は混ぜ合わせた健康食品の食べ過ぎで死んだ。歩兵連隊が、吐き気がするような水っぽい食事をあてがわれるくらいならいっそのこと――と暴動を起こして将校たちを撃った時には、さらに宣伝効果が上がった。幸いにもブラザーストーンのビレル卿が当時の陸軍大臣だったのだが、彼が気の利いた一言でその事態を収拾したのだ。

「鍛錬《ディシプリン》は自らおこなってこそ効を奏す」

フィルボイド・スタッジという言葉は日常生活にとけ込んだが、必ずしも朝食の定番として決定的な言葉にはなっていないと、重役のデュレイミーは冷静に観察していた。何かもっと健康に良さそうな不味《まず》い商品が市場に出回れば、すぐにその地位は脅かされるだろう。何か美味しくて食欲をそそる物を求める反応さえ生まれるかもしれないし、今話題のピューリタン的な質素倹約の精神が、家庭の台所から消え去るかもしれない。そのため彼は、重大な局面で巨万の富をもたらし、財界での評判をつまらない難癖もつけられない高みにまで押し上げた商品の権利を、ちょうどいい頃合いを見て売り飛ばしてしまった。娘のレオノアはどうかといえば、今や以前より遥かに膨大な財産を相続することとなったのだが、父親は当然のように、年収二百ポンドのポスター画家よりもずっと値打ちのある男を婿市場で見つけたのである。窮地に立たされていた財界のライオンを助けた頭脳派ネズミのマーク・スペイリーは見捨てられ、奇跡を起こすポスターを制作した日を呪った。

ほどなくして、クラブでスペイリーと会ったクローヴィス[*2]は言った。

「結局、どんな人間でも成功を取り消すことはできないなんて言葉もあるが、そんな慰めはあまり当てにならないね」

訳註

＊1　ナショナル・リベラル・クラブ：一八八二年に自由党関係者のために創設されたロンドンのクラブ。

＊2　ジョウゼフ・アディソン作の悲劇『カトー』（一七一三）第一幕第二場の台詞「成功をおさめるのは人の力にあらず」のもじり。

（奈須麻里子 訳）

ジョン・ゴールズワージー

John Galsworthy
1867-1933

上層中流階級の出身。自らと同じく恵まれた家庭に生まれながら、自由な生き方を求めて苦闘する知的な青年を主人公とする小説などを物した。代表作には、『資産家』（一九〇六）など長・短篇五作からなる『フォーサイト家物語』（一九二二）が挙げられる。戯曲も『銀の箱』（一九〇六）ほか、二十以上の作品を著している。一九二一年にロンドンで結成された国際ペンクラブの初代会長を務め、一九三二年にはノーベル文学賞を受けた。

遠き日の出来事

風景画家ヒューバート・マースランドは一九二一年の夏のある日、日帰りで川のスケッチ旅行に出かけた折、ロンドンから一六キロほどの所で、二人乗り自動車《ツーシーター》のちょっとした故障のため修理をしてもらうことにした。その間、子供のころに休日となるとよく過ごした家を見てみようかと思い、修理屋を抜け出した。門境を通り過ぎ、左手の大きな砂利採掘場を通り過ぎるとまもなく、少し奥まった家の反対側に出た。

えっ、ひどい変わりようじゃないか！　なんだかよそよそしく、叔父と叔母が住んでいたころのような親しみ深さは感じられなかった。養兎場《ようとじょう》の向かいにあったクリケット場でよくクリケットをしたものだったが、そこは今やゴルフ場になっていた。すでに時刻も遅く、夕食どきで、プレーしている人は誰もいなかったので、連絡路の方に進んで行き、位置関係をじっくり確認した。

たしか、ここが観客席のあったところに違いない。あそこはまだ芝生が残っているが、すばらしい一打を飛ばしてやった地点だな。最後の打席にはいり、自分のバットで一三点も稼いだのだ。三十九年も昔のことだ。十六歳の誕生日だった。新品のすね当てのことが瞼に鮮やかに浮かぶ。

相手チームにはＡ・Ｐ・ルーカス[*1]がいたが、たった三二点しか点が取れなかった。当時、Ａ・Ｐ・ルーカスといえば、まさにお手本そのものだったな。ベースの正面に立ち、左足のつま先を前に向け、バットを右足の横に引いた、その優雅さ。いまではもう見られないスタイルだが、それもまたいいじゃないか。スタイルに気を取られすぎると、ほかのことを犠牲にしてしまう。とはいえ、今の傾向は全く反対だ。スタイルへのこだわりは「時代遅れ」なんだ、きっと。

陽の当たる場所に少し引き返し、芝に腰を下ろした。なんと穏やかで静かだろう！　叔父の昔の家と隣の家の間に広がる窪地には霞がかかっていた。さらに遠く、陽が沈む方向には、昔日と同じように楡《にれ》の木立が見えた。マースランドは両手の掌《てのひら》を芝生に押し当てた。すばらしい夏だ、芝生の温かさなのか、いやもしかすると過ぎ去りし日々のせいなのかもしれないが、温もりが忍び寄り、胸がかすかに疼《うず》いた。遠い昔のあの夏の日にどこか似て。

ちょうどここに、打席を終えた自分が坐っていた。ひだ飾りの付いたドレスからミセス・モンティスの足がちらっと見えた。なんてことだ！　少年ってのは実に愚かなものだ。がむしゃらで一途な思い。声と眼差しの柔らかさ、微笑み、肌のかすかな触れ合い、少年たちはみんな虜《とりこ》になった。若き愚かな者たち、でも従順なる若き愚か者たちだ。椅子に腰をおろした夫人の背後に立っていた人物の姿が、ありありと目に浮かぶ。それはやはり若者たちから崇拝されていたマッケイ大尉だ。象牙色《ぞうげいろ》の顔、まさに叔父がもっていた象牙の色を濃くしたような肌の色をし、完璧なまでに整えた黒い口髭をはやし、白いネクタイ、格子縞のスーツ、カーネーション、スパッツ、籐のステッキ、身につけていた何もかもにほれぼれした。

　ミセス・モンティスを「芝生の未亡人《グラス・ウィドウ》」[*2]と連中は呼んでいた。みんなの目つきや声音も覚えている。ほんとうに美しい人だった。アメリカ人風に言えば、「ひとめでしびれちまった」のだ。あの独特の芳しさと優雅さ、あの声。

　あの日、ヒューバートは川辺で夫人にちやほやされ、一方、その日、マッケイ大尉はかいがいしくエヴェリン・カーティスに付き添い、みな彼はきっとエヴェリンに結婚を申し込むに違いないと思っていた。実に古色蒼然たる風雅の時代だった。当時、「求愛中」なんて言葉が使われ、たっぷりしたスカートの下に、しっかりした高いコルセットを身につけていた。自分の方は白いフラノ〔フランネルの一種で厚手の毛織物〕のズボンを穿き、腰には伸縮性のある青いベルトを締めていた。夜になると、叔母はお茶目な笑みを浮かべて「おやすみ、おバカさん」と声をかけた。ほんとに愚かな少年だった。「芝生の未亡人」が落とした花を一輪、枕の下にいれて、頬を乗せ、押し花にしようとしていたのだ。

　なんという愚かしさだ。日曜日が来ると、さあ、教会に行くんだと意気込み、まるで熱病にでもかかったようにせっせとシルクハットにブラシをかけた。礼拝の最中も、なめらかで柔らかな肌の横顔をこっそり眺めていた。二つ手前の左側の木椅子。ヤギ髭をはやした叔父ホールグレイヴ老とピンク色の肌をした白髪の大柄な叔母の間に、彼女は挟まれて坐っていた。ぼくは席を立ち、外に出て来るのを見計らい、近くに行けるように、ぶらぶらと、人に気づかれないように待ち伏せていた。ただ微笑みを見つめ、ドレスの衣擦れの音を聞くだけでよかった。いやはや！

あのころは、チラリと一部が見えれば見えないところまで想像できてしまったのだ。休暇もいよいよ最後の日となり、その夜、初めて現実というものを思い知らされることとなった。いったいだれが言ったのだ、ヴィクトリア朝は無垢な時代だったなんて。

マースランドは自分の頬に手をあてた。いや、露が降りるにはまだ早すぎる。たちまち心が軽くなり、さまざまな女性たちとの思い出が駆け巡る。まるで人が枯れ草を空にむかってひっくり返したり放り投げたりするように。でもあの初めての体験をどんな風に感じたのか、思い出そうとしてもなにも浮かんでこなかった。

叔母の踊り方ときたら！　初めての白いチョッキ。特別この日のために地元の洋服屋で買ったのだ。ネクタイはあれやこれやと苦労を重ねて、あこがれのマッケイ大尉のをそっくり真似たものだ。

静寂に包まれた養兎場で、なにもかも記憶がまざまざと甦ってきた。期待に胸を膨らませ、なおかつ内心どきどきしながら、ごいっしょに踊っていただけませんか、と消え入るような声で言う。小さな房飾りのついた白い鉛筆で、金色に縁取られたプログラムに二度「ミセス・モンティス」と書き記した。夫人の扇子がゆらりゆらりと煽られ、微笑みが浮かぶ。

やがて初めてのダンスのときが来た。白い繻子《しゅす》の靴のつま先を踏んだりしないよう細心の注意を払う。混み合う客の中で、あの人の腕が自分の腕にぎゅっと押し付けられる。気が遠くなるような恍惚感。あの晩の序盤はすべてそこに尽きる。もう一度、ダンスの機会は巡ってはきたが。ああ、もし、彼女をぐるっと回してやり、しかもそれをマッケイ大尉風に「逆回転《リバース》」でできたらいいのに。やがて二回目のダンスが近づき、高揚した心はさらに高まり、それまで踊っていた相手から突然身を引き離し、草の涼しげな香りのする暗いテラスの方に出て行った。コガネムシたちが羽音を立てて乱舞し、星明かりに映しだされたポプラが天空に高く聳え立つ。注意深くネクタイとチョッキを整え、ほてった顔をごしごしこする。ふうっと深呼吸をしてから、中に戻り、あの人を探す。舞踏室、晩餐用のダイニングルーム、階段、図書室、ビリヤードルーム、どこにも見当たらない。「エスティディアンティア*3」のメロディーが止むことなく続き、若きマースランドはまさに白チョッキをまとった亡霊となって彷徨《さまよ》う。ああ、そうだ！　温室だ。急げ！

それから、昔も今も変わらない、あの靄に包まれたような混濁した感じに襲われた。花の茂みから漏れ聞こえる密やかな声。「ああ、いたぞ」、「で、相手の男は誰だ」。一瞬、ちらっと姿が見え、消え去る。象牙色の顔、黒い口髭。それからあの人の声。「ヒューバート」

熱い手がぼくの手を握り、引き寄せる。あの人の香り、微笑みを浮かべた顔、きっぱりした態度。花の背後で衣擦れの音。こっそり偵察している連中。それから突然、唇がぼくの頰に触れ、キスの音がした。えも言われぬ優しげな声で「ヒューバート、かわいい子」。衣擦れの音は遠のき、消えた。

なんという長い沈黙のときが流れたのだろう。それから、夕闇の中、シダの茂みや草花に囲まれ、動揺し青ざめた顔にあの人の顔が近づいてきて、あの人は明るいところに連れ出したのだ。

自分を守るためにぼくを利用したのだということが、次第に分かってきた。少年、あの人の愛人になるには幼すぎ、あの人とマッケイ大尉のふたりの名誉を守るには充分な年ごろ。あの人のキスは、それまでも何度かあったうちの最後のものだったが、それは唇にされたのではなく、頬だったのだ！

このことに気づくのにはずいぶん苦労したものだ。少年、取るに足らない、少年。学校に戻る日も近いだろうし、「彼」と「彼女」が疑われずに密通を繰り返すことができるために、あの人はぼくにキスをしたのだ。

ロマンスが汚されたあの晩、あの後、自分はいったいどんなふうに振る舞ったのだろうか。ほとんど何も覚えていない。キスにだまされたのだ！　憧れのふたりは地に堕ちた！　あのふたりはぼくがどんな気持ちでいたか心にかけたりしただろうか。いや、するものか。ふたりが心にかけたことは人をだしに使い、自分たちの行跡を消し去ることだった。しかし、どういうわけか分からないが、ともかく自分はなにも気がついていないふりをしていた。ただ、ダンスが終わり、順番が来て、あの人を次の踊り手に引き渡したとき、自分の小さな部屋に逃げ込むように戻り、手袋とチョッキを脱ぎ捨て、ベッドに倒れ込み、苦々しい気持ちを思い返していた。しょせん、餓鬼《がき》にすぎなかったのだ！　ただじっとしていた。耳には単調な調べが響いていたが、ついに音楽も止み、馬車がすっかり居なくなり、やがて夜の静寂《しじま》に包まれた。

ほのかな温もりが残り、露のない養兎場の草むらにあぐらをかき、マースランドは膝をさすった。寛大な心にかけては、誰も少年には及ばない！　かすかに微笑みを浮かべながら、翌朝の叔母の様子を思い出した。

　からかい半分、まじめ半分に叔母は「暗闇で逢い引きなんて、いいことじゃないわね、あなた。まあ、多分、あなたのせいじゃなかったのかもしれないけれど、いいことじゃないわ、ほんとに……」。と、突然、彼女は話すのをやめ、ぼくの顔を覗き込んだ。ぼくの歪んだ口元には、初めて見る皮肉っぽい笑みが浮かんでいたのだ。以来、叔母は二度とあの表情を許すことはなかった。皮肉屋の若いロザリオ[*4]と見なしていたのか？　マースランドは思った。

「やれやれ。で、あのふたりはいったいどうなったのだ。ヴィクトリア朝時代か！　難局に備えよ、事実は隠蔽せよってことか、あの時代は。でも、無垢とは……まいったな」

　陽が沈み、露が降りて来た。彼は立ち上がり、強張《こわば》った膝を擦り、凝りを解きほぐした。はるか彼方の森では鳩が鳴き交わしている。消え行く最後の残照に映《は》えて、ポプラの木立の間に古びた叔父の家の窓が宝石のように燦然と輝いていた。ああ、遠き日のささやかな出来事。

訳註

＊1　A・P・ルーカス：一八五七？〜一九二三。イギリスでもっともよく知られたクリケット選手。

＊2　グラス・ウイドウ：「夫不在の夫人」の意。

＊3　エスティディアンティア：ポール・ラコームによって一八八一年に作曲され、別名「バンド・オブ・ステューデンツ・ワルツ」と呼ばれるワルツ。日本では「女学生」という名で有名。

＊4　ロザリオ：セルバンテスの『ドン・キホーテ』（一六〇五、一五）に登場し、人妻を誘惑し、

その貞淑ぶりを確かめるよう依頼をされる人物。

（今村楯夫 訳）

R.オースティン・フリーマン

Richard Austin Freeman
1862-1943

アガサ・クリスティ、セイヤーズ、F・W・クロフツ、H・C・ベイリーと並ぶ、イギリス探偵小説黄金時代における巨匠の一人。犯人の視点で物語を展開してゆく倒叙型ミステリの創始者。医師だった経験を生かして元祖科学派探偵ソーンダイク博士を生み出し、長篇では『赤い拇指紋』（一九〇七）はじめ二十一作、短篇では四十作におよぶソーンダイク物を書いた。またクリフィード・アッシュダウン名義で、怪盗ロムニー・プリングルを主人公とする作品も書いている。

人類学講座

わが友人ソーンダイクは、新聞の愛読者ではない。あんな断片的で統一性の欠けた印刷物に対しては、何であれ極度の嫌悪感を抱いている。雑然と並んだ脈絡のない情報の波にさらされていると、じっくり突きつめてものを考える習慣が損なわれやすい。彼はそれを懸念しているのである。

「一番大事なこと、それはね」ソーンダイクが以前わたしに言った。「常日頃から、はっきりと筋道を立てて、最後まで考え抜くことだよ。結論を出す前に、あっちの問題、こっちの問題と、節操なく飛び移っちゃいけない。新聞読者の悪いクセだ。しかしね、新聞には害なんかない——こっちが読まなければね」

こうして、実際に朝刊一紙をひいきにしている彼であったが、その扱い方は人とは違う。朝食後、青エンピツとハサミを用意し、新聞をテーブルの上に広げる。ざっと斜め読みをしながら、これはという箇所に青エンピツで印をつけ、そのあとハサミで切り抜き、目を通す。読み終わったあとは捨ててしまうか、索引つきノートにはりつけ、保存する。全工程の完了に要する時間は、平均で十五分。

今回お話する事件が舞い込んだ日の朝も、彼はこの作業にいそしんでいた。青エンピツの出番はすでに過ぎ、ハサミの歯切れよい音が、最後の工程に入っていることを告げていた。ほどなくして彼は手を休め、今切り抜いたばかりの記事を指にはさみ、しばしながめたあと、わたしに寄越した。

「また美術品強盗だとさ」とソーンダイクが言った。「実に不可解だよ、こういう事件は――いや、動機の点から考えるとね。絵画や象牙細工なんかを盗んだところで、鋳《い》つぶすことはできないし、かといって現状のままじゃ、売りに出すこともできない。美術品に価値を与える要因そのものが、美術品を取引不可能にしてしまうのだよ」

「でも、こうは考えられないかい」とわたしは答えた。「コレクターの中でも、特に筋金入りの連中――たとえば、陶芸品や切手の熱狂的愛好家――ならば、そういった品を、不正と知りながら買うのではないかな。たとえ人様にお披露目することはあきらめざるを得ないとしても」

「ありうるね。クピディタス・ハベンディ、すなわち純然たる所有欲こそが、こうした事件を引き起こす誘因となるのだろう。何らかの合理的な目的のため、というよりは――」

そのとき、ドアがノックされる音がした。議論を中断すると、すぐにソーンダイクは二人の紳士を迎え入れた。一人はわたしもよく知っている事務弁護士《ソリシター》のマーチモント氏であった。わたしたちはこれまでにもたびたび、氏の依頼を受けてきた。もう一人は見覚えのない客——金髪の、典型的なユダヤ人男性——で、顔立ちは整っており、身だしなみに隙はなく、手には円筒形の箱を一つ携えていた。そして、これ以上ないといってよいほどに激しく心を乱しているのが、ひと目でわかった。

「どうも、おはようございます」マーチモント氏はそう言って、わたしたち二人とていねいに握手を交わした。「ぜひ博士にお会いしていただきたい方がございましてね。きっとお名前をお聞きになれば、今日わたしたちが何の相談でうかがったかは、すぐにおわかりいただけるかと思いますよ。こちら、ソロモン・レーヴェ様とおっしゃいます」

「これは奇遇ですね」とソーンダイクは答えた。「ちょうどあなたがノックなさったときですよ、この方の事件のことを議論していたのは」

「何という禍事だ！」依頼人のレーヴェ氏が割って入った。「どうしたらいいんだ！　これじゃ身の破滅だ！　もうおしまいだ！」

依頼人は持っていた丸箱をどんとテーブルに置き、荒々しく椅子に腰を下ろすと、両手で顔をおおった。

「これこれ、落ち着きなさいな」マーチモント氏がたしなめるように言った。「気をしっかり持って、冷静にならなくてはいけませんよ。さあ、博士に話してごらんなさい。この方のお知恵を、ぜひとも拝借いたしましょう」

マーチモント氏は椅子の背にもたれながら、依頼人を見つめた。他人の身に降りかかった災難に思いを馳せるとき、人はごく自然に、辛抱強い、真摯な気持ちになれるものだが、氏は今まさに、そんな様子であった。

「博士、どうかわたしに力をお貸しください」レーヴェ氏はそう叫び、ふたたび立ち上がった。「何としてもです。このままでは、頭がどうにかなってしまいます。とにかく、これまでの経緯をお話ししますから、そのあとすぐに対処をお願いしたいのです。全力であたってくださるなら、費用に遠慮はいりません。必要ならいくらでも出します――もちろん正当な理由があれば、ですが」

こう付言するのを忘れなかったのは、生まれついての周到さのおかげであった。レーヴェ氏はもう一度腰をおろすと、若干ドイツ訛りのある、しかし完璧な英語で、事件について流暢に語りはじめた。

「わたしの兄はアイザックというのですが、博士はこの名をご存じでいらっしゃいますよね」

ソーンダイクは、うむ、とうなずいた。

「兄は一流のコレクターなのですが、同時にディーラーとしての才も持ち合わせているのです。つまり、趣味と実益を兼ねているのです」

「蒐集の対象は何です?」とソーンダイクがたずねた。

「何でもです」そう答えたレーヴェ氏は大きく両手を広げ、今の言葉が文字どおりの意味であることを示した。「貴重で、美意識に訴えるものなら――絵画に象牙細工、宝飾品に時計、美術品に骨董――そう、何でもですよ。兄もユダヤの子孫ですからね、贅沢で高価なものにかける情熱ときたらそれはもう人一倍で、まさしくソロモン王――わたしの名前もソロモンですが――の時代から連綿と続く、わが民族の特質をしっかりと受け継いでいるのです。家はピカデリー〔ロンドンのウェストエンドにある繁華街〕付近のハワード通り沿いにあって、かつては美術館やギャラリーとしても使われていました。部屋の中は、宝石にアンティークジュエリー、古銭に歴史的遺物――中には値段のつけられないものも――の陳列棚が所狭しとならび、壁を埋めつくす絵画は、どれも傑作です。いにしえの刀剣や甲冑のコレクションは、洋の東西を問わない選りすぐりのものですし、稀覯書、写本、パピルス文書、その他様々な古代の遺宝は、エジプト、アッシリア、キプロスをはじめ、世界各地から出土伝世したものです。このとおり、兄の趣味はおそろしく広汎で、まれなもの、珍しいものの知識にかけては、現在、この世でならぶ者は誰一人いないでしょう。その目に狂いはありません。ニセモノをつかまされることは決してありません。だからこそ売値を高くできるのです。アイザック・レーヴェ所蔵の品を買うということは、まさしく折り紙つき、文句なしのホンモノを買うということになるのですから」

依頼人はいったん口を閉じ、シルクのハンカチで顔をぬぐうと、あいかわらず悲哀のこもった口で、よどみなく話を続けた。

「兄に妻はおりません。趣味こそが生きがい、趣味こそが人生なのです。家は十分に広いとはいえず、コレクションでほぼすべて埋まっています。ただし、続き部屋を一つ、自室として設けておりまして、また、使用人を二人――夫婦なのですが――雇って、身の回りの世話をさせています。夫の方は、かつて巡査部長をつとめていた者で、家の管理と夜番を担当しています。妻の方は、おもに掃除と洗濯が仕事で、必要があれば料理もしますが、兄はいつもクラブに入りびたりなので、腕をふるう機会はあまり。それではいよいよ、わたしの現在の窮状についてお話しいたします」

依頼人は髪をかきあげ、大きく息を吸い込んでから、語りはじめた。

「昨日の朝、兄はパリ経由でフィレンツェに向けて出発しました。ただし旅程ははっきり定めず、状況しだいであちこち寄り道するつもりらしいです。出発前、兄はわたしにコレクションの管理をするよう命じました。つまり、自分の留守中は先ほど申しました続き部屋で寝起きしろ、というわけです。そこでわたしは必要な物を運び入れて、兄の家におさまったのです。

博士、ここからです、わたしが今回の事件と深い関わりを持つことになってしまったのは。普段わたしは、夜の時間をあるクラブで過ごすことにしているのです。そこの会員は、ほとんどが舞台役者でして。それゆえ、帰宅はかなり遅くなるのが常なのですが、昨晩はいつもより早めに切り上げました。兄の家に向かったのは、十二時半を過ぎてはおりません。引き受けた責任の重さを、それはもうひしひしと感じていました。申し上げるまでもありませんね。ならば想像していただけますでしょうか。鍵を開けて、玄関に入った次の瞬間、そこに巡査、巡査部長、警部の三名が勢ぞろいしているさまを目の当たりにしたときの、わたしの戦慄、驚愕、絶望を。そうです博士、強盗に入られたのです、ちょっと家を留守にしていた隙に。警部から事件の説明をうかがっておりますので、かいつまんでお伝えいたします。

警部はパトロール中、二輪の辻馬車が一台、空車のまま、ゆっくりハワード通りを進んでいくのを見たそうです。そのときは特におかしなところはないと判断したそうですが、十分ほどして戻ってくると、またもや先ほどと同一のものと思われる辻馬車が、同じ道筋を、同じ方向に、同じ調子でゆっくり進んでいたので、不審に思い、手帳にナンバーをメモしたのだそうです。その数字は72、863で、時刻は十一時三十五分だったとのことです。

十一時四十五分、今度は巡査が、ハワード通りを巡回中、兄の家の玄関前に、一台の辻馬車が停まっているのを目にしました。警戒していると、男が一人、何かを持って家から出てきて、馬車に積み込んだそうです。そこで巡査が足を速めて近づいていくと、男が家に引き返し、旅行カバンのようなものを持って再び現れ、ドアをこっそり音もなく閉めたので、巡査はいよいよ疑いを強め、急いで駆け寄り、御者に動くなと命じたそうです。

男は荷物を馬車に積むやいなや、自分も飛び乗ったそうです。すると御者がムチを打って馬車を急発進させたので、巡査も負けじと走りだし、警笛とランタンで警告したらしいです。巡査はそのまま追跡を続けたものの、角を二つ曲がってアルバマール通りに出て、それからもう一度曲がってピカデリーに入ったところで、やはりというべきか、見失ってしまったそうです。ただしナンバーはメモしてあり、その数字は72、863で、また男は背が低く、がっしりとした体つきで、帽子はかぶっていなかったとのことです。

追跡から引き上げる途中で巡査は、警笛を聞いて駆けつけた警部と巡査部長の二人と合流しました。巡査の報告のあと、三人は兄宅に急行し、数分間ドアをノックしたりベルを鳴らしたりしたものの、何の反応も得られなかったそうです。そこで警察は、もはや疑わしいどころではないと判断し、厩《うまや》のならぶ路地を抜けて家の裏手に回り、四苦八苦しながら窓を破って、なんとか屋内に入り込んだということです。

疑いはすぐに確信に変わった、と警察は言っていました。二階へ上がると、くぐもったおかしなうめき声が聞こえてきたのだそうです。声のする部屋は鍵がかかっていたものの、その鍵は錠に刺さったままだったらしいです。ドアを開けた警察は、壁を背にして床に坐らされている使用人夫婦を発見しました。二人は手足を縛られていたばかりか、頭にはラシャの袋をかぶせられていたということです。袋を取り去ってみると、猿轡《さるぐつわ》を嚙まされていて、そのやり方は簡単ながらも効き目のあるものだったそうです。

使用人夫婦の証言は一致していました。夫の話によれば、物音がしたと思い、棍棒を手にして二階へおりると、一室のドアが開いていて、中の明かりが煌々《こうこう》と灯っていたそうです。そこで忍び足でドアに近づき、のぞき込むと、背後から取り押さえられ、口に布をあてがわれ呼吸困難になり、縛られ、猿轡を嚙まされ、目隠しの袋をかぶせられた、ということです。

この犯人は――その顔を見た者はおりません――驚くほど力が強く、手先が器用で、使用人をまるで赤子の手をひねるように扱ったそうです。使用人は腕っぷしには自信のある男で、ボクシングやレスリングも得意としているのですが。妻にも同じ運命が待っていました。夫を探しに階段をおりたあと、やはり同じワナにかかり、猿轡を嚙まされ、縛られ、顔を見るひまもなく、袋をかぶせられてしまったのです。というわけで、わたしたちに残された犯人像は、巡査の目撃証言以外にはありません」

「使用人が棍棒を使う機会は、一度もなかったのですか」とソーンダイクがたずねた。

「聞けば、自分の右肩越しに後ろへ振りおろしたとき、男の顔面をとらえたような手応えを感じたそうですが、男がひじをつかんでグイとひねったので、思わず落としてしまったとのことです」

「被害総額は、かなりのものになりそうですか」

「ああ！」とレーヴェ氏は叫んだ。「正確にはわかりません。しかし、残念ながらそうではないかと。兄はつい最近、銀行から四千ポンドを、紙幣と金地金《きんじがね》で引き出していたことがわかりました。ええ、これくらいの細かい取引はたいてい、小切手ではなく現金でおこないます」――このとき、ソーンダイクの目が一瞬ぎらりと光ったのをわたしは見逃さなかった――「で、使用人が言うには、兄は何日か前に小包をいくつか抱えて帰ってきて、とりあえず貴重品棚にしまったのだそうです。その収穫に、兄は大層ご満悦の様子であったと聞きました。その喜びようからして、極めて珍しい、価値ある品を手に入れたのだろうということは、使用人の目にも明らかだったそうです。

しかし今や、その棚は空っぽです。包み紙の他には何一つ、痕跡すら残っておりません。とすれば、他に被害は一切ないとはいえ、少なくとも、総額四千ポンドになる品々が盗まれてしまった、ということになります。しかし、兄はディーラーとして極めて優れていることを計算に入れますと、それらの品が持つ真の価値は、実にその二倍、三倍、いや、それ以上であるという可能性が、十分現実味を帯びてくるのです。おそろしい、おそろしいとしか言いようがありません。

わたしは、すべての責任を取らされることになるでしょう」

「他に手がかりは？」とソーンダイクがたずねた。「たとえば、馬車は調べたのですか」

「ああ、馬車ですか」レーヴェ氏はうめいた。「それなら望みなしです。どうも警察のメモしたナンバーが間違っていたようなのです。警察はすべての署に緊急連絡を入れて、非常線を張りました。するとナンバー72、863の辻馬車が、つとめを終えて帰宅する途中でつかまったそうです。ですが、その馬車は十一時以降客がついておらず、御者もそのあいだ、数人の仲間とともに休憩所に詰めていたことがわかったのです。しかしですね、一つだけ、手がかりがあるのです。これをご覧ください」

この日はじめて顔を明るくほころばせたレーヴェ氏が、テーブルの上の丸箱に手を伸ばした。

「ハワード通りにならぶ家はどれもみな」依頼人は説明しながら、箱のひもを解きはじめた。「裏から見ると、二階に小さなバルコニーがあって、その奥に窓があります。犯人は雨どいを伝ってバルコニーによじ登り、そこの窓を破って侵入したのでしょう。昨晩は風が強かったですよね、覚えていらっしゃいますか。今朝、家を出るとき、隣の家の執事がわたしを呼び止めて、これを渡してくれたのです。彼が仕えている家のバルコニーに、落ちていたそうです」

依頼人はもったいぶって箱を開くと、中から少々くたびれた山高帽を取り出し、ソーンダイクに差し出した。

「わたしの記憶が確かなら」とレーヴェ氏は言った。「帽子をよく調べれば、その持ち主の身体的特徴だけでなく、精神的・道徳的性質、健康状態、財政状況、過去の経歴、さらには家族関係から住環境にいたるまで、推理することが可能なはずです。どうです、間違っていませんよね」

一瞬かすかな微笑みを浮かべ、ソーンダイクは切り刻まれた新聞紙の上に、この帽子を置いた。

「過度の期待は禁物ですよ」と彼は答えた。「当然のことですが、帽子の持ち主というものは変わっていきます。たとえば、今日お召しのあなたの帽子ですが（大変しゃれた、固いフェルト生地の山高帽）、まだ新しいものでしょう、いかがです」

「先週手に入れたものです」とレーヴェ氏は答えた。

「やはり。しかもそれはリンカーン・アンド・ベネット[*1]の高級品ですね。そして裏地には賢明にも色落ちしないインクを使って、ご自身のお名前を入れていらっしゃるのでしょう。さて、帽子を新調するということは、おのずと以前のものを捨てることになる。あなたは普段、古い帽子をどうされます？」

「家の者に譲ります。ですが、似合わないのですよ。おそらく売るか、人に譲るかしているのではないでしょうか」

「そうですか、なるほど。ところで、あなたが買われるような高級品は、長持ちしますね。そしてくたびれてしまってからも長いこと、帽子の用は果たせますね。ということは、あなたがこれまでに使い古してきた帽子の多くは、様々な持ち主を渡り歩いていると考えられる。まずはあなたから古着好きの上品な紳士へ、お次は同じ古着好きでもあまり上品でない紳士へ、というふうにね。したがって、今この瞬間、相当数の宿なしや日雇い人夫が、リンカーン・アンド・ベネットの帽子をかぶり、しかもその裏地には、色落ちしないインクでもって『S・レーヴェ』という名が刻まれている、と考えるのは、けして突飛な想像ではない。もし、先ほどあなたのおっしゃったように、それらの帽子を調べ、『S・レーヴェ』なる人物の個人的特徴を推理したならば、どうなるでしょう。とんでもない間違いを犯すおそれがあります」

マーチモント氏が思わずくすりと笑い声をもらした。が、場の空気の重さに気づいたのか、ただちに、いかにもとりすましたような態度にさっと戻った。

「つまり、この帽子も結局、役に立たない、とおっしゃるのですか」レーヴェ氏の声は、深い落胆の色に染まっていた。

「いえ、そうは申しません」とソーンダイクは答えた。「調べれば何かわかるかもしれません。とりあえず、この帽子はこちらでお預かりさせてもらいますよ。ただし、このことはしっかり警察に報告なさってください。向こうも当然、調べたいでしょうからね」

「それは、お引き受けしてくださるということですか？　そうですよね？」レーヴェ氏は懇願した。

「一応調べてはみます。しかしレーヴェさん、それにマーチモントさん、あらかじめおことわりしておきますがね、これはわたしの担当すべき仕事とはとてもいえませんよ。わたしは法医学者なんです。この事件は法医学とは関係がない」

「うかがう前に、そう申し上げたのですが」マーチモント氏が口を開いた。「でも、わたしからもお願いしますよ。調べるだけ調べてみていただけませんか。法医学の力を見せてください」言葉巧みに、そうつけ足した。

ソーンダイクからあらためて承諾の言葉を引き出すと、二人はいとまを告げた。

客人が去ってからしばらくのあいだ、ソーンダイクは無言のまま、苦笑いを浮かべて帽子を見つめていた。

「こいつは没収試合だ、反則だよ」ようやく沈黙を破った。「この粋でいなせな帽子君の持ち主を探せっていうのかい」

彼は鉗子《かんし》で帽子をつまみ上げ、強いライトの下にかざすと、より詳しい観察に取りかかった。

「もしかすると」とソーンダイクが言った。「わたしたちはあのレーヴェさんのことを、見くびりすぎていたかもしれないな。なかなかどうして、こいつは大変おもしろい代物だよ」

「まん丸だね、まるで洗面器だ」わたしは大声で言った。「大将の頭はきっと、旋盤加工済みなんだよ」

ソーンダイクは声を上げて笑った。

「重要なのは次の点かな。これは中折れ帽と違って、生地のフェルトが固い。したがって、ぴたりとサイズが合わなければ、かぶりようがない。またこれは安物である。したがって、わざわざ採寸して作られたものではない。しかし、このような形をした頭の人間は、どんな帽子が自分にとって適当か、よくよくご存じのはずだ。普通の帽子は、かぶれないのだからね。

もう見当がつくだろう、この帽子の持ち主がこれまでどうしてきたか——おおかた、どこかの親切な帽子屋から、よいアドバイスをもらったのではないかな。まず、適当なサイズの帽子を手に入れ、熱を加える——おそらくは蒸気で。次に、熱して柔らかくなっているうちに、無理やり自分の頭にかぶせ、冷えて形がつくのを待ってから、脱ぐ。つばの形がいびつになっているのが、その証拠だ。ここから導き出せる重要な結論は、この帽子が持ち主の頭に完璧にフィットしているということ――つまり、持ち主の頭の鋳型になっているということだ。そしてこのことと、帽子が安物であることを考え合わせれば、もう一つの結論が導き出せる。すなわち、この帽子の持ち主は、ただ一人しかいない、ということだ。

さて、通常の向きに戻して、外側を見てみよう。まず気がつくのは、古い汚れがまるで見当たらない点だ。昨夜ずっと野ざらしになっていたことを考慮すると、これはきれいすぎる。つまり、持ち主は定期的にブラシをかけていたということになり、したがって、身だしなみに気を使う、几帳面な男、と考えられる。だが強い光を当ててみると、生地の上に、果物の表面に吹く粉のようなものが確認できる。このルーペを使えば、繊維に入り込んでいる細かな白い粒子をはっきり見ることができるはずだ」

ルーペを借りて見てみると、彼の言うところの粒子が鮮明に浮かび上がった。

「そして」彼は説明を続けた。「巻き上がったつばの凹面と、帯のシワとシワのあいだ、つまりブラッシングの難しい部分に、この粉はかなりの量、堆積していることがわかる。またこれは非常に目が細かく、真っ白い。まるで小麦粉のようだ。これをどう思う?」

「ある種の産業と関係しているんじゃないかな。工場とか作業所といった所に勤めているとか、その近くに住んでいるとか、あるいは頻繁にその側を通らなければいけないとか」

「そうだね。ならば、ここで可能性を二つに分けることができると思う。というのも、もし、現場の近くを通るだけなら、粉は帽子の外側にしか付着しないだろう。内側は頭でふさがってしまうのだからね。しかし、実際に現場で仕事をしているとなれば、内側にも入るはずだ。勤務中、帽子を壁にかけていれば、この粉の飛び交う空気にさらすことになるし、さらには本人の頭にも直に粉がついて、帽子の中に入り込むだろうからね」

彼がふたたび帽子を逆さにしたのを受けて、わたしは先ほどの高倍率ルーペを、内側の黒いシルクの裏地にかざした。すると、繊維の隙間にはさまった、いくつもの白い粒子がはっきりと見えた。

「粉は内側にもあるね」とわたしは言った。

ソーンダイクはルーペを手に取り、このことをみずから確認すると、さらに観察を進めた。

「ほら、わかるかい」と彼。「かぶり口の革の裏地には、脂による汚れがある。特に両側面と後ろの部分に目立つね。これは、持ち主の髪が脂っぽいか、あるいは整髪料を使用していることを意味する。なぜなら、脂汚れが汗のせいだというのなら、一番汚れが顕著であるべきは、額が当たる前の部分のはずだからね」

彼は何やら心配そうに帽子の中を凝視していたが、ついには革の裏地をめくり返してしまった。と、次の瞬間、晴ればれしい、満足げな表情を見せた。

「よし」彼は高らかに言った。「こいつは運がいい。このブラッシング好きでしっかり者の持ち主が相手では、勝ち目はないかもしれないと思っていたんだ。解剖用の小ピンセットを取ってくれるかい、ジャーヴィス」

器具を受け取った彼は、革の裏地をめくり、そこから繊細な指の動きで髪の毛を五、六本拾い上げ、慎重に慎重を重ねて、白い紙の上にならべた。

「反対側に、まだ数本あると思うんだが」とわたしは指摘した。

「たしかに。だが、警察諸君の取り分を残しておかないとね」彼は笑顔で答えた。「向こうにも五分のチャンスを与えないと。だろう?」

「それはいいけど、これはもしや」紙の上に顔を近づけ、わたしは言った。「馬の毛なんじゃないのかい」

「いや、そうは思わないね」と彼は答えた。「顕微鏡で調べればはっきりするだろう。まあいずれにせよ、こいつはおあつらえ向きの髪の毛だよ。こんな形の頭の持ち主には、ぴったりだ」

「この固さは尋常じゃないよ」とわたし。「そしてこの内の二本は、白髪同然だ」

「ああ、白髪になりかけの黒髪だ。さてさて、予備調査からこれだけ期待の持てる結果が出たんだ、次はもっと厳密な手法を使って調べようじゃないか。しかし、時間をかけてはいられない。警察諸君がもうすぐここに来て、わたしたちの大事なお宝を奪っていってしまうだろうからね」

彼は髪の毛を収めた紙を注意深く折りたたむと、帽子をまるで聖杯か何かのように両手で捧げ持ち、わたしを従えて一階上の研究所へ向かった。

「ポルトン君、ちょっと」ソーンダイクが研究所の助手に呼びかけた。「調べたい試料があるんだが、時間がないんだ。まずはきみの特製のやつを用意してくれ」

小柄な助手はあわてて戸棚に駆け寄り、一風変わった装置を持ってきた。それは彼のお手製で、一見すると掃除機を小さくしたような感じであった。バルブの向きを逆にした自転車用空気入れから、柔軟性のある金属チューブが伸びており、その先端にガラス製の吸引ノズルと、これまたガラス製の小さな脱着式採取容器が取りつけられている。

「まずは外側についた粉を採取しよう」ソーンダイクはそう言って、帽子を実験台の上に置いた。「用意はいいかい、ポルトン君」

助手が装置下部の環に足をひっかけ、懸命にハンドルを上げ下げする中、ソーンダイクは巻き上がったつばの凹面に沿って、ゆっくりとノズルを動かしていった。ノズルが通過したあとは、まるで魔法のように白い汚れは消え去って、まっさらの黒い生地だけが残り、逆に容器の中は白い物質で濁っていった。

「反対側は、警察諸君のために残しておかないとな」とソーンダイクが言った。

ポルトンはハンドル操作をやめ、容器を取り外し、「外側」とエンピツ書きされた紙の上に置いてから、鐘形の小さなガラス栓で封をした。次に新しい容器が取りつけられ、今度は内側のシルクの裏地と、革の裏地をめくった所——ただし片側だけ——に、ノズルが当てられた。この結果、容器内には髪の毛二本を含む、ありふれた灰色の綿ボコリによく似たものがたまった。

「さて次は」二つ目の容器を取りはずし、脇へよけてから、ソーンダイクは言った。「帽子の内側の型をとろう。ただし一番てっとり早い方法でだ。紙を押し固めたりしているひまはないからね。それにしても、この頭の形には実に驚かされる」

そう言うと、壁にかけてあった大型の穴パスを手に取り、帽子の内のりを測り始めた。

「縦が一七・六センチ、横が一六・八センチ。ということはつまり」——しゃべりながら不要紙の上ですばやく計算し——「頭指数九五・六。ケタ外れの高さだ」

ポルトンが帽子を預かり、濡らした帯状の薄葉紙を内側にはりつけた。そして小鉢に石膏を溶き、どろどろの液状にしたものを、慣れた手つきで薄葉紙に塗布してゆく。すると石膏はすぐに固まりはじめた。こうして二度、三度と塗り重ねられた結果、厚さ二センチほどの大きな石膏の輪ができあがり、帽子の内側を完璧に再現するための母型となった。もう何分かすれば石膏は凝固し、わずかに収縮して、帽子から容易に引きはがせるようになるだろう。そのあとは、板の上で乾燥させるだけだ。

作業を急いで正解だった。ポルトンが固まった石膏を外しているちょうどそのとき、研究所に繋がるようにあらかじめ切り替えてあったブザーが、来客を告げたのである。わたしが階下に出てみると、巡査部長がミラー警視からの伝言を携え、待ち構えていた。帽子をただちに引き渡すように、とのことである。

「次にすべきこと、それは」帽子が丸箱と一緒に持ち去られたあと、ソーンダイクは言った。「髪の毛の太さの測定、横断面の形状の確認、そして粉とホコリの分析だ。横断面の作製はポルトン君、きみに任せる——時間が肝心だよ、いいかい。高粘度の樹脂を髪の毛に巻いてがっちり固めたら、ミクロトーム[*2]で縦方向に対して直角に切断するんだ。あくまでも慎重にね。そのあいだ、こっちは顕微鏡を使ってできる作業を進める」

直径を測定してみると、この髪の毛は驚くべき太さであった——一八八ミクロン、なんと通常の二倍あまりである。しかしながら、それが人毛であることを疑う余地はなかった。一方、例の白い粉は、さすがのソーンダイク博士さえをも悩ます難題となった。試薬によって、それが炭酸カルシウムであることは判明したが、その由来はなかなか見当がつかなかった。

「この比較的大きな粒子は」顕微鏡をのぞき込んだまま、ソーンダイクは言った。「見るかぎり、透明で、結晶化していて、はっきりとした積層構造をなしている。チョークでもないし、顔料でもない。セメントの類《たぐい》でもない。これはいったい？」

「何かの生き物の殻だったりはしないかな」とわたしは言ってみた。「たとえば――」

「それだ！」大声を上げ、ソーンダイクは立ち上がった。「すごいぞ、ジャーヴィス。あいかわらず冴えているじゃないか。これは真珠層に違いない。ポルトン君、きみのガラクタ入れに、パールのシャツ用ボタンがあっただろう。一つ持ってきてくれ」

倹約家のポルトンがいさぎよくボタンを持ってきて乳鉢に落とし、すばやく砕いて粉末にした。ソーンダイクはそこからほんのひとつまみだけをとって、顕微鏡にセットした。

「このボタンの粉末は当然ながら、帽子から採取した試料よりも目が粗い。だがまぎれもなく、同一の性質を有している。ジャーヴィス、やはりきみは貴重な存在だよ。ほら、見てごらん」

わたしは顕微鏡をのぞき、それから懐中時計を取り出した。

「なるほど、間違いなさそうだね。ただ、ちょっと悪いけど、そろそろ行かないと。遅くとも十一時半までには裁判所に来いって、アンスティーがさ」

後ろ髪を引かれる思いを無理やり抑え込み、必要な書類やノートをかき集めて外へ出た。一方ソーンダイクは、郵便局の住所録から、せっせとあちこちの住所を書き写していた。

　裁判所での仕事は丸一日かかり、事務所に戻ってきたのはまもなく夕食時という頃合だった。ソーンダイクは不在であったが、三十分後に戻ってきた。疲労と空腹で、あまり話したがらない様子である。

「今まで何していたかって?」わたしがたずねると、彼はおうむ返しにそう言った。「今日は歩きどおしだよ、何キロもの不衛生な道をね。ロンドン中の真珠貝加工工場を、一つを除いて全部回ってきたんだ。だが獲物は見つからなかった。まだ調べていない最後の工場、そこが一番あやしい。明日の朝、行ってみようと思う。きみも来てくれ。ところで、データは完全にそろったよ。ポルトン君の働きのおかげでね。まずはこれだ。奴さんの頭蓋骨の形を、あの石膏の型から写しとったものだよ。わかるだろう、これは極度の短頭型で、しかも著しい非対称性が認められる。で、こっちは髪の毛の横断面だ。どうだい、見事な円形だろう――わたしやきみのはこれと違って、おそらく楕円形だ。それから、帽子の外側に付着していた、あの真珠層の粉と同様のものが、内側から採取されたホコリの中にもやはり確認できたよ。だが後者にはさらに、何種類かの繊維に加えて、米のデンプン粒子もわずかに含まれていたんだ。以上が、わたしたちの手持ちデータだ」

「しかし、もしもこの帽子が犯人のものでなかったら、どうする気だい?」わたしはあえて聞いてみた。

「それは困るな。だがこれは犯人自身のものだと思うよ。それにね、盗まれたお宝がどんなものか、おおよそ目星はついているんだ」

「ヒントだけでも、教えてくれないか」

「いやいや、何を言うんだい」と彼は答えた。「データはすでにそろっている。きみのすばらしい頭脳を十分に働かせれば、おのずと答は出てくるさ。考えることをおろそかにしちゃいけないよ」

これまでに知り得た情報をもとに、いまだ謎の犯人像を必死で思い描いてみたが、何の成果も得られなかった。被害品の正体についても同じで、推理の糸口さえつかめなかった。次の朝、容疑者発見のために向かったライムハウス〔テムズ川北岸、イーストエンドの一地区。移民と貧困労働者層が多く集まる〕を目前にしてようやく、ソーンダイクがこのことについて口を開いてくれた。

「今日の目的地はバッドコーム&マーチン工場だ。貝殻の輸入と加工を営んでいる。場所はウェスト・インディア・ドック通り沿いだ。ここで容疑者が見つからなかったら、すべての証拠を警察に委ねようと思う。二度とこの事件には手を出さない」

「探しているのは、どんなやつだい?」とわたしはたずねた。

「初老の日本人だ。新調した山高帽、いや、おそらくは布製の鳥打帽〔労働者階級の象徴〕をかぶっていて、右頰か右こめかみに傷がある、そういう男だ。辻馬車屋も一軒、探し出す必要がある。おっと、どうやらいつの間にか工場に着いたようだね。じゃあ、もうすぐ昼時だし、工員が外に出てくるのを待つとしよう。調査はそれからだ」

こうしてわたしたちは、背の高い、のっぺりとした建物の前をゆっくりと通り過ぎ、それからもう一度その前を通るつもりで振り返った。

ちょうどそのときである。どこかで汽笛が鳴り、正門のくぐり戸から工員たち――みな粉挽き職人のようにまっ白になっていた――が、列をなして通りに出てきた。わたしたちが立ち止まって見守る中、彼らは一人、また一人とくぐり戸を抜け、自宅や近くの喫茶店など、思い思いの方向へ去っていった。しかし、その中の誰一人として、わが友人が示した犯人像に当てはまる者はいない。

工員の列はしだいに勢いを弱め、ついには途絶えた。響くくぐり戸の閉まる音。ソーンダイクの追求は、またしても失敗に終わったかに見えた。

「まさか、これで全部か？」彼の声にはかすかに失望の色がにじんでいた。

しかしそう言い終わる間もなく、ふたたびくぐり戸が開き、中から人の片足がぬっと飛び出した。足の次には背中が、背中の次にはやけに丸い、鞠のような頭が姿を見せた。頭頂部をおおう鉄灰色の髪に、鳥打帽をのせたこの男は、短身太めのがっしり型と呼ぶにぴったりの体つきで、その姿勢のまま、門の中にいる誰かと話をしている様子である。

突然男が振り向き、通りを見やった。つやのない黄色い肌と、細い目つき。わたしはすぐさま、そこに日本人の典型的な相貌的特徴を見てとった。男はさらに一分近く話を続けたのち、やっともう片方の足を引いて、こちらに体を向けた。そのとき、顔の右側、張り出した頬骨の上辺りが、大きなケガのせいであろうか、変色していることに気づいた。

「よし」ソーンダイクはそう言って、近づいてくる男を尻目に、すばやく回れ右をした。「探していたのはまさにこの男だ。偶然の一致にしては、できすぎている」

彼は歩調をやや抑え、この日本人が少しずつ追いつくように仕向け、ついに男が追い越したあとは、いくらか足を速めて、一定の距離を保った。

男はさっそうと前を歩き、しばらくして横道にそれたので、わたしたちも見失わないだけの距離を置きつつ、あとに続いた。ソーンダイクは手帳を開いて、わたしと真剣に何事かを話し合っているふりをしながらも、この獲物から鋭い目を離すことはなかった。

「あそこへ入ったぞ！」ソーンダイクがそう言ってすぐに、男は姿を消した。「窓枠が緑色の、あの家だ。十三番地かな」

そのとおりであった。住所確認をすませると、わたしたちはその場をあとにし、次の角で折れ、もとの本道の方へ向かった。

二十分ほどして、喫茶店の入口前に差しかかったとき、たまたま一人の男が店から出てきて、のんびりと満ち足りた様子でパイプを詰め始めた。帽子も服も白い粉まみれで、先ほど工場から出てきた工員たちとそっくりである。ソーンダイクが声をかけた。

「やあ、この通りには製粉工場でもあるのかね」

「ちげえよ、旦那。真珠貝よ。おれもそこで働いてんだ」

「ほう、真珠貝」とソーンダイク。「たしか、外国人がわりに多い業界だって聞くがね、実際はどうだい」

「そんなことはねえよ、旦那。むちゃくちゃきつい仕事だからな。他所もんなんて一人しかいねえ。それに、外国人じゃねえ――ジャップよ」

「ジャップか！」とソーンダイクが叫んだ。「本当かい。じゃあ、その名前はひょっとして、コーテイというのではないかい。わたしたちの大切な友人なんだよ――なあ、憶えているだろ、あのコーテイ君だよ」

わたしの方を向いて、そうつけ足した。

「ちげえよ、旦那。フタシマってんだ。そういやジャップはもう一人いたな、イトーってやつで、フタシマのツレだったんだが、辞めちまった」

「残念、二人とも知らないな。ところで、この辺に辻馬車屋があった気がするんだが」

「ああ、ランキン通りをちょっと行ったところだ。四輪が何台かに、二輪も一、二台あったかな。さっき言ったイトーの野郎は、今そこにいるんだ。お馬が気に入ったらしいぜ。たまに四輪を転がすときもあるな。おかしいだろ、ジャップのくせによ」

「まったくだ」

情報をくれた礼を言い残し、わたしたちはゆっくりとランキン通りへ向かった。着いてみると、馬車はほとんど出払っていて、残っていたのは骨董品のような時代遅れの四輪馬車と、ひどく使い古された二輪馬車の二台だけであった。

「これまた古風で見ごたえのある家並みだねえ。ほら、こっちに背を向けてならんでいる、あれだよ」ぶらぶらと敷地内に侵入しながら、ソーンダイクは言った。「あの木造の破風なんてどうだい」

彼はその内の一軒を指差した。窓からは男が一人、こちらをいぶかしげににらんでいる。

「実に味わい深い、伝統的な造りじゃないか」

「何の用だい、ミスター？」男はぶっきらぼうにそう言って、わたしたちを牽制した。

「いやいや、この古式ゆかしい家屋をひと目見ようと思っただけだよ」

ソーンダイクはそう答えながら、二輪馬車の後部にじりじりと近づきつつ、手帳を開いてスケッチでもするようなそぶりをみせた。

「外からでも見えるだろ」と男は言った。

「おっしゃるとおり」ソーンダイクは慇懃に答えた。「でも、ちょっと見にくいじゃないか」

次の瞬間、彼の手から手帳がすべり落ち、ページが数枚、馬車の下に散らばると、男は愉快そうにあざ笑った。

「あわてなくていい」ソーンダイクがそうささやき、急いで紙を拾い上げようと前かがみになったわたしを制した──実際、彼の動きは実にあきれるほどのろくてぎこちないものだった。「地面が乾いていて助かったよ」

彼は回収した紙を手にして立ち上がり、軽く何かをメモしたあと、手帳をポケットにしまった。

「そろそろ消えた方がいいぜ」と男は言った。

「いやあすまん」とソーンダイクは答えた。「そうすることにしよう」

男の親切な助言を聞き入れたしるしに、彼は愛想よくうなずいてみせた。

「博士、マーチモントさんがおいでになりましたよ。バジャー警部と、あともう一人どなたかもご一緒に」ポルトンの報告を聞きながら、わたしたちは事務所に入った。「五時頃にもう一度お見えになるそうです」

「そうかい、それじゃ」ソーンダイクが助手に答えた。「五時まであと十五分あるし、きみがお茶を用意しているあいだに、ちょっと服をきれいにしてくるよ。ライムハウス辺りの大気に浮かんでいる微粒子は、真珠層の粉ばかりじゃないからね」

客人は時間どおりにやって来た。もう一人の人物とはやはり、ソロモン・レーヴェ氏であった。バジャー警部にお会いするのはわたしにとってこれが初めてであったが、どうやら彼は、その名が示す「穴熊」という意味とは裏腹に、自分が攻める側に立って、ソーンダイクにひと泡吹かせてやろうというつもりらしい。その目論見はしかし、輝かしい成功をとげることはなかったのである。

「博士、どうかレーヴェさんをがっかりさせることのないよう願いますよ」バジャー警部はひやかすように言った。「例の帽子、かなりお調べになったようじゃないですか——痕跡があちこちにありましたよ——この方はですね、博士なら、犯人の名前から居所まで、完璧に探り当てることができると信じていらっしゃるのです」

警部は後見人気取りで、この進退窮まった依頼人に向かって作り笑いを浮かべた。レーヴェ氏のやつれ具合、憔悴の程度は、前日の朝からさらにひどくなっていた。

「博士——何かその——手がかりは?」痛ましくも熱のこもった声で、レーヴェ氏はたずねた。

「あの帽子、詳しく調べてみましたらね、なかなか興味深い、確かと思える事実がいくつか見つかりましたよ」

「博士、まさか帽子の鑑識だけで、被害品の特徴まで明らかになった、などとおっしゃるつもりじゃあないでしょうね」警部はおどけた調子でそうたずねた。

ソーンダイクが警部に向き直った。眉一つ動かさぬその顔は、まるで木彫りの仮面のようである。

「推察するに」とソーンダイクは言った。「盗まれたのは、日本の伝統的美術品、たとえば、根付や浮世絵といった類のものではないでしょうか」

喜びと驚きの入り混じった叫び声が、レーヴェ氏の口から発せられた。一方、警部の顔からは、それまでの人をからかうような感じが、みるみる失せていった。

「そんな、いったいどこからそれを突き止められたのですか」と警部は言った。「われわれは三十分前に知ったばかりですよ。フィレンツェから警視庁に、直接連絡が入ったのです」

「犯人の正体についても、お聞かせくださいませんか」先ほどと変わらぬ熱意を込めて、レーヴェ氏は哀願するように言った。

「それについては警部殿におたずねすることにしましょう」とソーンダイクは答えた。

「ええ、お任せください」と警部は応じた。「犯人は背の低い、屈強な男で、肌の色は濃く、髪は白髪まじり。頭部の形状はほぼ円形で、顔料あるいはセメントの製造に従事している可能性あり。以上が、われわれの知るところのすべてであります。博士、他に何か情報をお持ちでいらっしゃるのであれば、ぜひともお聞かせ願いたい」

「ほんのいくつかにすぎませんがね」とソーンダイクは言った。「だが、役に立たぬともかぎらぬ以上、申し述べておくといたしましょう。まずライムハウス、バーケット通り十三番地、そこにフタシマという日本人が住んでいる。バッドコーム＆マーチン工場に勤務、仕事は真珠貝の加工作業。もしも家宅捜索をおこなうのでしたら、例の帽子をかぶせてみたらいかがですか。おそらく、ぴったりだと思いますよ」

警部は手帳に向かって、ひたすら情報を書き込んでいる。マーチモント氏――ソーンダイク博士の長年の信奉者――は、椅子の背に悠々ともたれて、ひとり静かにくっくと笑いながら、もみ手していた。

「次に」とわが友人は続けた。「同じくライムハウス、ランキン通り、そこの辻馬車屋に、これまた日本人だが、イトーという男が雇われている。おとといの晩どこにいたか、たずねてみてください。その際、折よくナンバー22、481の二輪馬車が出払っていなければ、しっかりお調べなさるといい。ナンバープレートの外枠六箇所に、小さな穴が空いているのが認められるはずです。おそらく、ニセのナンバープレートを取りつけるために、無頭釘を打った跡でしょう。いずれにせよあなた方は、おとといの午後十一時半に、その馬車がどこにあったかを突き止められたらよろしい。以上が、わたしのお伝えしたいことのすべてです」

レーヴェ氏が椅子から勢いよく立ち上がった。

「行きましょう――今すぐ――ただちに――一刻一秒を争うときです。ああ博士、何とお礼を述べたらいいか。千回感謝しても足りません——百万の千倍、感謝いたします。それでは！」

警部の腕をつかんで、ぐいぐいドアへとひっぱっていくレーヴェ氏。ほどなく、外の階段をおりてゆく三人の足音が響いた。

「わざわざ推理の筋道まで話すことはあるまい」足音の消えゆく中、ソーンダイクが言った。

「きみも説明なんていらないだろう？」

「いやいや、その反対さ」とわたしは答えた。「ぜひともご教授願いたいと思っていたところだよ。徹底的にね」

「それじゃ聞いてくれるかい。今回の事件の推理は極めて単純でね、人類学上の非常に一般的な知見を応用したものだよ。ご存知だろう、人類はおおまかに三つのグループに分けられる——黒人種、白人種、そして黄色人種。しかし、皮膚の様々な性質以外にも、各人種はそれぞれ固有の特徴を持っていて、それはとりわけ、頭蓋骨、眼窩、および頭髪の形状に現れる。

まず黒人種の場合、頭蓋骨は奥行きがあり横幅が狭く、眼窩は横長で縦幅が狭く、頭髪は平たく帯状で、通常は時計のゼンマイのようにきつく巻いている。白人種の場合は、頭蓋骨は楕円形、眼窩も楕円形、頭髪は断面が若干扁平あるいは楕円形で、たいていはゆるやかに波打っている。そして黄色人種、すなわちモンゴル人種の場合だと、頭蓋骨は奥行きがなく円形、眼窩は横幅が狭く円形、頭髪は直毛で、断面は円形。まとめると、黒人種は長い頭蓋骨、長い眼窩、平たい頭髪。白人種は楕円の頭蓋骨、楕円の眼窩、楕円の頭髪。そして黄色人種は、円い頭蓋骨、円い眼窩、円い頭髪、ということになる。

さて、今回の事件で手がかりとして現れたのは、非常に奥行きの短い、円形の頭蓋骨だった。だが一足飛びに、人種の確定から個人の特定へと進むわけにはいかない。英国人の中にも、円い頭蓋骨を持つ者はたくさんいるからね。しかし、この頭蓋骨と関係のある髪の毛が、円形の断面を持つと判明したことで、この人物がモンゴル人種に属することはほぼ確実となったわけだ。そして、あの帽子の中から真珠層の粉と米のデンプン粒子が検出されたことも、この推理を裏付ける材料となった。なぜなら真珠貝加工業は、とりわけシナや日本と関係が深いし、また英国人の帽子からデンプン粒子が検出されるとすれば、それはきっと小麦に由来するはずだからね。

ところであの髪の毛は、今言ったように断面が丸く、直径も非常に大きかった。これまでに何千本もの毛髪を検査してきたが、一番太かったのは日本人の頭髪だったな。たしかに、あの帽子から採取されたのと同じ太さの髪の毛が、他にないとはかぎらない。だが犯人が日本人であるという仮説は、様々な点から立証できるよ。まず、犯人は背が低く、それでいて強健かつ行動的であるとのことだが、日本人はモンゴル人種の中で一番背が低く、非常に強健で行動的なんだ。

次に、元巡査部長の屈強な使用人を手玉に取った離れ業は、日本の格闘技である柔術を思い起こさせるし、また犯行内容も、日本人の美術品に対する関心の高さと矛盾しない。最後に、特定の作品のみが被害に遭ったという事実は、その作品に特別な、おそらくは民族的な要素があったことをうかがわせるし、またその持ち運びやすさ――覚えているかい、価値にして八千ポンドから一万二千ポンドになろうかという品々が、カバン二つに収められ、持ち去られたのだ――は、奪われたのが日本の美術品であったとすると、大いに納得がゆく。もしそれがシナの作品であったら、重量、体積ともに大であった可能性はずっと高いからね。とはいえ、以上の推理も、はじめは単なる憶測にすぎなかった。そう、あのフタシマが見つかるまでは――いや、今でもやっぱりそうなのだ。もしかすると、わたしはまったくの見当違いを犯しているのかもしれないがね」

彼の推理に誤りはなかった。現在、わが家の応接間には年代物の根付が一点、ひっそりと飾られている。蒐集家アイザック・レーヴェ氏から進呈されたものだ。ライムハウス、バーケット通り十三番地の民家の裏部屋より、無事に被害品を取り戻した謝礼である。この価値ある逸品は言うまでもなく、もともとソーンダイクに贈られたものなのであるが、あとで彼が家内に譲ってくれたのである。わたしが貝殻の可能性に言及していなかったら、犯人にはけしてたどりつけなかっただろうから、そのお礼に、とのことだ。いやはや、そんなことはちょっと、ありえない。

（藤澤透 訳）

訳註

＊1　リンカーン・アンド・ベネット：ロンドンの高級紳士帽子メーカー。一時は王室御用達にもなった。

＊2　ミクロトーム：プレパラート作製のため、試料を薄片に切断する装置。

謎の訪問者

「そうか」ソーンダイクがわたしを見ながら物思わしげに言った。「きみも開業医として仕事をばりばりこなすまでになったか、自分の診療所を構えてな。時の経つのも速いものだなあ。ついこないだまで学生で、階段教室の最前列の席から口をぽかんと開けてわたしを見ていた気がするが」

「口なんかぽかんと開けていましたかね」わたしは怪しみながら応じた。

「言葉のあやだよ。さも自分のほうを向いてくれと言いたげだったってことだ。きみはいつもわたしの講義をまじめに聴いていたよ。どうだ、講義は実践の場で役立っているかな」

「このところ、どうも胸を躍らせるような法医学上の経験とは縁がありませんね、先生が調査なさったあの異常な火葬事件以降――ほら、セプティマス・マドックの一件ですよ。[*1] あ、そういえば、先生にお伝えしようと思った出来事がありまして。おもしろくもない話ですが、ご助言をいただければ。いやまあ、実はぼく個人の問題ですらないんですが。当事者はぼくの患者なんです、クロフトンという名の男で、なぜか行方不明になってしまいましてね」

「で、きみはその一件に法医学上の興味を見出せないわけかね」ソーンダイクが問うた。

「はあ、何も。クロフトンは休暇旅行に出かけて、近ごろでは友人たちと連絡を取っていない。それだけの話です。少し気になる点としては、ふだんの本人――まめに手紙をしたためる男です――らしからぬところですね、本来の人柄からすると少し問題らしくて。あの男はいかにも神経質でしてね、面倒なことにそういう家系なんです」

「まさしく簡にして要を得た説明だな、ジャーディーン」とソーンダイクが言った。「だがもっと細かい点を詰めないと。二人で実物大の像を描くことにしよう」

「けっこうですね」とわたしも応じた。「とにかく腰を据えてお聴き下さい。まずクラフトンのことから始めましょう。神経質で、心配性で、なんのかんのと悩みを抱えていて、とくに金が絡む問題ではぴりぴりしている男なんですが、そういう傾向が近ごろますますひどくなっていたんです。自分の財政状態を気に病んでいましてね。自分が確実に破産へと向かっていると感じていて、そのことが頭から離れないありさまでした。ほんとはまったく実情に反するんですが。わたしはこの一家とはわりに親しくて、金銭問題なんかただの取り越し苦労だと知っていました。クロフトン夫人もきっぱり言っていましたよ、お金は有り余っているわけではないが、日々の暮らしはまあだいじょうぶです、と。

クロフトンのいらつきぶりがひどくなっているようだったので、息抜きに旅行でもして、賄い付きの下宿屋にしばらく泊まったらどうですか、いろいろな人と知り合えますよと、わたしは勧めました。クロフトンは旅に出る代わりに、ホイットスタブル〔イングランド南東部ケント州の海岸保養地〕近くのシーソルター〔同州北岸の村〕にある自分の別荘へ行くことにしました。ふだんは人に貸しているそうですが。クロフトンはそこへ一人で泊まり込み、海水浴をしたり田舎道を散歩したりして時間を過ごすと言いました。ぼくはあまり感心しませんでしたね。クロフトン本人は孤独を好んでいないのですから。あの男の家系にはうつ病の傾向が強くあるし、自殺者が出たといういやなうわさもあったんです。

クロフトンが独りぼっちになるのは、どうもいい気はしなかった。でも、一家の別の友人、いや実はクロフトン夫人の弟なんですが、アンブローズという男が週末を一緒に過ごしてもいいよ、気晴らしの相手になる、と名乗りを上げました。その後も、都合がつけばいつでも行って午後のひとときを過ごそうと誘いました。で、六月十三日の金曜にクロフトンはアンブローズと一緒に出かけたわけです。それからしばらくのあいだは、すべてうまくいっていました。クロフトンは心身ともに回復していったようで、奥さんにも一週間に二、三度はきちんと手紙を寄越しました。アンブローズはできる限り足を運んでクロフトンを元気づけていましてね、しまいにこんな報せを持ち帰ってきたんです。クロフトンはさらにマーゲイト〔同州東部サネット島の保養地〕へ転地するつもりだと。だからアンブローズも、もう別荘へは足を運ばなくなりました。

やがてマーゲイトから手紙が届きました。書いた場所は別荘ですが、消印はマーゲイトで、日付は七月十六日です。これは文面でも同じでした。手紙はぼくの手元にあります。奥さんから送ってもらって、まだ返していないんです。でも中身はべつにおもしろくありませんよ、せいぜいクロフトンが次の列車でマーゲイトへ向かう予定で、滞在先を決めたらまた手紙を出すよ、と書いてあるぐらいで。ここでクロフトンからの連絡は途絶えました。あの男は手紙も寄こさず、シーソルターを発ってマーゲイトに着いたということを除けば、今もって足取りはつかめていません。これが今お話しした手紙です」

わたしは手紙をソーンダイクに手渡した。ソーンダイクは消印にちらりと視線を落とし、あとで調べるからと手紙をテーブルに置いた。

「心当たりは探してみたのかな」ソーンダイクがたずねた。

「ええ。本人の写真をマーゲイト警察に送ったりしましてね、もちろん――でもねえ、七月のマーゲイトのようすはご存じですよね。避暑客で連日ごった返しています。あの人ごみのなかでクロフトンを見つけるのは至難の業ですよ。それに今はもうあそこにいないかもしれないし。でもクロフトンにとっては、行方不明になったのはなんとも間《ま》が悪かった。ちょうど巨額の遺産を相続できるときでしたからね。で、当然ながら、クロフトン夫人は夫に朗報を伝えようとやっきになっているんです。額は三万ポンドほどで」

「遺産相続の件は前からわかっていたのかな」ソーンダイクがたずねた。

「いいえ。クロフトン一家には降って湧いたような話でした。ミス・シューラーという独身の老女が遺書を作っていたことも、大金を遺していたことも、夫妻は知りませんでした。老女の死期が近いことも、いや、老女が病気だったことさえ。でも少し変ですね。なぜならミス・シューラーは一、二カ月前から病床に臥せっていて、しかも悪性の癌をわずらっていたので、回復の見込みがないことはよく知られていたんですから」

「亡くなったのはいつだね」

「七月十三日です」

ソーンダイクは〝え？〟というように眉を吊り上げた。

「手紙の日付のわずか三日前か。となると、もしクロフトンが再び姿を現さなければ、ミス・シューラーより長く生きた証《あかし》となるのはこの手紙だけというわけだ。重要書類じゃないか。三万ポンドの価値あり、ということになるかもしれないな」

「いや、実は思ったほど重要でもないんです。ミス・シューラーの遺書によれば、もしクロフトンが遺言主より先に死んだら、遺産は未亡人に渡るとありました。だからクロフトンの生死にかかわりなく、遺産は確保できるわけです。でも彼には生きていてほしい。身の上が危ぶまれているのは残念ながらたしかですが」

ソーンダイクはこの発言について思いをめぐらしていたが、やがて口を開いた。

「クロフトンは遺書を作っていたのかね」

「はい。つい最近ですが。ぼくも立会人の一人でして、クロフトンの求めで目を通しました。よくある法律上の長たらしい表現が満載でしたが、ごく短い言葉でまとめられそうな内容でした。クロフトンはほとんどすべての財産を妻に遺していますが、そう明記するのではなく、財産を一品目ずつ列挙しているんです」

「おそらく選別しているんだろうな、事務弁護士《ソリシター》が」

「ええ。やはり一家の友人でジョブソンという男が。ジョブソンは遺言執行者で、なおかつ残余遺産受取人なんです」

ソーンダイクはうなずき、再び物思いにふけった。次いでそのままの表情で手紙を手に取った。ソーンダイクが手紙を調べているようすを、わたしはしげしげと、ひそかに少しおもしろがりながら見た。ソーンダイクは封筒の裏表に視線を走らせ、ポケットから分厚いルーペを取り出し、折り返し片《フラップ》と消印をじっくり調べた。続いて手紙を引き出すと、光にかざしてから、文面を読み通し、最後にルーペで文字をためつすがめつ眺めた。

「ふふん」わたしはぶしつけな笑みを浮かべてたずねた。「先生はその文字から意味を一粒残らず取り出されたんでしょうね」

ソーンダイクは苦笑しながらルーペをポケットに押し込み、わたしに手紙を返した。

「それは生存の証拠としていつか提示することもありうるから、安全な場所にしまっておくほうがいい。クロフトンはあとで別荘に戻るつもりだったようだ。だが実際には戻っていないことはたしかなんだね」

「戻っていないでしょう。とにかく、クロフトンから手紙が届くのをみな待っているんです。先生としては、誰かが――」

わたしは口をつぐんだ。ソーンダイクが何か救いようのない予想をしているように思えてきたからだ。

「ジャーディーン、わたしはきみの言い分をもとに考えをまとめているだけだよ。うつ病患者や自殺者が出た一族の男が、ぱたりと姿を見せなくなった。ある空き家からよその土地へ向かい、またあとで戻ってくるつもりだと伝えてきた。地元ではその空き家は本人の見つかりそうな唯一の現場なので、きっと捜索されたはずだ。また、たとえ本人が戻ってこなくても、その家には今の所在を見つけるなんらかの手がかりがあるかもしれない」

この最後の一言を聴いて、わたしの心にある考えが浮かんだが、口にするのは気が引けた。ソーンダイクには手がかりになることでも、ふつうの人間にはまったく無意味なものである場合も往々にしてある。そういえば、前述のマドック絡みの謎めいた一件で、なんの変哲もない事実に対してソーンダイクがお見事な解釈を示したことがあった。だから今の思いつきはわたしの心のなかで膨らんでいった。ついにわたしはおずおずと切り出した。

「やれると思えば、ぼくなら自分で足を運んでみますがね。明日は土曜で、診察を代わってくれる同僚も見つかりそうだし。今はとくに仕事も忙しくないんです。でも先生は手がかりのことを口にされているし、前回の事件のときにはぼくはへまばかりしていたから——先生が現場をごらんになってくだされば、それが一番なんですが」

意外なことに、ソーンダイクはやるき満々とばかりにうなずいた。

「行こうじゃないか。週末だからね。当の別荘に滞在できるだろうし、ジプシー流に各地を転々としながら休暇を過ごせるだろう。この一件にまつわる興味ある点もきっといろいろあるだろうしね。明日にでも発とう。列車のなかで昼食を摂るかな、その後は午後の時間が丸ごと使える。きみ、クロフトン夫人から鍵を借りてくれないか。もし夫人が持っていないなら、別荘に入る許可証をもらうだけでもいい。鍵なしでなかへ入るはめになったら、必要となるかもしれない。いや、もちろん我々二人だけで行くことになる」

　わたしは喜んでうなずいた。二人で調べれば何かわかりそうだなどと期待したわけではない。だがソーンダイクのようすから、この人はわたしの説明を聴いて、わたしにはわからない何か重要な鍵をつかんだのではないかという感じを受けた。


　防波堤からいくぶん離れた自然のままの土地に、別荘は立っていた。ホイットスタブルから、船大工の作業場やら、ブリガンティン型〔前部に横帆、後部に縦帆のついた帆船〕の石炭船が修理のために引き上げられている斜路《スロープ》やらのわきを通り、我々は防波堤沿いに別荘へ向かった。ほかにも別荘が二軒ほどあったが、互いにずいぶん離れていた。我々はそれぞれに近づいてゆき、扉にペンキで書かれた名前を確かめた。

「たぶんあれだな」

　ソーンダイクが木の塀に囲まれた小さな建物を指さした。ほかの別荘と同じく、高潮線のすぐ上の位置に更衣室もある。ぽつんとしていてさびれたありさまや、日よけがみな下がっているところからすると、ソーンダイクの見立てどおりの感じだ。二人で扉まで行ってみると、はたしてミドルウィックという名前が書いてあった。

「さて、次なる問題は、どうやってなかに入るかですね」とわたしが言った。扉には鍵がかかっていて、呼び鈴もなかった。塀をどんどん叩くしかないか。

「それはやめておこう」とソーンダイクが応じた。「きっとなかには誰もいないよ、でなければドアに鍵なんかかけないだろう。裏口が開いていればいいが、それもだめなら塀を乗り越えないといけない。だから音はなるべく立てないほうがいい」

我々はぐるりと家を囲む塀のまわりを歩いたが、ほかに門はなかった。我々のいささか怪しげなおこないを人目からさえぎってくれる木や覆いもなかった。

「仕方ないな、ジャーディーン。もう行くしかない」

ソーンダイクは地面に緑のキャンバス地の旅行かばんを置き、両手で塀のてっぺんをつかむと、道化役者《アルレッキーノ》よろしく塀を飛び越えた。わたしはかばんを拾い上げてソーンダイクに渡してやり、まわりをちらりと一瞥するなりあとに続いた。

「いやあ、やりましたね。さて、これからどうやって家に入りましょうか」とわたしが言った。

「ドアが開いてないなら、錠をこじあけないといかんな。あるいは窓から入るか。とにかくまわりを見てみよう」

我々は裏口に回ったが、鍵がかかっているばかりか、ソーンダイクがナイフの刃で確かめたところ、上下に二本かんぬきもかかっていた。観音開きの窓はどれも留め金で固定されている。

「表口がいちばん入りやすいな」とソーンダイクが言った。「かんぬきをかけてあるはずはない、クロフトンが煙突から出れば話も別だが。それにわたしが持っている〝喫煙者の友《スモーカーズ・コンパニオン》〟〔携帯用パイプ掃除道具〕で、ふつうのドアの鍵なら開けられるだろう。見たところ、なんの変哲もない部品のようだから」

二人で家の正面に戻ると、ソーンダイクはポケットから〝喫煙者の友《スモーカーズ・コンパニオン》〟〔どんな喫煙者と同伴する《アカンパニー》つもりなんだろう〕を取り出した。錠は単純な代物だった。なぜならコンパニオンで二度ほど鍵穴をほじくると開いたからだ。わたしが取っ手を回すと、扉が開いた。念のために、どなたかいらっしゃいますか、とわたしは大声で呼びかけてみた。答えがなかったので、我々はなかへ入り、玄関前には広間がなかったのでそのまま居間へ足を踏み入れた。

敷居から二、三歩進んで我々は立ち止り、まわりに視線を投げた。わたしとしては、なんとなくいやな感じのする部屋だった。まだ外は明るい午後なのに、なかは真っ暗といってよさそうだ。日よけはすべて下りており、カーテンも引いてある。

「見たところ」明るい日差しを浴びてちかちかした目で気の滅入るような暗い室内を見回しながら、わたしが言った。「クロフトンは夜中に出ていったようですね。まさか昼間にカーテンを引いたりしないでしょう」

「そうとしか考えられんな」とソーンダイクも応じた。「だがそのあとが続かない」

ソーンダイクは正面の窓に近寄ってカーテンを開け、日よけを引き上げた。すると窓の下部を覆っている緑のサージの半《ハーフ》カーテンがあらわになった。明るい日の光がどっと射し込んできたので、ソーンダイクは窓に背を向け、何も見落とすまいという顔でまわりを見渡した。壁や家具はもちろんだが、なかでも床にくまなくゆっくり視線を這わせた。次にソーンダイクは身をかがめると、扉の反対側にあるテーブルの下に落ちていた短いマッチの燃えさしを拾い上げ、それをじっくりながめてから、テーブルのそばのリノリウムに残っている蠟燭の滴った二、三の跡に目をやった。続いて炉棚を見やり、テーブルの上の灰皿へと視線を移した。

「わずかながら、ちぐはぐな点があるな」とソーンダイクが言った。「だが見過ごすことはできない。いいかね」

　物問いたげなわたしの顔を見ながら言葉を継いだ。

「この部屋はきっちり片づいている。何もかも本来の位置におさまっている感じだ。たとえばマッチ箱は炉棚の上のしかるべき置き場にある。マッチの燃えさしを入れる灰皿もある。中身を見ればいつも使われている代物らしい。とはいえ床にも燃えさしが一本落ちている。すぐそばのテーブルには灰皿が置いてあるのに。それに、ほら、このマッチは炉棚のマッチ箱にあるものとは種類が違うぞ。後者のはブライアント・アンド・メイ社[*2]の大きめなマッチだ。灰皿にある燃えさしは明らかにこの会社の製品だ。だが灰皿のなかをよく見ると」ソーンダイクは灰皿を持ち上げた。「燃えさしが二本あるだろ――どうやらブライアント・アンド・メイの小さな品だ。片方は大半が燃えていて、もう片方は半分だけ燃えている。この意味するところは明々白々だ。だが、やはり、どうも少しちぐはぐな点がある」

「わかりませんね、意味するところもちぐはぐな点も、ぼくにはどうもはっきりしません」

　ソーンダイクは炉棚に近寄り、マッチ箱を手に取った。

「ほら」マッチ箱を開けながらソーンダイクが言った。「ぎっしりマッチが入っている。箱は所定の位置におさまっていた。ドアの反対側にあるテーブルの下には、燃え尽きている小さなマッチが一本あった。また吊るしたランプの下の灰皿にも二本あった。筋を通して考えると、誰かが暗いなかに入ってきて、マッチを擦ったということになる。そのマッチはポケットに入れていたマッチ箱のものに違いない。それが燃え尽きたのでもう一本つけた。ランプのほやを立てているあいだに、その一本も燃え尽きた。そこで当の人物は三本目のマッチを擦ってランプをともした。だがこの人物がクロフトンなら、なぜ部屋を照らそうとしてマッチを使う必要があったのだろう、マッチ箱はいつものところにあったのに。しかもなぜ燃えさしを床に放ったのか」

「つまり、そいつがクロフトンではないってことですか。たしかにそうでしょうね。クロフトンはポケットにマッチを入れたりしません。いつも蠟《ろう》マッチを使っていて、銀のケースに入れて持ち歩いていますから」

「ならばアンブローズだったかもしれないな」ソーンダイクが控えめに言った。

「違うでしょう。アンブローズはライターを使いますから」

ソーンダイクもうなずいた。「べつに意味はないのかもしれない。でも何か手がかりになりそうだ。家のなかをくまなく見てみようか」

ソーンダイクはいったん立ち止り、壁にかかった小型の鍵下げ板《キーボード》をちらりと見た。板には鍵が二つほど下がっている。それぞれ区別できるように、小さな象牙色のラベルが貼ってあり、架け釘の下に部屋名が書いてある。ソーンダイクは部屋のすみの扉を開けた。扉の向こうは台所だったので、ソーンダイクは扉を閉め、となりの扉を開けた。そこは寝室の入口だった。

「来客用の寝室だろうな」二人でなかへ入るとソーンダイクが言った。「ブラインドは下りていない。全体にこざっぱりしたようすだね、客間として片づいている。ベッドは使ったためしがないかのようだ」

ソーンダイクはあたりをじっくり見てから、居間へ戻ってもう一つの扉に近づいた。開けてみると、なかはかなり暗い部屋だった。二つの窓には厚いサージのカーテンがかかっている。

「ほう」カーテンを引いて日よけを上げると、ソーンダイクが言った。「ここはきちんとしているとは評しがたい。ベッドはずいぶん乱れているし、毛布はカバーからはみ出ている」

ソーンダイクは部屋全体をじろじろ見回し、ベッドわきのテーブルにはとくに鋭い目を向けてから口を開いた。

「ここにもちぐはぐな点があるな。燭台が二つある。一方では蠟燭が燃え尽き、残っているのはわずかな芯だけだ。使用済みのマッチ棒が五本ある。大きめの二本はテーブルのマッチ箱から取り出したもので、小さな三本のうち、二本はただの擦りかすだ。こちらの燭台の蠟燭はずいぶん蠟が溶けている。わたしが思うに——その蠟燭を蠟燭立てから外して——ふむ、燭台から抜いて使っている。溶けた蠟が底まで流れ落ちたのがわかるだろ、それから親指の指紋——どうやら左手の親指——がはっきりついているよ、蠟涙《ろうるい》がまだ暖かいときについたものだ。それからテーブルにはタンブラーの跡がある。水ではない何かの液体が入っていたんだな。だがタンブラー自体は影もかたちもない。この跡は古いものかもしれないぞ、新しそうに見えるが」

「クロフトンらしくないな、テーブルに古い跡をつけるとは」とわたしが言った。「堅苦しいほど几帳面な男だから。タンブラーが台所にあるかどうか確かめたほうがよさそうですね」

「そうだな。それにしても、クロフトンは蠟燭で何をしていたんだろう。おそらくこれを部屋の外に持ち出したんだ、居間の床に跡がついているからね。床のここに二つばかり跡があるだろ」

ソーンダイクは扉のそばの整理だんすに近寄り、開けてあった引き出しを覗き込んだ。わたしも見たが、服で詰まっている。と、そのとき、ソーンダイクがかすかに笑みを浮かべた。

「ちょっと来てくれ、ジャーディーン」低い声だ。「ドアのすきまから覗いてごらん」

わたしが扉に近づき、すきまに目を当てると、居間の突き当たりに窓があった。それから小カーテンの上に、間違いない、警察官の帽子のてっぺんが見えた。

「耳をすませ」とソーンダイクが言った。「大勢でご来場だ」

ソーンダイクが口を閉じるまもなく、台所付近からこっそり何かをこする音がした。小型ナイフで窓の留め金をどうにかしようとしている音らしい。続いて窓が開く音が、それからこっそりなかへ入ってくる音が聞こえた。次に台所の扉が静かに開き、誰かがそろそろと居間を横切った。そうしてついに、がっしりした体格の巡査部長が寝室の戸口に現れた。

「気持ちのいい日ですね、巡査部長」ソーンダイクがにこにこしながら声をかけた。

「まあ、そりゃそうだが」という答えが返ってきた。「ともかくあんたたちは誰だ、この家で何してる」

ソーンダイクは我々の作業について短く説明した。二人がそれぞれ自分の身分証明書やクロフトン夫人の許可証を見せると、いかにも警察官らしい堅苦しさが相手の顔からみるみる消えていった。

「だいじょうぶだ、トムキンズ」巡査部長は隠れている無慈悲な部下《ミュルミドン》に大声で呼びかけた。「窓を閉めて正面のドアから出てっていいぞ。お二人には失礼しました」

巡査部長が言い足した。

「となりの別荘の借り主が自転車で通報しにきたものでして。あなた方が正面のドアの錠を外しているところを双眼鏡で見たそうで。ちょっと怪しい姿に映っても仕方ありませんな」

ソーンダイクはくすくす笑いながら相手の言い分をおおらかに認めた。三人で居間を抜けて台所へ行った。巡査部長が同席しているせいで、こちらとしてはあれこれ述べるのがはばかられたが、我が師は携帯用石油ストーブ《プリマス》に載っているフライパンに意味ありげな視線を向けた。そのなかにこびりついている油には〝ちぐはぐな点〟が感じられた。几帳面なはずのクロフトンが、こんなありさまをほったらかしにして家を出てしまうなど、わたしには予想外だったからだ。タンブラーはいずれも洗ってあり、証拠としては使えなかったので、わたしは師のあとについて居間へ戻った。ソーンダイクは立ち止まり、鍵下げ板《キーボード》を見つめた。

「さて」巡査部長が口を開いた。「クロフトンがここへ戻ってきたにしろ、今はいないのが明らかだ。あなた方はどの部屋もひととおりごらんになったんでしょ」

「更衣室はまだですがね」とソーンダイクは応じながら、更衣室としるされた鍵を壁から取った。

巡査部長はふふんと笑った。「まさかクロフトンがあそこに泊まり込んでるわけもないでしょうよ。でもまあ、やるならとことんやりますか。といっても、正面玄関の鍵と門の鍵は持ち去られてるから、クロフトン自身もいなくなってるでしょうがね」

「それは筋の通った見立てだ」ソーンダイクもうなずいた。「ともかく捜査は完結するに越したことはないでしょう」

そう言いながらソーンダイクは先に立って庭に入り、扉に近づいた。扉まで来ると、わるびれるようすもなく喫煙者の友《スモーカーズ・コンパニオン》を取り出し、先端部分を鍵穴に挿し込んだ。

「おう、これはこれは！」巡査部長が驚きの声を上げるなか、錠はかちりと音を立て、扉が開いた。「おもしろい代物ですね。しかもなんとも巧みに操っておられる。ちょっと拝見」

手渡された小道具を巡査部長がいつまでもしげしげと見つめているので、この人、〝特許権の侵害〟でもやらかすつもりかなとわたしはいぶかった。部長が小道具の点検を終えたころには、三人は防波堤の下の波打ち際に着き、ソーンダイクが更衣室の錠に鍵を挿し込んでいた。ソーンダイクは部長から〝コンパニオン〟を返してもらうと、ポケットに入れ、鍵を回して扉を押し開けた。すると、巡査部長は〝おおっ〟と声を上げてのけぞった。

三人でなかを覗くと、実際ぞっとするありさまが目に飛び込んできた。更衣室は約一八〇センチ四方の狭いところで、道具らしきものはといえば、壁の高い位置にある二つばかりの留め金だけだった。一つだけある窓――ガラスをはめていない――はぴっちり閉まっており、奥のすみの裸床には男が一人、壁のかどにもたれて坐っていた。深くうなだれている。アーサー・クロフトンだ、間違いない。わたしはそう言い切った。死後かなり時間が経っており、変わり果てていたが。

「とにかく」遺体の身元を確認しながらわたしは言い足した。「死後少なくとも二週間は経っているると見ていいでしょうね。マーゲイトからまっすぐ戻ってきて、こんな行為に及んだに違いない。それ、たぶんなくなっていたタンブラーでしょう」

遺体の右手近くの床に置いてある品をわたしは指さした。

「たしかにね」なぜかおざなりにソーンダイクも応じた。先ほどから室内のようすをじろじろ見回していたが、ようやく口を開いた。「クロフトンはなぜ掛け金を下ろさなかったのかな、鍵をかけるよりいいじゃないか。鍵はどうしたんだろう。穴から抜いてポケットに入れたに違いない」

ソーンダイクは物問いたげに巡査部長を見た。その意を汲みとって自ら動くしかない巡査部長は、おぞましくてならんと言いたげな顔で歩を進めると、恐るおそる遺体の服を調べだした。

「おお」しばらくして部長が声を上げた。「あった」

ベストのポケットから、小さな象牙色のラベルが貼ってある鍵を取り出した。

「うむ、これがそうだ。ほら、〝更衣室〟って書いてありますよ」

ソーンダイクはじっくりと、目に驚きの色さえ浮かべて、手渡された鍵を見つめた。そうして、いったん書いたら消えない鉛筆をポケットから取り出すと、ラベルに〝遺体にあり〟と記した。

「まずこれが鍵穴に合うかどうか確かめよう」とソーンダイクが言った。

「合うに決まってますよ」と巡査部長が言った。「クロフトンがそいつを使ってなかに閉じこもったんなら」

「たしかに」ソーンダイクも応じた。「だがそこが要点でね。もう一つの鍵とは合わない感じだ」ソーンダイクは母屋から持ってきた鍵を取り出し、わたしに渡してしばらく持っていてくれと言った。次いで遺体のポケットに入っていた鍵を鍵穴に挿し込もうとした。が、ぴたりと合わなかったどころか、穴に入りさえしなかった。

巡査部長の顔から、〝まあ、ご勝手にどうぞ〟と言いたげな表情がすっと消えた。部長はソーンダイクから鍵を受け取り、自分もやってみたがやはりだめで、立ち上がるなり目を丸くしてソーンダイクを見つめた。

「いやはや」巡査部長が言った。「思いもよらぬ事態だ。この鍵は違う」

「遺体には別の鍵があるかもしれない」ソーンダイクが応じた。「あまり期待できないが、確認しておこう」

巡査部長はさすがに躊躇しなかった。遺体のポケットをすみずみまで探り、鍵束を見つけ出した。だがいずれもごく小さなものばかりで、更衣室の鍵とは違っていた。母屋の扉や庭の門の鍵も含まれてなかった。部長は再びすくっと立ち上がると、ソーンダイクをじっと見た。

「本件にはどうもにおうところがありますね」巡査部長が言った。

「あるね」ソーンダイクもうなずいた。「ドアにはしっかり鍵がかかっていた。内側からはかかっていなかったので、外側からかけたに違いない。それからあの鍵——違う鍵——については、おそらく誰かが遺体のポケットに入れたんだろう。ほかにもいくつか怪しい事実がある。タンブラーがベッドわきのテーブルからなくなった。ここに一つある。この床には二つばかり蠟涙がついているね。蠟燭が一本ドア近くのあの角に立っていたようだ。今ここにはない。だが寝室には一本ある。蠟燭立てを使わずに持ち込まれたもので、親指の指紋がくっきりついている。今からまずやるべきは、遺体の指の指紋を採ることだな。ジャーディーン、寝室からわたしのかばんを取ってきてくれないか」

わたしは母屋へ戻り（となりの別荘主の視線を再び浴びる次第となったが）、かばんを手に取ると更衣室まで運んだ。ソーンダイクは手袋をはめた左手でタンブラーをそうっとつかみ、光にかざしながらルーペでじっくり調べていた。次いでルーペをわたしに手渡して言った。

「目を凝らしてごらん、興味深い代物が見えるよ。二つ違った親指の指紋がある――ともに左手だ、だから違う人間のものだな。ほら、タンブラーが遺体の右手のそばにあったし、タンブラーの跡がついていたテーブルがベッドの左側にあっただろ」

わたしが親指の指紋を調べおわると、ソーンダイクはタンブラーを床にそっと置き、自分の携帯用研究室ともいうべき〝調査かばん《リサーチケース》〟を開けた。ここからソーンダイクは、インク管を入れた真鍮の容器と小さな印肉棒と小さなカード数枚を取り出し、容器のふたをインク受けにしながらてきぱきと遺体の指紋を採り、各々のカードに何か細々《こまごま》と書き込んだ。

「クロフトンの指紋を採ってどうなさるおつもりですか」とわたしがたずねた。「もう一人の指紋のほうが役立ちそうですが」

「たしかにね」ソーンダイクも応じた。「だが指紋は別人のものだと、つまりクロフトンのものじゃないってことを証明しないといけない。蠟燭にも指紋があるし。あれは捨てておけない重要な問題だ。こちらを終えたら、すぐ蠟燭のほうに取りかかろう」

　ソーンダイクは目の前の一件を片づけると、手袋をはめた手でタンブラーをつかみ、母屋へ引き返した。巡査部長も扉に鍵をかけてあとに続いた。我々は寝室へまっすぐ向かった。ソーンダイクは蠟燭立てから蠟燭を取り、ルーペを使いながらカードにつけた親指の指紋二つを、さらにタンブラーについた指紋を、それぞれじっくり見比べた。

「明々白々だな」ソーンダイクが言いだした。「これは左手の親指の指紋だ。クロフトンの指紋とはまったく違う。タンブラーについた謎の親指の指紋と一致している感じだ。とすると、どうも謎の訪問者は蠟燭をこの部屋から更衣室へ運び、またここへ戻したのではないか。だがたぶんこれを吹き消してから母屋を離れて、更衣室でまた火をつけたんだろう」

　わたしと二人でカードと蠟燭とタンブラーを調べていた巡査部長が口を開いた。

「親指の指紋が誰のものか、まだ不明なんでしょ。たとえば、クロフトン氏の息の根を止める動機のありそうな者は誰か、特定できていないんですよね」

「それは検視陪審の役目ですな」とソーンダイクが言った。

「まあ」巡査部長もうなずいた。「でも評決については疑問の余地なんかなさそうですよ。謀殺事件だとはっきりしてますから」

　この言い分にソーンダイクは何も応えず、ただ蠟燭とタンブラーの保管に関して指示を出したのみだった。計画していた〝ジプシー流の休暇〟を取るのがもはや無理なことは決まったので、ソーンダイクとわたしは巡査部長――すでに我々の名刺は渡してある――にいとまを告げ、駅へ戻った。

「クロフトン夫人に事の次第を知らせなきゃいけませんね」とわたしが言った。

「それは我々の仕事じゃないな。事務弁護士かアンブローズに任せればいい。きみ、弁護士の住所を知っているなら、電報を打ってくれないか、今夜八時に会えるよう頼んでくれ。細かいことは言わずにな。ただ〝クロフトン発見〟とだけ伝えるんだ。至急電報《ウナ電》にしてくれよ、先方に約束を取り消されたらやっかいだから」

駅に着くなり、わたしは電報を打った。ほどなくロンドン行きの列車が出ると案内があった。各駅停車だったので、車中で事のあらましについて二人で話し合う時間も、またわたしにとってはいろいろ考える時間もたっぷり取れた。実際わたしは、これでもかというほど考えた。というのも、いささか不愉快な疑問が頭から離れなかったからだ——巡査部長が口にし、ソーンダイクが答えるのを避けていた疑問だ。クロフトンの息の根を止める動機のありそうな者はいるだろうか。転がり込んできた多額の遺産とミス・シューラーの遺書の文言、この二点に思いをいたせば、まことに扱いづらい疑問だ。クロフトンが妻より先に死んだ場合、遺産は妻のもとへ行くと、遺書には明記されていた。アンブローズは妻の兄だ。しかもアンブローズはクロフトンと二人きりで別荘にいたし、今までわかった限り、ほかには誰もいなかった。

わたしは気まずい思いをかみしめながらこうした点を振り返り、この一件の解決をソーンダイクに白紙委任してしまいたかった。ともあれ当の我が師は、口をぴたりと閉ざしていて、巡査部長の疑問にも答えず、遺族ではなく事務弁護士と話し合いの場を持つと決めたのだから、胸の内はどんなふうか手に取るようにわかったし、今はこの一件を話題にしたくないことも明らかだった。

レストランで食事を終えると、我々は八時に事務弁護士の自宅へおもむき、書斎へ通された。ジョブソン氏は書き物机に向かって坐っていた。氏は〝ん？〟という顔でソーンダイクを見たが、我々の名を聞くと少しそっけない口ぶりで言いだした。

「ソーンダイク博士は当方の内輪の問題に多少とも関わっておられると、そう受け取ってかまいませんね」

「どうぞ。だからこちらにまいりました」わたしが応じた。

ジョブソンがうなずいた。

「で、クロフトン氏はどうしておられますか。どこで見つかったんでしょう」

「残念ながら、亡くなっていました」わたしが答えた。「ひどい話です。わたしどもが更衣室で遺体を発見しました。すみのところに坐っておられ、そのわきの床にはタンブラーが置いてありました」

「なんと！　恐ろしい！」事務弁護士が叫んだ。「あそこへ一人で行ってはいけなかったんだ。わたしはそう止めたんです。なんとも不幸な出来事だ、さほど大きな額ではないにしろ生命保険は出ますがね。とはいえ、自殺条項というものが――」

「生命保険に影響は及ばないのではないかな」とソーンダイクが言った。「検視官の判断は、きっと謀殺となるでしょう」

ジョブソンは呆気にとられた。顔がさっと青ざめた。凍りついたような表情でソーンダイクを見つめた。

「殺人！」ジョブソンは信じられんとばかりに繰り返した。「でもあなた、クロフトン氏は更衣室に閉じこもっていたとおっしゃいましたよ。それはまぎれもなく自殺の証拠でしょ」

「クロフトン氏は自分から閉じこもったわけじゃありません。鍵は内側からかかっていませんでした」

「ほお！」事務弁護士はほっとしたとも取れそうな口ぶりで応じた。「いや、でも――ポケットは調べましたか」

「ええ。〝更衣室〟と記された鍵を見つけました。だがそれは違う鍵なんです。鍵穴にはどうしても入らなくてね。ドアの外側から鍵がかけられたことは疑いようがありません」

「なんてこった！」ジョブソンが消え入りそうな声で言った。「怪しい感じがぬぐえませんな。とはいえ、まだ信じられん――とてもありそうにない話だ」

「そうかもしれない」ソーンダイクも応じた。「ですがね、何から何まで明らかなんです。ある人物が夜に別荘を訪れたこと、また寝室で事が起きたことは証明されている。その訪問者は遺体を更衣室まで運び、ベッドわきのテーブルからタンブラーと蠟燭を手に取った。それから、蠟燭――すみの床に立っていた――の明かりで遺体を動かし、居間の板に下がっていた鍵を遺体のポケットに押し込んだ。次いで更衣室に鍵をかけ、母屋へ戻って、鍵を留めくぎに、蠟燭を蠟燭立てにそれぞれおさめた。それが終わると母屋と庭の門に鍵をかけ、鍵を持ち去ったんです」

事務弁護士はこの長々とした説明を声も出ないようすで聴き入っていたが、ようやく口を開いた。

「それはいつごろのことだとお考えですか」

「今月十五日の夜でしょう」相手が答えた。

「しかし」ジョブソンが言い返した。「クロフトン氏は十六日に自宅へ手紙を出しているんですよ」

「出したのは六日です」とソーンダイクが応じた。「誰かが6の前に1を書き入れて、16日にマーゲイトから投函したんです。わたしは死因審問の場でそのもくろみに対する証拠を提示します」

わたしはキツネにつままれたような気になった。ソーンダイクの堅苦しくて冷ややかなふるまい――いつもの人当たりのよさとは大違いだ――や、事務弁護士の奇怪な取り乱しようから、目には見えぬ何事かの存在がほのかに感じられた。わたしの目の前で、ジョブソンはたばこに火――細いブライアント・アンド・メイのマッチだ、それを床に投げ捨てた――をつけた。この男、次にどんなことを言うのかなと、わたしは内心うきうきした。はたしてジョブソンはまた口を開いた。

「何か――うむ、そのう――手がかりはありましたかね、訪れた人物に関して」

「殺人で告発される人物ですか？　ええ、もちろん。警察には身元を特定する手段がいろいろありますから」

「つまり、もしその者を発見できればですな」ジョブソンが言った。

「もちろんそうです。しかし、無視できない事実が死因審問ですべて示されれば、当該人物はくっきりと浮かび上がるでしょうね」

ジョブソンは物思いにふけるかのように、足元に視線を落としたまませわしなくたばこを吸い続けたが、やがてうつむいたまま言った。

「警察がその人物を特定したとしましょう。だからどうだというんです。クロフトン氏を殺害したという証拠はありますか」

「直接証拠ですか?」とソーンダイクが問うた。「さあどうかな、わたしが検死したわけでもないし。ですが、今お話しした状況証拠があれば有罪を立証するには十分ですよ、殺害したという主張に対する明確な反証が挙がらない限りは。ただし」と付け加えた。「自分にはもっともな言い分があると被疑者が訴えたいなら、告発される前にしたほうがいいでしょう。自ら進んで主張するほうが、捕まってから取り調べのなかで供述するよりも、内容こそ同じでもずっと重みがあります」

しばらく沈黙のときが流れた。その間わたしは、ソーンダイクのいかめしい顔と事務弁護士の青白い顔とを戸惑いながら見比べた。と、ようやく後者がつと立ち上がり、部屋のなかを二度ほど足早に行きつ戻りつしたのち、暖炉の前で立ち止まると、まだソーンダイクとは視線を合わすまいとしていたが、ぶっきらぼうな低いしゃがれ声で言いだした。

「事の次第をお話しします。おっしゃるとおり、わたしは十五日の夜シーソルターへ行きました。

別荘でクロフトン氏に会えないかと思いましてね。ミス・シューラーが亡くなり、遺書には何が記されているか伝えたかったんです」

「その件については内密の情報をご存じだったんですね」とソーンダイクが言った。

「ええ。わたしの従兄がミス・シューラーの事務弁護士で、遺書の中身を知らせてくれました」

「ご老体の健康状態もね」

「そうです。とにかく別荘に着いてみると、明かりがともっていない。でも正面玄関には鍵がかかっておらず、わたしはなかへ入ってクロフトン氏の名を呼びました。答えがないので、マッチでランプに火をともしました。次に寝室へ入り、やはりマッチを擦ったところ、ベッドにじっと横たわっているクロフトン氏の姿が見えました。声をかけましたが、答えも動きもしません。わたしはテーブルの蠟燭に火をつけました。やはり、ぴんときたとおりだったのです、つまりクロフトン氏は亡くなっていて、しかも死後しばらく経っていると――おそらく一週間以上も。

この人気《ひとけ》のない家で死者の姿を目の当たりにして、もうぞっとしました。まず頭に浮かんだのは、表に飛び出て大声で助けを呼ぶことでした。ともかく居間に行ってみると、書き物机に手紙が一通載っていました。見ると、クロフトン氏の筆跡で、夫人にあてたものでした。言いづらいけれど、好奇心がわいてきて、わたしは閉じていない封筒から便箋を取り出し、中身を読んでしまいました。日付は六日で、一時期マーゲイトにおもむいて、また別荘に帰ってくるつもりだ、と書いてありました。

手紙を読んでしまったために、わたしはとてつもない誘惑にかられる次第となりました。6の前に1を書き加え、日付を6日から16日に変えて、マーゲイトで手紙を投函さえすれば、三万ポンドが手に入りそうだ。一目でそこまで見通しました。でもただちにやる気にはなれなかった。ブラインドをすべて下ろし、カーテンを引き、家に鍵をかけるあいだも、わたしはいろいろ頭を働かせました。危険はほぼなさそうだ。ただし、誰かが別荘にやってくれば、遺体の状態が手紙の書き換えた日付と食い違っていると思われる恐れはあるが。わたしは寝室に戻って遺体のようすを調べた。かたわらに燃え尽きた蠟燭が一本と、茶色い液体が乾いてこびりついているタンブラーが一つありました。クロフトン氏はどう見ても自ら毒を飲んだのだ。そのとき、はっと気づきました。もし遺体とタンブラーを当分のあいだ人目につかないところに移せば、遺体の状態と手紙の日付の食い違いは見抜かれまい。

しばらくは適当な隠し場所が思いつきませんでしたが、ふと更衣室が頭に浮かびました。まさかあそこへクロフトン氏を探しにいく者はいまい。別荘を訪れて氏の姿が見当たらなければ、まだマーゲイトから戻っていないんだろうと思うはずだ。わたしは蠟燭と鍵下げ板の鍵とを手にして更衣室へ行きました。ところがすでにドアには鍵が挿し込んである。わたしは母屋へ引き返し、持ってきた鍵をクロフトン氏のポケットに戻しておきました。これが合い鍵かどうかなど考えもしないままに。いやもちろん、ドアに挿し込んでみればよかったんだが。

あとのことはおわかりでしょう。わたしは午前二時ごろ遺体を運び出し、更衣室の鍵をかけ、鍵を持ち去って鍵下げにかけ、しみがついていた上掛けをベッドから外し、毛布をカバーから出してベッドを作り直しました。朝が来るとわたしはマーゲイトまで列車に乗り、日付を書き換えた手紙を出し、正面玄関の鍵を海に投げ捨てました。

　これが真相です。まさかとお思いかもしれませんがね。でも遺体をごらんになったあなた方なら信じてくださるでしょうか。それに、十五日以前にクロフトン氏を殺す動機など、わたしにはないこともおわかりいただけるかもしれない。クロフトン氏が十五日以前に亡くなったのは明らかですが」

「〝明らか〟でもないでしょう」ソーンダイクが言い返した。「いずれにしろ、クロフトン氏の命日があなたにとっては弁明の核心になるから、この点がいかに大事か、検死官に納得してもらうほうがいいでしょう」


「どうもよくわかりませんね」二人で帰途につきながら（我々は一晩ともに過ごした）、わたしは言った。「のっけからこの一件はにおうぞと先生は踏んでおられたようですね。それにしても、よくジョブソンに狙いをつけられたものだ。ぼくには謎ですよ」

「謎にはならんよ、きみが法律に通じていれば」とソーンダイクが応じた。「我々の最初の話し合いできみが語ってくれた内容に、ジョブソンが怪しいと思わせる材料が含まれていたんだ。きみ、あの男がクロフトンのために作った遺書の妙な箇所について触れていただろ。クロフトンとしては、自分の全財産を妻に遺すつもりだった。だが遺書にはそういう文言はなく、財産の各品目が列挙されたうえ、残余遺産受取人が指定されていた。受取人はほかならぬジョブソン自身だ。これは単なる法律上の手続き論のように見えたかもしれない。だがミス・シューラーの遺産問題が明らかになると、その手続きはいささか違った様相を帯びてきた。なぜならこの遺産はクロフトンの遺書に載っていた品目にはなかったからだ。つまり未亡人のもとへは行かない。財産の残余に含まれ、残余遺産受取人――ジョブソン――のもとへ行くことになる」

「うわあ、そうか」わたしは叫んだ。

「まったくな。クロフトンが自分の遺書を破棄するか、新たに作成するかしない限りは。これはどうにも妙な話だった。どうやらジョブソンは、ミス・シューラーの遺書に関して内々に通じており、それに応じてクロフトンに遺書を作らせたように思われた。ミス・シューラーが重病で亡くなったとき、主治医は以前から死期の目安をつけていたに違いないし、ジョブソンにも経過を知らせていたようだ。そこで、今回の一件についてきみが示してくれた骨子はこうだ。すなわち、クロフトン――自殺した可能性がある――はどこかに消え、新たな遺書を作っていない。

ミス・シューラーは十三日に亡くなり、クロフトンに三万ポンドを遺した。条件はクロフトンが十三日以後にも生きていることで、そうでなければ遺産はクロフトン夫人のもとへ行く。すると問題の核心としては、クロフトンが生きているか死んでいるかだ。もし十三日以前に死んでいれば、遺産は夫人のものになるが、死んだのが十三日以後なら、遺産はジョブソンが受け取るわけだ。

それから、ぼくにとっては思わぬごほうびとなったのが、きみに見せてもらった十六日付の手紙だ。ジョブソンにすればこの日付こそ三万ポンドを受け取れる鍵だから、わたしはもちろん手紙をためつすがめつ見たわけだ。ふつうの濃青色のインクで書いてあったね。だがこのインクは、封をしないまま風に当てても、真っ黒く変色するまでにおよそ二週間かかる。封をすれば、もっとかかる。ルーペで日付をじっくり見ると、1は6より明らかに青っぽかった。つまりあとから書き加えた数字だった。だがなんのためのしわざか。誰がやったのか。

考えられる理由はただ一つ、クロフトンはすでにこの世の人ではなく、しかも命日は十三日以前だということだ。日付を書き換える動機のある人間はジョブソンだけだった。だから我々がシーソルターへ向かったとき、わたしはすでに確信していたんだ、クロフトンは死んでいて、手紙はジョブソンがマーゲイトから投函したものだと。さらに、クロフトンの遺体が別荘の敷地のどこかに隠されている点も疑問の余地はなかった。わたしがおこなうのは、こういう結論を立証することだけだった」

「じゃあジョブソンが我々に真相を語っていると察しておられたんですか」

「うむ。だがあの男、新たな遺書が作成されてしまう前にクロフトンの息の根を止めるつもりで、かの地へ向かったんではないかな。クロフトンの遺体を見つけたときは、愕然としたに違いない。とはいえ率直なところ、ジョブソンは思わぬ状況に置かれて臨機応変に動いたんだね。しくじったのはほんの偶然のせいだった。自分は殺人に手を染めていないという抗弁はおそらく認められるだろう。いや、もちろん、遺産をめぐる詐欺については有罪を認めることが前提だがね」

はたしてソーンダイクの予言は的中した。ジョブソンはアーサー・クロフトン殺害については無罪となったが、今は文書偽造をはじめ小賢しく立ち回りすぎた件で〝おつとめ〟をしているところだ。

訳註

＊1　ソーンダイク物の第四作『物言わぬ証人』（一九一四）参照。

＊2　ブライアント・アンド・メイ社：十九世紀半ば創業のイギリスのマッチ会社。

（井伊順彦 訳）

G. K. チェスタトン

Gilbert Keith Chesterton
1874-1936

小説や詩、戯曲、文芸評論、時事評論など様々な分野で一流の執筆活動をした近代英文学の大物。卓抜な着想にもとづき、頭韻や逆接、対句、比喩といった文体技術を駆使して多くの秀作を物した。一九二二年カトリックに改宗。探偵小説も、ブラウン神父物五作品や『木曜の男』（一九〇八）をはじめ数多く著している。一九二八年には、探偵小説家の親睦団体〈ディテクション・クラブ〉の初代会長に選ばれた。

主としての店主について

ウィリアム・ウィリアムズは食料品店の店員であった。長年にわたり、店の主人は店の経営を、ウィリアムは店の下働きを、それぞれ続けてきた。だが最近になって主人は、ウィリアムの店員としての働きぶりに、疑いの目を向けるようになった。

そんななか、雲一つない爽やかなある春の日の朝、ウィリアムはわりにあっさりと、出し抜けに、店員であることをやめた。

主人のスティッグルズ氏は、この海辺の小村でしのぎを削る三人の商店主の一人だ。店の印象は、いかにも村の店といった感じで、食料品といっていいのかどうかよくわからない品も、売り物としてならんでいた。たとえば、大瓶詰めの「自家製レモネード」なる代物もその一つで、これを窓ぎわに見栄えよく陳列するのが、今ウィリアムのすべき仕事であった。

客の中には、スティッグルズ氏が扱う商品の名称にケチをつける者もいた。この砂糖、「超微粒」なんて書いてあるけど、実はあの砂ボコリだらけの床に一度落っことしたやつなんじゃないの。「新鮮たまご」なんて謳ってるけど、あれは店の目玉というより、鳥類博物館の客寄せという方が正しいんじゃないの。そんなささやきが漏れたこともあった。

しかし、「自家製レモネード」という名称には、どこからも文句が出なかった。生産者はスティッグルズ氏本人であると、誰もが認めていたのである。ただしそのレシピは、ベネディクト会[1]のレシピと同様、固く秘密に閉ざされていた。主成分は海水であるという意見が多かったが、ほんのり石鹸の風味もあった。その他、銅サビや刻んだ野草なども、材料として使われているのではないかと見られていた。

突然スティッグルズ氏が、ずかずかと店内に入ってきた。見とがめられて、ウィリアムは急いでタバコを懐に隠した。店主は喫煙に反対なのだ。このこと以外で、氏が道徳心と呼べるものをいくらかでも示したためしは、おそらくないのではなかろうか。

「おい、アレの陳列はどうした」とスティッグルズ氏は問い質《ただ》した。「ピンカーもブートルも、とっくに自分の割り当てをすませとるぞ。さっさと置いてこい、店先からちゃんと見えるようにな」

「わかりましたよ」

恨みのこもった、ものうげな態度で、ウィリアムは答えた。そして、レモネードの大瓶を一つ手に取ると、おもてに面した窓めがけて放り投げた。ガチャンという音とともに、緑色をした液体とガラスの破片が、石畳の路面に散らばって星を描いた。

「どうです、これでよく見えるでしょ」と彼は言った。

ウィリアムは悠然と店を出た。これからどうするつもりだ、とスティッグルズ氏がたずねると、彼ははっきりこう答えた。

「スリでもやりますかね。コソ泥に野盗に押し込み強盗、そんな連中と一緒に生きていきます。ちょいと、裏表のない仲間が欲しいんですよ」

ウィリアム・ウィリアムズは、今まで勤めてきた村の店に別れを告げた。互いに争いあう店主たちの、卑劣な手口に対する義憤が胸にあふれた。しかし、彼らの道徳心と盗人の道徳心とを実際に比べてみる日は訪れなかった。それを試みる前に、彼はある人物に出会ったのである。その人物は、彼の人生に底知れぬ影響を与え、窃盗に限らず、他の様々な事柄に関しても彼の見識を深めてくれた。

往来でウィリアムが出会ったのは、背の高い、一人の男性であった。長く伸ばした髪の上に、つば広の帽子。とても優しそうな、勇気づけられる笑顔。催眠術師を思わせるどんぐり眼《まなこ》。もしかすると、ウィリアムは相手の催眠術にかかったのかもしれない。いずれにせよ、とても楽しく幸せな気持ちになった。聞くところによると、海の向こうの国では、誰もが楽しく幸せに暮らしており、なんのもめごとも起きないそうだ。店主同士が犬猫のごとく相食むこともなく、売る者と買う者との間にさえ、同胞意識と利害の一致があるという。

こうしてウィリアムは、ヒンクス預言者なるこの老紳士とともに海を渡った。アメリカ大陸のきらめく平原の中ほどに、光輝く町が見えた。実に穏やかで、外観も美しい。幾棟もならんだ白い共同住宅は、各戸に分かれていないかわりに、光沢のある緑色のドアが、等間隔で設けられていた。側面は小さな鉢植えの庭木で飾られており、この新しい文明が、美や芸術に無関心でないことを示していた。しかし、ウィリアムがこの新文明のことを学びはじめて一番驚いたのは、ここではタバコは手に入らない、ということだった。

最初彼は、ベジタリアン専用の宿泊所に行けば手に入るのではないかと考えた。タバコだって植物の仲間なのだから。しかしあいにく、その思いつきは退けられた。次に、「歓びの家」、または(ウィリアム・モリス[*2]の言葉を借りれば)「心の渇きを癒す家[*3]」を訪ねてみた。彼の心の渇きは、非常に具体的なものであった。にもかかわらず、癒してはもらえなかった。これに立腹した彼は言った。

「鉢植えの植物を人に配るのがお好きなんでしょう? それなら、わたしにも自分用の鉢をください よ。それでタバコを育てますから」

「自分用の鉢?」ヒンクス師は低い、落胆したような声で言った。「自分用の鉢と言いましたか。まるで理解しておらぬようだのう、この町の精神を!」

実際この町は、土地ばかりでなく、建物もみな、ヒンクス師および彼の評議会の所有物であった。彼ら自身が望まないことは、ここでは決しておこなわれないのである。

ウィリアムはあれこれと思いにふけりながら、朝方ぬるま湯を入れてもらった、ロシア風の赤いお椀を手に取ると、やはり窓めがけて放り投げた。ガラスの割れる大きな音が響いた。

「スティッグルズは、いけすかないネズミ野郎だった」と彼は独りごちた。「だが少なくとも、あれは雇い主でしかない。地主でも、君主でも、天主でもない。ああもう帰ろう、ネズミみたいに相争う世界の方がまだましだ。少なくとも、生き生きしているのは確かだ」

こうしてウィリアムは町を離れ、家路についた。故郷が近づくにつれ、何かが胸の中で立ち騒ぎ、父祖伝来の荒々しい気風が懐かしく思えてきた。人間らしい人間のいる国、人間なら普通持っている憎しみの感情も少しは残されている国に、帰りたかった。博愛に支配され、何もかもが凍《い》てつき、生気を奪われた土地は、もうこりごりだ。店の主人同士が路上でいがみ合うのを見物したり、身内同士のばかばかしいいざこざにしゃしゃり出て加わるのも楽しかろう。喧嘩相手の他にも、友人や結婚相手を見つけ、どうにか家族を養ったあと、死んで故郷に葬られるのも悪くはあるまい。

故郷の村に帰り着いた彼は、大通りをながめたまま、呆然と立ち尽くした。そこには堂々とした古典様式の建物が二棟、道の両側に沿って伸びていた。両建物の正面には、端から端まで、「スティッグルズ万貨店」という金文字がでかでかと刻まれている。見渡す限り他の店や家屋は一つもなかった。この建物は、外観こそひとかたまりであるものの、内部は様々な売り場に分かれていた。また、側面を飾る小さな鉢植えの庭木は、この新しい事業システムが美や芸術に無関心ではないことを示していた。

この店が打ち立てた新システムでウィリアムが一番驚いたのは、ここではタバコが手に入らないということだった。スティッグルズ氏（今や本物の貴族だ）は、人生唯一の道徳律を今も堅持していた。効果の疑わしい様々な医薬品、広く喧伝された危険な薬物、アルコール依存症治療用のアルコール含有薬、などといった日用品は取り扱っても、ニコチンの毒を売ってまで小金を儲けることは、まったくもって汚らわしく、忌まわしい所業に思われたのであろう。しかし、こうした殊勝な倫理観から一歩離れれば、この店はまさしく看板どおり、万物の商い所となれるらしい。つまり、この世のほぼすべてのものを、一段劣ったかたちで提供するわけだ。

画家は一番欲しい色を除けばどんな絵の具でも買えた。音楽家は粗製乱造された格安のバイオリンや教会用オルガンを買えた。顧客のなかには、大聖堂の建設を発注した者もいたという。スティッグルズ氏はそれを建てるにあたり、最大級の素早さ、手際よさ、迅速さで対応したそうだ。

ウィリアムは自分の性格に遺伝的欠陥があるのではないかと思い悩んだ。どれだけ快適で、申し分のない社会環境の中にいようとも、妙なわだかまりを感じずにはいられないのだ。彼の心に、またしても不合理な反動が起こり、明るいアメリカの空の下で見た例の素朴極まる狂信的生活が懐かしく思われてきた。少なくともあちらの人たちは、おろかなやり方といえども、この世ではありえないほどの素晴らしい何かを見つけようとしていたではないか。

ウィリアムは戸惑いつつも、店にいた人々に、自分のアメリカでの経験を話し始めた。しかし、彼がヒンクス師の名前を口にするや、人々は恐怖におののいた。そして、嫌悪にも似た哀れみのような感情が彼らの心に湧き上がった。

「やつは社会主義者じゃないか！」と人々は叫んだ。「社会主義は個性を殺す」

そう言われたウィリアムは奇声を発し、棚の上にあった黄色い東洋風の花瓶をつかむと、窓めがけて投げつけた。ガラスの割れる大きな音とともに、彼はそこから飛び出し、両腕を振り乱しながら、狂ったように通りを駆け抜けていった。このとき脳裏には、子供の頃に聞いたうわさ話が蘇っていた。橋を渡ったところに、暗く陰鬱な池があって、多くの自殺志願者たちがそこを、自分にお似合いの、好都合な場所と考えたのだそうだ。

しかし、ここで彼に邪魔が入った。この開明的な社会では、当然のことながら、自殺にたいする偏見はとっくの昔に死滅していたのだが、するなら上品に、段取りよくおこなうべし、というのが人々の意見であったのだ。

そこで彼はまず、スティッグルズ万貨店の「永眠館」にある「絶命の間」に案内され、それから流行の先端、万人の憧れの「スティッグルズ棺」に納められたあと、巷で人気、千客万来の「スティッグルズ墓地」に埋葬された。

こうして彼は、ありがたくも、祈りの言葉を聴きながら、息を引き取り、故郷の村の土に葬られたのである。

訳註

＊1　ベネディクト会：六世紀に発足したカトリック修道会。「祈り、働け」を標語とする。リキュール「ベネディクティン」、シャンパン「ドン・ペリニヨン」を生んだとされる。

＊2　ウィリアム・モリス：一八三四〜九六。イギリスの詩人、工芸美術家、社会主義思想家。近代デザインの父と呼ばれ、アーツ・アンド・クラフツ運動を展開。

＊3　詩劇「愛さえあれば」（一八七二）最終幕間より。

（藤澤透　訳）

アーノルド・ベネット

Arnold Bennett
1867-1931

H・G・ウェルズやゴールズワージーと並ぶ、第一次世界大戦前後における英文学の大物小説家の一人。戯曲や評論も手がけている。長篇小説としては、生まれ故郷にある「五つの町」を舞台に、フランス写実主義の手法で、仕立屋を営む女性と娘二人の親子二代にわたる生涯を描いた一連の作品が有名。なかでもモーパッサン『女の一生』を下敷きにした『老妻物語』（一九〇八）が代表作。また〝ファンタジア〟と総称する大衆小説も数多く著している。

クラリベル

I

クラリベル・フロサックは、モンパルナス通りにある家まで歩いて帰るところだった。十月のある夕方、パリでの唯一の友人であるアメリカ人ソネンシャイン未亡人のフラットで、少し遅い時間から始まったお茶会に出席した帰りのことだ。背は高く、金髪で均整のとれた美人であり、がっしりした骨格ですたすた歩く姿は、いかにもイギリス人といった風情を漂わせている。自称三十歳で、なるほど顔はそれを裏づけているように見える。自分が置かれた状況によって、彼女は顔つきが明るく見える時もあれば暗く見える時もあった。とはいえ、快活で明るい印象の方が勝っている。身に付けている帽子とコートには鮮やかな真紅のまだら模様がついていて、それを目にする人々には純真無垢な印象をいつのまにか与えていた。

雨が降り始めたが、この雨が彼女の運命を定めることとなった。六カ月間パリでおしゃれの腕前と趣味を磨いた成果に、彼女は服をなかなか美しく着こなしていた。数年前なら、雨が降っても、むしろそれを楽しんで、ものともしなかったことだろう。肉体改造こそがかつてスポーツを愛好していた頃の彼女の夢だったが、今や憧れの対象は全く別のものになっていた。昔の自分を否定しかねないと心配しつつも、服装に細心の注意を払うのはもちろん、顔や肌の色つやにまで気を遣うようになっていた。

パリの住人なら誰もが天候の変化に注意を払うものだが、クラリベルはそんなことにはなんとなく無頓着で、今も傘を持っていかなかった。タクシーはどこにも見当たらず、あるのは市街電車やバスだけだ。けれどもクラリベルは無情にも走り去る車両を停める勇気も思い切りの良さもなかったし、それらがどこ行きなのかもわかっておらず、ふと気づくとどれも満員だった。

パリの雨はすぐ止むものだという話を信じ込んでいたクラリベルは、三日三晩雨が降り続くこともあるとは思ってもいなかった。タクシーにしても、きっとつかまると気楽に考えていて、にわか雨が降りだすとパリ中のタクシーが消えることも知らなかった。と、その時、モンパルナス駅の反対側をタクシーの空車が通った。彼女は恐る恐る呼び止めようとした。すると運転手はいやらしげな笑みを浮かべ、彼女の世間知らずぶりを鼻で笑い、そのまま走り去って行った。

雨は既にどしゃぶりだ。クラリベルの折角のおしゃれも、にこやかな表情も風前の灯になった。そんな時、店舗の大きさで名の知れたカフェ・ド・ヴェルサイユが目の前に現われた。ひさしのあるテラスにびっしり置かれたテーブルと椅子の間を、白い制服姿のウェイターたちが流れるように動き回っていた。彼女は悩んだ。テラス席に坐るなんて絶対にできない。同伴者のいない若い女がそんなこと出来るわけがない。せめて店の中は空いていないだろうか？

彼女は一人でカフェに入ったことがなかった。おそらく老舗のカフェ・ド・ヴェルサイユ以上に上品な盛り場など存在しないだろう。けれどクラリベルは、そんな場所に足を踏み入れたりして、何か恐ろしいことが起きたらいけないと怯えていた。彼女は一人ぼっちで、心細く、決心出来ずにいた――まるで一人ぼっちの自分をパリ中がよってたかっていじめているかのようだ。

降り注ぐ雨とテラス席の人々から向けられるいぶかしげな視線と、その双方から攻められた彼女は思い切った行動に出た。ドキドキする心臓を抱え、この上ないほど愚かしい虚勢を張って、ズンズンとカフェの店内へ入っていった。中に入り彼女は大きく深呼吸をした。

彼女がまず目にしたのは、目の前に立ち、敬意を込めた微笑みを浮かべながら会釈してきた若い男性の姿だった。まるで何かおかしな行動を目撃されたかのように、彼女は少し頬を赤らめた。

「ああ、ついてない！」クラリベルは怯えながら思った。

誰もがそう考えるように、彼女も予期せぬ出来事に巻き込まれた時は、概して自分は人より運が悪いのだと思っていた。ところが彼は好青年だった。その無邪気な顔と黒く輝く物言いたげな瞳に、彼女はすっかり心を奪われた。

「僕、あなたが主催されたホームパーティに参加したことがあるんです」と彼は説明した。「友達に誘われまして。フランソワ・ポーリーンって男です。一緒に買い物をする仲でしてね。僕はアロールといいます」

ホームパーティ！　クラリベルは二回パーティを開いたことがあるが、参加者はほとんど彼女の先生だった。フランス語やイタリア語、音楽、絵画などを教えてくれる面々だ。フランソワ・ポーリーンにはピアノを習っている。ああ、そういえばあのパーティでわたしは二度も失敗したっけ、と彼女は恥ずかしくなった。

「ええ」と彼女は言った。「ジェイムズ・アロールさん。ポーリーン先生には、ジミーって紹介していただきましたね」

「嬉しいな、覚えていて下さいましたか」ジミーはそう言い、この背が高く力強くとても堂々とした女性が、自分のような気弱な男のことを覚えていてくれて喜んでいるのは明らかだった。

カフェは満席だった。クラリベルは辺りを見回して空いている席を探したが、見つけられなかった。

「ここにおかけになりませんか――よろしければ、ご一緒にいかがです？」

「もしご迷惑でなければ」

「そんな、大歓迎ですよ」ジミーは熱を込めて言った。

彼女は彼の隣に坐り、我ながら大胆で危なっかしく、有頂天になっているな、と感じた。いきなり人生が愛おしいものに思えて、顔が輝いた。そうだ、何故自分がカフェに入って来たのかをきちんと説明しないと。まずは他愛のない嘘が頭に浮かんだ。自分は友達に会うことになっているんだ、そう、もちろん女友達に！　でもその友達は、この大雨で現われないという話だ。なんだかさえない出来である。真実はもっと単純なのだ。彼女は本当のことを話した。自分の話を裏付けるかのように、肩の雨しずくを払い落としながら。

「僕がここに来たのは」ジミーが言った。「家では絵を描くにも暗すぎるからです――燃料が足りなくて。いつも絵が完成したら全体を少し手直しすることにしているんですよ。でも寂しくなったら、外に出るようにしています。パリは恐ろしいほど孤独な街ですからね」

「本当にそう！」彼女は強く共感した。男性は孤独など感じないのだと今まで思い込んでいた。パリの人々は気持ちも行動も自由で、他人ともすぐに親しくなれた。パリでは誰もがお互いを理解し、信頼していた。フリーメーソン[*1]のような精神的結束感。彼女は自分がこのパリで日々感じている荒涼とした孤独感を思い、同じように寂しさを感じているジミーのことがとても好きになった。彼の言葉で気持ちが和らいだのだ。


ウェイターが彼女の前に立っていた。

「よろしければ何か――」ジミーがうながした。

彼の言葉を遮り、彼女は紅茶を注文した。ジミーはボック・ビール[*2]を飲んでいた。周りの人たちは、きれいな色のワクワクするような液体を様々な形のグラスで飲んでいた。彼女もなにか危険な香りのする飲み物を同じように飲んでみたいと思ったが、育ちの良さのせいで冒険してみることができなかった。それに何を注文したらいいのかもわからなかった。

今や彼女はカフェを観察できるほどに落ち着きを取り戻していた。カフェの異国的な感じやそこに充満する匂い、部屋の向こうにあるビリヤードバーから聞こえるカチンッという音、大理石のテーブルからキラキラ光る茶器を片付ける時のウェイターの流れるような身のこなし、異国の言葉のささやき、ガラスの壁を垂直に伝って落ちる雨のしずく、回転ドアから絶え間なく聞こえるシュッという音、レジのカウンターから聞こえるベルの音、小柄でひげ面《づら》のイラついた客がたまに発する罵声、巻いて積み上げられている新聞、ドミノ、チェス、汚ない吸い取り紙に書いたメモ、そういうものに彼女は心を惹かれた。なんて魅力的なんだろう！

「ここには随分ドイツ人がいますね」ジミーが言った。

「そうですね」そっと敵意を滲ませながら彼女が言った。

「いいことだと思うんですよ、僕は」ジミーは続けた。「そりゃ当然、良い気持ちのしない面もありますし、連中はどんな神経してるんだと思う人も多いでしょうが。でも遅かれ早かれ慣れていくものですよ。いつまでも憎み続けて不機嫌でいるわけにもいかない。僕だってもちろんわかりませんけど、そういうものじゃないかと思うんです」彼は少し不安そうに笑った。

政治にまつわるこんな教訓を聞かされて、クラリベルはびっくりした。驚いた理由は二つある。一つは、子供っぽいことばかり言って芸術にしか関心がないような彼が、実は世界の存在を気にかけ、国際的な立場から自分の頭で考えていたからだ。この人も自分の意見を持っていた！　もう一つは、彼の考えが、彼女の近しい人々の考えと大きく違っていたからだ。ただ一人の弟をドイツ人に殺されてから、まだそれほど経っていない。義理の兄もドイツ人に殺された——二人とも職業軍人だった。

イギリスの知り合いたちはドイツ人のことをなかなか話題に出さなかった。出すとすれば、せいぜいイギリス軍の輝かしい名誉を絡めて語るときだけだ。ドイツ人の存在は消せないが、人間としては無視されるべきだ。常軌を逸した連中だ。確かにパリに押しかけて来るなんてとんでもなく図々しいが、とにかく彼らはドイツ人だし、べつに言うことは何もない――黙って耐え忍ぶのはつらいにせよ。そして、ジミーは彼らを受け入れていた。冷静に、偏見を持たず、将来の充足を見越して。それが彼の素晴らしいところだった。

「ええ、本当にそう思います」彼女は声をはげました。

不思議なことに、クラリベルは彼の言葉に心から同意していた。そして自分が賢く、心が広くなったことに気付いた。

それにこの年下のジェイムズのことを、なんて素晴らしい人だろうと彼女は思っていた。きっと彼は、自分たちのように何世紀にも渡って土地を所有し、狩猟をし、人や動物を殺してきた階級の出ではない。締めているネクタイは、高級クラブ会員用の品ではなかったが、どこかイートン・ワンダラーズ[*3]の特製スカーフに似ていた。彼は明らかにパブリックスクールの出ではない。だが身のこなし方は完璧だった。それに彼女を含め、その周りの人間たちと違って退屈な男ではなかった。彼の精神は自由で、気楽で、機敏で、新しい概念を恐れなかった。それにアクセントも非の打ちどころがなかった。彼の服装を見たら、自分の男友だちは息を呑むだろうし、黒々として物言いたげな瞳はもちろんのこと、彼の髪型にも驚くだろう。

「あまりの素晴らしさに涙が出てきます」と彼は言った。話題は政治から河辺の風景に移っていた。

彼女の男友だちは、そんな弱さを見せるくらいなら自殺するはずだ。その時、ふと会話が途切れた。客たちは期待を込めた目で外の通りを見つめていた。出て行く人も何人かいた。さらにまた数人が出て行った。雨が止んでいたのだ。

クラリベルもそろそろ行かなければならない。彼女はここに居たかった。帰りたくなどなかった。でも行かなければならない。たやすく自由になどなれない。ここに来たのは雨を避けるためだったのだ、雨が止んだら留まっている理由がない。そうだ、でも出て行く理由だってない、誰かに会う約束があるわけでも、すべきことがあるわけでもない。それでも行かなければならない。

彼女は勘定を済ませ——ジミーにおごってもらうことなどせず——出て行った。ジミーも支払いをすませて店を出た。そして彼女をタクシーに乗せた。次の約束はしなかった。彼は一言も話さなかった。彼女も話せなかった。

しかし、クラリベルの恋の行方は運命に操られていた。運命のやり方は荒っぽいが、効果は十分だ。パリでは珍しくもないことだが、角を曲がったタクシーがレーヌ通りの逆車線を走り、クラリベルのタクシーが一〇メートルも動き出さないうちに、ボンネットに衝突してきたのだ。車は動かなくなり、クラリベルは恐怖と緊張でガタガタと震えがとまらなかった。大勢の人だかりができ、警察が駆けつけてきた。二人の運転手は言い争い、散乱した荷物が道をふさいでいる横で警官が事情聴取を始めた。その時雨が再び激しく降り始め、運転手たちは少し冷静になった。

「すみません。もう一度店に入られたほうがよくないですか?」

その声は、遠くから今の事故をはっきりと目撃し、戻ってきたジミーだった。

「いえ、大丈夫です、本当に」興奮しているせいでクラリベルの声は大きかった。

「顔色が悪いですよ。やはり――」

「ええ、そうします」彼女は同意した。なんだか少しフラフラしているような気がした。警官に一瞬引き止められたが、ジミーが警官と話をしてくれた。そして二人は再びカフェに戻った。

「大変な目に遭われましたね」ジミーが言った。

二人は坐った。

ジミーが「少しブランデーを飲まれた方がいいと思いますよ」と言った。

クラリベルは彼の提案に従うことにした。本当はブランデーなどいらなかったが、なんだか彼の言うとおり飲んでみたい気になったのだ。彼がコニャックを注文したとたん、彼女は本当に飲んでおいた方がいいと思ったし、実際飲んでみたら、飲まなければ気を失っていたかもしれないと思った。二人は長い時間、事故のことやフランス人運転手の態度の悪さについて話した。

カフェはもうレストランの営業時間に変わっていた。ウェイターたちは大理石のテーブルの上に、白いリネンのテーブルクロスをかけ、調味料入れやフォークとナイフを置いてまわっていた。さらに色々な匂いがし、温かみが増していた。よりいっそうくつろげる家庭的な良い雰囲気になっていた。まさに人生を謳歌することを知っている人種のたまり場だった。

「ここで夕食をいただいていこうかしら」とクラリベルは言ったが、突然大胆になった自分が少し怖かった。

「そうできればいいのですが」とジミーは言った。「ここは僕には少し高級すぎて。食事はいつも下宿の食堂で済ませているんです。こんなにひどい貧乏でなかったら、思い切って僕から食事にお誘いするんですが」

彼は恥じるでもなく、開き直るでもなく、あっさりと言ってのけ、そして彼女に魅力的な笑顔を向けた。

「あら、わたしを置き去りにはさせないわ」と彼女は支配階級の人間らしい横柄さをのぞかせて言った。「あなたは私とお食事しないといけません」

「そうですね」と彼は言った。「お断わりするほどバカではありませんよ。お誘いいただいてとても光栄です」

彼の口調は申し分なかった。この人は今まで出会った人の中でも際立って聡明なのではないかとクラリベルは思った。イギリスで身近にいた若い男たちなら、こんな誘いをしたら、ふん、とあざ笑っただろうし、嫌がったり、顔を赤くしたり、反論したりしただろうな、と考えた――どうせ結局は申し出を受けるくせに！

二人は食事をした――ゆっくりと、しっかりと味わうように、甘美な食事の時間が終わりに近づいていった。この魅力的なカフェ・ド・ヴェルサイユに足を踏み入れてから、もう何年も経ったかのようにクラリベルには思えた。雨もまるで何年も降り続いているかのようだった。クラリベルの中でなにかが変わっていた。彼女を覆っていた孤独感はなくなった。慈悲の心が芽生えた。人との交流を持つようになった。いつもは弁舌さわやかなタイプではない。よく知らない人に対しては特にそうだったが、今はとても気楽に話せている。ジミーも構えずに話をする。気取らない人で、自然体で話す。頭に浮かんだことをそのまま口に出しているかのようだが、彼の考え方はとても興味深く、また心根も良い人だったので、口ごもったりあれこれ考えたりせずに、そのままますらすら言葉に出すことができた。

二人の話が一瞬途切れると、ジミーが客の中にいる有名人や悪い噂のある連中を指さした。ひょっとすると、悪く言われているのはモンパルナス界隈でのことかもしれないが、そここそが世界の中心と考えられていたのだ。

レジのカウンターの上にある派手な時計が、とんでもない動き方をしていた。時計の針は文字盤を一回りしていた。時計の針よ、じっとして、とクラリベルは念力を送ったが、効いたようすはみられなかった。クラリベルは頭の中でまだ九時、三十五分前だと思い込んでいたが、実際の時計の針は十一時三十五分を指していた。こんな夜はパリか楽園にしかありえない。

自分を椅子に貼り付け、なかなか帰らせてくれない不思議な力にクラリベルがなんとかうまく抗い始めたちょうどその時――ジミーの計らいにより既に勘定の支払いは済み、おつりももらい、チップも渡してあったのだが――店を出ようとしていたプシカリがこちらにやって来た。プシカリは先ほどジミーがクラリベルに教えた有名人の一人だ。クラリベルは、プシカリと同じカフェにいるというだけで芸術に触れた気がしてドキドキした。プシカリがどれだけ素晴らしい画家であるかは、なんと二人のテーブルに彼が足を止めたその時に、ジミーが顔を紅潮させて立ち上がり、うやうやしく挨拶したことからもわかるだろう。

「これはどうも」芸術家たちのヒーローであるそのヒゲ面《づら》の美男は小声で言った。そしてクラリベルに丁寧に挨拶をすると、すぐに二人のテーブルに腰をおろし、フランス語で話し始めた。

「失礼、マドモワゼル。今夜はずっとあなたから目を離せなくなりましてね。なんていうか、とてもイギリス人らしい方ですね。ああ、たまらなく素敵だ。女性はイギリスの方に限る。イギリス人女性しか目に入らない」

その後も何気ない調子で彼は賞讃の言葉を口にし続けた。ジミーより上手かった。だけどクラリベルは落ち着かなくなってきていた。嬉しいが、戸惑い、なんだか怖くなってきた。もうおいとましないと、と彼女は告げた。歩き始めると道まで二人の男が付き添ってきた。雨は滝を思わせるほどに激しく降り続いていた。クラリベルがタクシーに乗り、ジミーが運転手に住所を告げていると、プシカリがタクシーに乗り込んできた。プシカリは酒に酔っているわけではなく、いかにもイギリス人らしいブロンド美女のクラリベルに心をかき乱されていたのだ。彼ははしゃいでいた。ミス・フロサックが誰の付き添いもなく家に帰るなど危険過ぎる、と甲高い声で叫んだ。クラリベルはジミーに目配せをして助けを求めた。ジミーはまずその偉大な芸術家の片腕を、次に両腕を掴むとタクシーの外へ引きずり出した。ジミーと、彼より背が高く十歳も年上のプシカリは舗道でにらみ合った。

「おれたちにかまうな《フィッシュ・ヌ・ラ・ペ》」ジミーはその有名人に警告した。

ほっといてくれという警告をプシカリが無視したので、ジミーは彼の胸に一撃を食らわせた。するとモンパルナスの人気者は舗道にへたり込んでしまった。その瞬間、ジミーがタクシーに飛び乗り、タクシーはその場から走り去った。

ほとんど言葉は交わされなかった。だがクラリベルはその夜眠れなかった。なぜなら引きこもりのような自分をめぐって、二人の芸術家がパリの舗道でけんかしたからだ。クラリベルは眠れなかった。なぜならお堅いイギリス人である自分が、さわやかなジミーに同席を申し込まれ、それを受けたからだ。

次なるドキドキする出来事は、ある日の夕方彼女に速達が届いたことだ。そこには「今夜九時頃に伺ってもよろしいでしょうか？　とても大事なことであなたにお目にかかりたいのです。愛を込めて　ジミー」と書かれていた。

クラリベルは顔を赤らめ胸を衝かれた。自分の居間で一人、顔を赤らめ胸を衝かれていた。

Ⅱ

ジミーからの速達が夕方届いた日の朝、クラリベルはレオポルド・ロベール通りのジミーのスタジオで絵のモデルをしていた。この通りはモンパルナス通りの南側にあり、ジェイムズ・アロールのような暮らしぶりの若いアングロサクソンの男女が多く住んでいた。彼の絵のモデルとして坐るのはその日が最後であり、カフェ・ド・ヴェルサイユで繰り広げられた出来事から三カ月近くが経っていた。

ちょうど部屋から出て行ったばかりのクラリベルが、少し澄ました顔をして、四階から階段を元気に下りていく姿をジミーはずっと見つめていた。その時ジミーは頭上で足音を聞いた。五階から人が降りてきた――その人物はダボダボなキツネ色のコーデュロイの服を着て、重たいブーツを履き、一メートルはありそうな黒い広縁の中折れ帽を被り、毛布を引き裂いて作ったようなマフラーをしていた。黒々とした口ひげは、あたかもお尻のポケットに連発拳銃でも入れている輩《やから》のようだった。そんなことをするのはもちろんイギリス人の画家だ。フランス人や他の国の画家は、もうとっくに、そんなひと昔前の芸術家のような格好はしていない。

階段で、凍るような一月の大気に震えながら、「ジョシュ！」とジミーが声をかけた。「ちょっと寄って、たった今描き上げた傑作を見てくれよ」

「汝の名よ、それは大いなる気まぐれってところだな。まったく、いい加減あの子を解放してやれよ」

ジョシュはそう答え、威張った風情で、広いがなにもない彼の友人のスタジオに入って来た。もったいぶった、相手を裁くような目で異常なほど長い間クラリベルの肖像画を観察していた。そして黙ったままストーブの薪をくべに行き、そしてまた肖像画を眺めた。

「おい、ここ見ろよ」ジョシュがついに口を開いた。「ああ、神よ！　フレデリック・レイトン卿よ！　おまえはいったい、なにを目指そうとしたんだ？」

「だめかな？」

「なってないぞ、この絵！」と批判した。「なってない！　どこもかしこも。この世のものとは思えない」

「ああ、恐れていた答えだ」ジミーは批判を受け入れ、そうつぶやいた。

「まさか自分じゃこの絵を良いと思ってるなんて言わないよな?」

「本当言うと、俺もだめだと思ってる。でも彼女は気に入ってて」

「あー、彼女は気に入ってる、そうかそうか。これで決まったな。女ってのは腐敗したものしか好まないんだ」

「でもあの人はそんな――」

「おいおい、やめてくれよ!」と、悪党崩れが言った。「俺に、あの子は他の女とは違うって言おうとしてるんなら、頭を冷やして思い直せ。そんな話勘弁してくれ。女なんて誰だって同じなんだよ。この肖像画、好きだわって言うだろ、それはつまりおまえのことが好きだって意味だよ。そんなこともわからないのか」

「そこがおまえのおかしいところなんだ、ジョシュ。彼女、批評家にはなれないかもしれないけど、おまえが考えてるようなバカじゃないぞ。むしろ冷静なくらいだし。男と話すみたいに話せるんだ、彼女とは」

「話をするのか、あの女と?」

「ああ」

「おいおい、俺のことも紹介してくれよ。我が人生最良の日になりそうだ。それじゃ、また」

「あのさ」と恐る恐るジミーが戸口でジョシュに言った。「明日の夜、おまえのスタジオで寝させてもらえないかな」

「そりゃだめだ」ジョシュは言った。「別の予定があってね。でも、なんでだ？」

「大家が八時十五分にここに来てさ。俺五〇セント借りてるんだがね、返せるあてがなくて。なんとか明日までは待ってくれたんだが」

「あの最低野郎！」ジョシュが叫んだ。というのも彼は、画家以外の人間は誰でも、喜んで、むしろ誇りにすら思って画家に金を貸すべきだという自分なりの哲学を持っているのだ。

「ロンドンから仕送りが来ないんだ、しかもしばらく届きそうもない。この前絵が売れたのは半年も前なのに」と憂鬱そうにジミーが言った。

「本当に？」

「ああ」

「じゃさっさとなんか売れよ。彼女にこの肖像画を売りつけるんだ。あの身なりからして、金には不自由してなさそうだし」

「ああ、あの子は金持ちだよ」ジミーが言った。「けど、買ってくれなんて頼めないだろ」

「なんで？」

「だってそんなに良く描けてないし」

「どうだっていいんだよ、そんなの！　あの駄作、売っちゃえって。バカだな。いいか、売っちゃえよ。俺だったら良く描けてるやつだけ取っておく。それに、これにだって『良いところ』はあるわけで、別に犯罪ってわけじゃない。この髪の毛なんて、これまでのおまえの絵の中でいちばん純粋の絵画だと言えなくもないぞ。けどあとは――まあ、勘弁してくれって感じだが」

ジミーは首を振った。

「いや、やめておく」

「だったら心を打つ名セリフで千フランも引き出すんだな。言ってやれよ、あなたは神聖なる理念を救うことになるんですって。喜んで金を出すだろ」

ジミーはわずかに顔を赤くした。

「俺も頼んでみようかと思ってたところなんだ。でも本当にいい子だから、そういうことはしたくなくて――」そう言うとジミーは不安げに笑った。

「もう行くぞ、これ以上あれこれ言いたくないしな。けどあの子はブツを持ってる。で、おまえはそれが必要だ。つまり、彼女が幸運の鍵を持っていて、おまえはそれが欲しいってことだ。千フラン貸してくれって言うんだぞ。で、今夜でも明日の朝でも、どうなったか俺に報告してくれ。じゃ、頑張れよ！」

ジョシュはつかつかと歩いて去っていった。

何時間もの間くよくよと悩んだ末、カフェでジミーはクラリベルに金のことで電話することにした。彼女は留守だった。そこで急いでメッセージを送り、その返事を七時に受け取った。そこには「九時にお越しをお待ちしています――C・F」とあった。

クラリベルはジミーから届いた青字で書かれた小さなメモを化粧台の引き出しの奥にしまった。そしてまた取り出し、もう一度読み返して、また引き出しの中に戻す。そんなことを繰り返しながら身支度をしていた。身支度といっても、夕飯の前でなく今は食後である。美しく輝く寝室のランプの下で、彼女は一から支度し直していた。最初の身支度をすっかり終えた後にメモが届いたからである。

彼女はすっかりジミーのことが好きになっていた。ジミーはこれまで知り合った男たちとは違っていた、特に自分と同じ階級の男たちとは異なっていた。彼らのことも一応尊重してはいるが、みな心の底ではいつも自己満足的で、しかも育ちの良さからくる生真面目さのせいで退屈で心が狭く、柔軟性に欠け、好奇心のかけらも無かった。ジミーにも生真面目なところはあるが、なんという違いだろう。ずっと素晴らしいし、ずっといい人だ！　確かに彼女より五歳も年下だが、それが何か問題だろうか？　それに年齢のことはジミーに正直に申告済みだ——二十七歳くらいかと聞かれた時に、きちんと。ジミーは少しも気にしている様子はなかった。二十五回も三十回も絵のモデルをしたのだ、彼のことはよくわかっている。すっかりわかっている、彼はほんとうに健全な人なのだ。そして彼女は彼のことを偉大な画家だと決め込んでいた。仮に今はまだそうでなくても、絶対に時代を担う画家になる人だ、と。

人生や芸術のこと、パリの話やヨーロッパ的なものの見方など、たくさんのことを彼から学んだ。彼は本当にタイタンのごとく偉大な存在だった。だが敬愛している理由はそういうことではない。彼女が愛しているのは、カフェ・ド・ヴェルサイユの前の舗道で自分を守って戦ってくれた彼であり、彼の憂いを帯びた輝く黒い瞳であり、魅力的な声であり、優しい振る舞いであり、その無邪気さであった。タイタンにも少年にもなれるなんて、なんて不思議な人だろう。でもそれが彼なのだ。彼は自分のこととなると、子供のようになにも出来ない人なのだ。

もし彼が彼女に何か教えたことがあるとすれば、それは彼女こそが彼に教えたことだ。荒削りだった彼を洗練させ、女性についてのレッスン——何を考え、どんな風に、どうしてそうなのか——を教えたのは彼女だ。そして彼は感謝しつつそれを熱心に学んでいたのだ。

彼女のメイド（フランス人）が出てきた。

「ムッシュ・アロールがお見えです」

「ちょっと待って」クラリベルは言った。「このチュール〔イブニングドレス等に用いる網状の薄布地〕をつけて、ルイーズ」

彼女は動揺していた——それもある喜ばしい理由で。彼女はジミーが結婚の申し込みに来ると信じており、喜んでその申し出を受けるつもりでいた。彼の声にたびたび宿る優しさも、愛情のこもった眼差しも、ほれぼれするような態度の中の恥ずかしげなためらいも、彼女は気づいていた。ジミーは自分のスタジオで求婚しようとしたが、怖気づいて思いとどまったことが少なくとも一度はあったように彼女は感じていた。間違いないはずだ。三十分か一時間もすれば、目の前に広がるぞくぞくするような幸福感に酔いながら、彼女は婚約していることだろう。

　幸いなことに彼女は、結婚を決めるのに誰かの承諾が必要な身の上ではなかった。血縁はなく、莫大な資産を自分の思うままにできた。テニソン[*4]の詩に因《ちな》んで娘にクラリベルなどとおかしな名前をつけた変わり者の親に、もし画家との結婚を承諾してもらわなければいけないとしたらどうだ！　そんなの最悪だ。

　クラリベルが震えながら応接間を横切ると、ルイーズが彼女のスカートを整えるための道具を持ち、寝室のドアまでついてきた。彼女は怖気づき、少し怯えながらも幸せそうに入口に立っていた。自分から働きかけるのではなく、求められている存在として、驚くほどの輝きに満ちていた。彼女はとびきりの笑顔を浮かべたが、下唇がかすかに震えていた。今やどこから見てもスポーツ好きの活発な女性には見えない。高級な服を身にまとったおしとやかな淑女だった――まさに愛のために形作られ、備えられた女性の姿だった。それは華やかな明るい応接間の素晴らしい光景であった。

　ジミーは着古してクタクタになった背広を着て立っていた。果たして、二人の経済的レベルの違いに、慌てたり気後れすることはなかったのだろうか？　彼の場合、そんなことはなかった。財力の違いなど全く気にならなかった。なにしろ彼にはどんな金額をもしのぐ才能があるのだ。それになにより、芸術家のご多分に漏れず、彼もまたぜいたくが大好きなのだった――ぜいたくには抗えなかった。

　二人は坐った。クラリベルは、自分と同じくらい不安げなジミーに気づき、気持ちが少し和らぎ、自信が湧いてきた。

「ようこそおいでくださいました」と、彼女は明るく言った。「お願いしたいことがあるの」

「はい？」

「あの肖像画、売っていただけないかしら。本当は今朝お話しすればよかったのだけど。なんだか言い出せなくて」

「それはおっしゃらなくて正解ですよ」ジミーが言った。「まあ、たった今うかがってしまいましたけれど。でもあれを手放すつもりはないんです」

「どうして？」

そう聞いたが、彼女には答えがわかっていた。手放したくない理由は、スタジオに自分の肖像画を常に置いておきたいからだ。でも再び問いかけた。

「どうしてだめなの？」

「あまり良く描けていないからです」ジミーは言った。「お渡しするほど良いものだとは思えません」

「でも、もう買うって心に決めたんです。本当に素敵だと思うわ、あの絵」

ジミーは頭を振った。「いえ、これだけは譲れません」その声は彼女には厳しく響いた。彼は付け加えた。「僕がここに来た理由をお話ししていいですか？　実は――」

まさに決定的な言葉を発しようとしたその瞬間、彼は話すのをやめ、驚いて立ち上がった。クラリベルが泣いていた。涙を流していた。クラリベルは極度に興奮していたため、肖像画のことで彼が取った態度にすっかり気が動転してしまったのだ。彼女自身も自分が泣いていることに、ジミーと同じくらい驚いたに違いない。でも確かに涙が流れ落ちていたのだ！　そしてジミーはひどく動揺した。おかしいほどおろおろした。女性の涙というものは、男性の涙に比べそれほどの重さを持たない――いうなれば――女性は男性よりもずっと興奮状態になりやすい。それにもかかわらず、若い男というものは、そんな女性の涙を、まるで自分が涙を流すのと同様の事態だと思い込んでしまうのだ。

ジミーは、なんとかして彼女の涙を止めなければ、と思った。でもどうしたらそんなことが出来るのか、見当もつかなかった。彼は後悔していた。そして金を貸して欲しいなんて、およそ切り出せそうにないことを理解した。たとえそれがどんなに経験豊富で賢く、人の扱いに長けている世慣れた男であっても、さすがにこの状況は扱いづらくかつ荷が重すぎた。それにジミーは、自分が世慣れた男とは程遠いこともよくわかっていた。

女心の不可解さにはいつも翻弄されるが、今回もまた彼はどうしたらいいかわからず、溢れる涙を前にただオロオロしているだけだった。とはいっても心底うんざりしていたわけではない。むしろ彼女が悲しんでいる様子を、実は楽しんでいた。涙によって彼女は柔らかくなった。今まで彼女には「馬鹿ばかしさ」が欠けているとジミーは思っていたが、涙によってそれが補われたのだ。彼女が泣いている、つまり今後ジミーは、男友達に話すように彼女に接することは出来ないだろう。彼がクラリベルを好きだったのは、男友達みたいに接することが出来たからだ。でも今、彼女が突然男友達でなくなったことで、前よりもいっそう彼女のことが好きになった。涙は彼女を和らげ、彼をとろけさせたのだ。

一方クラリベルのほうは、腹立たしさと幻滅した気持ちで一杯だった。だが彼女もまた、涙を流したことについて悪い気はしていなかった。その時、自分の若い頃の質実剛健ぶりを、己を律する勇ましいまでの奮闘ぶりと共に思い出していた。彼女はカバンを開き、崩れた化粧を直し始めた。昔の自分なら男性の前で化粧直しをするなど考えられなかっただろう。けれど物事は変わるものだ。二人とも押し黙っていた。恐ろしいほど滑稽な光景だった。ジミーは坐り直した。

しばらく経った後、ついにジミーが口を開いた。

「本当にすみませんでした。肖像画はあなたが持っていて下さい」

彼女はラジエーターに目をやったが、火は入っていなかった。

「ああ、もちろん」と彼は言った。「あれは差し上げます。お金は受け取れませんから」

その一言がまた彼女を泣かせてしまった。

「あなたからは何ももらえないのよ、わからない?」と彼女はモゴモゴと呟いた。

「え、なんですか?」と、何もわかっていない彼は言った。

クラリベルは新たな手に打って出た。

「それは本当に嬉しいお申し出だけど、あなたからものをいただくわけにはいかないの」

「だったらいくらでもお望みの金額でお売りします」彼は打ちひしがれた想いで、我を折った。

でも彼女はシクシクと泣き続け、また呟くように言った。

「あなたがどれほど才能ある人かもうわかっているけれど、でも本当は、あなたがまだ無名の頃にこの絵を買ったと自慢したかったの」それから声を上げてきっぱりと言った。「だけどもう、どうでもいいわ！」

ジミーは思わずまた立ち上がった。自分も泣き出したかった。なぜなら今の彼女は、彼にとって世界一愛おしく、神々しく思えたからだ。今や彼にとって、彼女はこれ以上ないほど素晴らしく、はかなく、弱々しく、我が物にしたい存在となった。同時に、ある特定の状況においてのみ許される、女性の涙を止める唯一の方法が彼の心に浮かんだ。そして彼はその方法を採った。

でっぷりした腹にフランス国旗を巻いたパリ六区の市長が二人の結婚に立ち会った。泣き出すのがあと五秒遅かったら、自分の人生は違った方向に動いていたであろうことなど、クラリベルはまるで気づいていなかった。求愛してくれるものと思っていた男から金を貸してくれと言われたら、相手への想いは吹っ飛んでいたに違いない。またジミーのほうも、いよいよというときに彼女が涙を見せたために、思い切ったおこないに出る機会をなくしたことを思い出しただけで、心臓も止まってしまうだろう——さて、思い切って何をするところだったか。

訳註

＊1　フリーメーソン：十八世紀初頭にロンドンから広まった、会員同士の親睦を目的とした友愛団体の秘密結社。

＊2　ボック・ビール：ラガービールの一種で、濃褐色のもの。

＊3　イートン・ワンダラーズ：名門パブリックスクール、イートン校出身者からなるクリケットクラブ。
＊4　アルフレッド・テニソン：一八〇九〜九二。イギリスの詩人。代表作『国王牧歌』（一八五九〜八五）。「クラリベル」（一八三〇）という詩がある。

（浦辺千鶴 訳）

ヴァージニア・ウルフ

Virginia Woolf
1882-1941

ジェイムズ・ジョイスやD・H・ロレンスなどとともにイギリス・モダニズム期を代表する小説家の一人。上層中流ないし上流階級に属する人々の内面に入り込んだ作風を特徴とする。長篇代表作に、『ダロウェイ夫人』（一九二五）や『燈台へ』（一九二七）など。同じ作風の短篇小説も多く物しているほか、女性の自立を促す評論『自分だけの部屋』（一九二九）や、三十六歳から自殺する直前まで記していた覚書『ある作家の日記』（一九五四）といった作品もある。

自分の同類を愛した男

あの日の午後、ディーンズヤード〔ウェストミンスター寺院のとなりの広場〕を馬車で駆けているとき、プリケット・エリスはリチャード・ダロウェイに出くわした。というより、二人はすれ違うとき、帽子の下から、また肩越しに、互いに相手をちらりと流し目に見て、その目がはっと見開かれ、相手が誰だかわかった。

二十年ぶりの再会だ。学校が同じだった。で、エリス、今は何してるんだ。弁護士か。ああそうか、そうだったな――事件のことは前から新聞で読んでるよ。でもここじゃ話もできないな。夜にうちへ来ないか〔住所は以前と変わってない――角を曲がったところだ〕。もう一人か二人来るよ。ことによるとジョイソンも。「今じゃ、たいした名士でね」リチャードが言った。

「よし――じゃ、また今夜」とリチャードは言い、立ち去った。あの奇人に会えて「とっても嬉しかった」（これは本当だ）。あいつ、学校にいたころとまるで変わってないな——あいかわらず丸っこくてちっちゃいやつだ、からだじゅうから激しい思い込みが浮き出てるな、でも頭は並外れてよかった——ニューカッスル奨学金[*1]も受けたし。さ、行くか——リチャードは馬車を走らせた。
ところがプリケット・エリスのほうは、小さくなってゆくダロウェイの後ろ姿を肩越しに見ながら、会わなければよかった、いやともかく、あいつの人柄は昔から好きだったから、パーティに行くまでとは言わなければよかった、と思った。ダロウェイは既婚者で、パーティをよく開いた。自分とはまるで部類が違う。正装しないといけないわけだ。しかしながら、夕暮れ近くなると、自分でも言ったように、また礼を失したくもないので、エリスは行かないわけにはゆくまいと思った。

それにしてもなんとひどい宴《うたげ》だ。ジョイソンも来ていた。互いに話すことは何もなかった。昔のジョイソンは気取り屋だった。今はもったいぶりがなおさら激しくなっている——それだけだ。プリケット・エリスの知人は、この部屋にはほかにいなかった。一人もだ。だから、ダロウェイに一言も声をかけぬまますぐ帰るわけにもゆかないので、エリスはそこにたたずんでいるほかなかった。

ダロウェイは客をもてなすのに手一杯らしく、白いベスト姿であわただしく動き回っている。こんなたぐいの目に遭うと、エリスはいつもむかむかした。人から頼りにされるべきいい大人の男女が、夜毎こんなことで時を過ごしてるとは！　青い剃り跡の残る血色のよいほおに深いしわを刻ませ、エリスは押し黙ったまま壁に寄りかかった。というのも、自分はがむしゃらに働いているが、運動で健康を保っているからだ。顔つきは厳しく険しい。まるで口ひげを霜のなかに浸しているようだ。エリスはいらついた。歯がみした。見栄えのしない服装のせいで、だらしなく、取るに足らず、やぼったい人物に見えた。

怠け者でしゃべり好きで、派手すぎるほど着飾り、頭のなかには何一つ考えのない垢抜けた紳士淑女の諸氏は、いつまでもにぎやかに談笑している。プリケット・エリスはそんな面々を見つめ、ブラナー夫妻と引き比べていた。夫妻はフェナー酒造社との訴訟に勝って、二百ポンドの賠償金（得てしかるべき額の半分にも満たなかった）を得たとき、なんとそのうちの五ポンドで自分に時計を買ってくれたのだ。あれは見上げたおこないだった。人の心を動かすのはああいうおこないだ。派手に着飾り、斜に構えて、羽振りがよい紳士淑女をエリスはさらに鋭くねめつけ、今感じていることと同じ日の朝十一時に感じたことを引き比べた。晴れ着に身を包んだブラナー氏と夫人は実にまともで潔《いさぎよ》く見える老夫婦で、エリスの自宅を訪れて、ぴしっとした姿勢であいさつの言葉を述べ、氏言うところのささやかな記念品をくれた。わたしどもの一件を申し分ないほどお見事に担当していただきまして、これは感謝と敬意のしるしです、と。次いでブラナー夫人がいきなりうわずった声で言いだした、何もかも先生のおかげだと存じております、と。夫妻はエリスの寛大な心に深謝した――なぜなら、もちろんのことながら、エリスは無償で請け負ったからだ。

プリケットは時計を受け取り、炉棚の真ん中に置きながら、今のおれの顔をどうか誰も見ないでくれよと思った。自分はこのために活動している――これが自分にとっての報酬だ。プリケットは目の前の人々を見つめた。まるでこの連中が自分の弁護士事務所での場面に重なるように現れて踊っており、ゆえに品性があらわになっているかのように。くだんの場面は消え去り、ブラナー夫妻の姿も消えたが、その名残《なごり》のように自分自身は目の前の敵性種族と対峙しているわけだ。どう見ても地味でやぼったい男、みすぼらしい服装をして、気取りやもったいぶりとは無縁の〔プリケットはからだをしゃんと起こした〕一庶民が、じろりとまわりをにらみ渡している。自分の気持ちを隠すのが苦手な男、風采の上がらぬ男、邪悪や腐敗や社会の冷酷ぶりと闘うふつうの男が。

だがプリケットはいつまでもにらみ続けるつもりもない。めがねをかけ、絵画を念入りに観ていった。一列に置かれた本の題名を読んだ。大半は詩集だ。ここはまた、昔から好きだったもの――シェイクスピアやらディケンズやら――を読んでみたかったな――ナショナルギャラリーに行く時間が取れたらいいんだが。だが無理だ――うむ、とても無理だ。それはとてもできない――世の中がこんなありさまでは。世の人が朝から晩までこちらの助けを求めているときだから。実際うるさいほど助けてくれと言ってくる。今はぜいたくできる時代じゃない

プリケットは肘掛け椅子やペーパーナイフや凝った装丁の本に目をやり、やれやれとばかりに首を振った。そんなぜいたくができる時間など取れまいし、思い切ってぜいたくしてみてもどうせ嬉しくあるまい。おれのたばこ代がどれぐらいか、こいつらが知ったらびっくりするだろうな。この服が借り物だってこともな。エリスの唯一無二のぜいたくは、ノーフォーク・ブローズ〔イングランド東部ノーフォーク州の湖沼地帯〕にヨットを浮かべることだった。それだけは自分に許していた。一年に一度は人という人を避けて、野原でごろんと仰向けになるのが好きだった。自ら古風にも自然愛と呼んだものから、つまり少年のころから親しんできた木々や野原に対する愛情か

ら、自分がいかに大きな歓びを得ているかを知ったら、この連中——目の前のしゃれた男女——はさぞ驚くだろうとプリケットは思った。

このお偉いさん方は胸を衝かれるだろうな。たしかに、めがねをポケットにしまい、こうして立っていると、自分がどんどん人をぎょっとさせる存在になっているのをエリスは感じた。実にいやな気分だ。こういうこと——つまり自分が人間を愛していること、たばこ代として一オンスにつき五ペンスしか使わないこと、自然を愛していること——を当たり前のように、心穏やかに感じたわけではない。こうした歓びの一つ一つが反抗の表れになっていた。自分が見下している人々に、自分は身ぐるみはがされ、自己弁護させられたとエリスは感じた。

「ぼくはふつうの人間だ」と言い続けた。次いで口にした言葉に、我ながら恥ずかしくなったが、ともかくこう言った。「あなた方が一生かかってやる以上のことを、ぼくは自分の同類のために一日でやりましたよ」

たしかに自分でもやらずにはいられなかった。ブラナー夫妻が時計をくれたときのような場面が次々と頭に浮かんだ——自分の人となりや気前のよさや人助けの仕方について、世の人がいろいろほめてくれたことをエリスは思い返した。自分は人間の聡明で寛容なしもべだと自覚した。自分のほめ言葉を繰り返し口にできたらいいのだが。

おれはいい人間だという気持ちを自分のなかでたぎらせておくのは不愉快だった。世の人が自分について言ってくれたことを誰にも話せないのはなお不愉快だった。ああ、ありがたい、明日は仕事に戻りますとエリスは言い続けた。といっても、部屋を抜け出て家に帰るだけではもはや満足できない。ここにしばらく留まらないといけない、留まって自分のことを弁護しないといけない。でもどうやればいいいんだ。人であふれているこの部屋のどこにも、話しかけられる知人はいなかった。

ようやくリチャード・ダロウェイが近づいてきた。

「ミス・オキーフを紹介するよ」ダロウェイが言った。ミス・オキーフはエリスの顔をまともに見つめた。なんだかいばっていて、しぐさのそっけない三十代の女だ。

ミス・オキーフは氷か飲み物をほしがり、エリスに持ってきてと頼んだのだが、それが頼まれた側としては高慢で理不尽としか思えない言い方だった。そんな口を利いたわけを本人はこう述べた。

今日の暑い午後に女性が一人と子どもが二人いたんです、ずいぶん貧しくて疲れているようで、広場の手すりにからだを押しつけて、なかを見つめていました。なかに入れてやれないのかしらって、わたし思ったんですの、かわいそうな気持ちが波みたいに高まりましてね、憤りも湧き起こってきました。だめよ、次の瞬間わたし自分を責めたんです、まるで自分の横面《つら》をなぐるみたいに激しく。世界中の力をもってしてもそんなことできない。だからわたし、テニスボールを拾い上げて思い切り投げ返してやりました。世界中の力をもってしてもそんなことできないと、ミス・オキーフは怒りをぶちまけるように言った。だから見たこともない男に命令口調で頼んだのだという。

「氷を持ってきて」

ミス・オキーフが氷を食べ終わるまで、エリスは何も飲んだり食べたりしないままずっとかたわらに立ち続け、パーティに出るのは十五年ぶりですと言った。この服も義理の弟からの借り物で、こういうたぐいの集まりはどうも性に合いません。自分はふつうの人間に親しみを抱きがちな一庶民ですと言い続けていたら、エリスはずいぶん心も慰められただろうし、さらにはブラナー夫妻や時計の話もしただろう（あとで悔やむにせよ）。が、ともあれミス・オキーフがこう応じた。「『テンペスト』はごらんになりまして？」次いで（エリスは観たことがなかったので）、何か本はお読みになりまして。再び、いいえ。すると今度は、氷を置いて、詩はお読みにならないのかしら。

この女め、首をはねてやりたい、いけにえにしてやりたい、めちゃくちゃにしてやりたい、そんな気持ちが湧き起こってきたので、プリケット・エリスは誰もいない庭に相手を連れ出し椅子に坐らせた。ここなら誰も話しかけてきまい。みな二階にいるから。芝生をこっそり横切る一、二匹のネコや、震える木の葉や、あちこちに揺れるちょうちんのような黄や赤の果実に合わせて、勝手に音を鳴らす幻のオーケストラの伴奏さながら、ブンブンいう音やブーンという音、おしゃべりの声、チリンチリンという音が聞こえるのみだ——二人の話は、真に迫って苦しみにあふれた事柄に合わせた骸骨の狂気じみたダンス曲のようだった。

「きれいねえ」ミス・オキーフが言った。

ああ、きれいだ、この芝生の一画は、ウェストミンスター寺院の塔が居間の背後で黒いかたまりとして高くそびえている。さっきの騒音のあとではまわりは静かだ。結局あの人たち、ボールを持ってったわ——疲れた女性と子どもたちだけど。

エリスはパイプに火をつけた。この女、びっくりするだろうな。刻みたばこを詰めた。一オンス五ペンス半の安物だ。たばこを吸いながらヨットに寝転びたいなとエリスは思った。星の輝く夜空の下で、独りぼっちでたばこを吸っている自分の姿が目に浮かんだ。というのも、ここに集った連中が目を向けてきたとすれば、おれはどんなふうに見えるだろうかと、今夜はずっと考えていたからだ。編み上げ靴の底でマッチを擦りながら、エリスはミス・オキーフに言った。ここにはきれいなものなんて、べつに見えませんがね。

「どうもあなたって」ミス・オキーフが言い返した。「美に興味をお持ちじゃないのかしら」（自分は『テンペスト』を観たことがない、本を読んだことがないと、すでにエリスは言っていた。髪はぼさぼさ、伸び放題の口ひげやあごひげ、銀の懐中時計の鎖）。

こういうことには一ペニーも払わなくていいのにとミス・オキーフは思った。美術館はただなんだから、ナショナルギャラリーもそう。田舎もね。もちろん異存があるのはミス・オキーフも知っていた――洗濯、料理、育児。でも物事の根本としては、みんな口にするのをはばかるけれど、幸福はバカみたいに安いことなの。ただで手に入るわ。美だって。

プリケット・エリスは相手を攻めた――この青白い顔の、無愛想で傲慢な女を。刻みたばこをふかしながら、この日に自分がしてきたことを話した。六時に起床、いくつもの面談をこなし、不潔な貧民街で下水のにおいをかぎ、それから法廷へ出向いた。

ここでエリスはためらった。自分の行動をいくらか話してやりたい気はしたが。その気持ちを抑えると、それだけなおさら辛辣になった。うんざりするんですよ、栄養がいい女、服装がいい女（相手は唇を引きつらせた。やせていて、服装は標準以下だったからだ）が美について語るのを聞かされるとね。

「美ねえ！」エリスが言った。人間から切り離された美なんて、ぼくにはわかりそうにないな。

二人は人気《ひとけ》のない庭をにらむように見つめた。明かりが揺れ動き、一匹のネコが中央で脚を上げたまま立ち止っている。

人間から切り離された美？　どういうことかしら。ミス・オキーフはいきなり問うた。

ああ、こういうことです。エリスはますます気を高ぶらせ、誇らしさを隠そうともせずにブラナー夫妻と時計の一件を語った。こういうのが美しいってことなんですよ。

今の話を聴いて掻き立てられた恐ろしさを、ミス・オキーフは言葉ではうまく表せなかった。まずはこの男のうぬぼれ、そうして人間の感情について語る際の品のなさ。まさに冒瀆行為ではないか。世の中の誰一人として、自分と同類の人間に深く惹かれたことを示す話をするものではない。とはいえエリスが例の話――老人がぴしっと立って礼を述べているときのようす――をしていると、ミス・オキーフの目に涙が浮かんだ。

ああ、今まで誰かがそんな話を聴かせてやっていたら！　だがまた、人間を永久《とわ》に責め立てるというのはまさにこういうことなんだと、ミス・オキーフは感じた。時計では人の心を打つような場面を超えたところには行き着けるものではない。プリケット・エリスのたぐいの人間に挨拶をするブラナー夫妻のたぐいの人間も、プリケット・エリスのたぐいの人間も、自分と同類の者をどれほど愛しているかとつねに語るだろう。いつも怠惰で、優柔不断で、美を恐れている。だから革命が起きるのだ。怠惰や恐怖や心を打つ場面が大好きだという感情から。それでもこの男は自分と親しいブラナー夫妻のたぐいの人間から歓びを得ている。そうして自分のほうは、広場から締め出しを食った貧しい女たちのせいで、いつまでも苦しむ定めとされている。

こういうわけで二人は黙って坐り続けた。互いになんとも惨めだった。なぜならプリケット・エリスは自分の言ったことで少しも慰められなかったからだ。相手のとげを抜いてやるのではなく、擦り入れてしまった。朝の幸せな気分は台無しになった。ミス・オキーフは頭がごちゃごちゃになり、いらついた。頭がすっきりするのではなくぼうっとなった。

「ぼくはどうやら平々凡々たる人間の一人らしい」エリスは立ち上がりながら言った。「自分と同類の者を愛するやつですよ」

これを聞いてミス・オキーフは叫びそうになった。「わたしもよ」

互いに憎み合い、この不快な夜、この現実を思い知らされる夜のひとときを提供してくれた屋敷いっぱいの人間たちを憎みながら、自分と同類の者を愛する二人は立ち上がり、何も言わぬまま永久《とわ》に別れた。


（井伊順彦訳）

訳註
＊1　ニューカッスル奨学金：イギリス有数のパブリックスクール、イートン校の最も権威ある奨学金。

遺産

「シシー〔セシリアの愛称〕・ミラーへ」妻の応接間の小さなテーブルにごちゃごちゃ置いてある指輪やブローチのなかから、ギルバート・クランドンは真珠のブローチを取り上げ、「シシー・ミラーへ、愛を込めて」という献辞を読んだ。

自分の秘書のミラーさんにも遺す物は遺すとは、アンジェラらしい。といっても、実に変じゃないかとあらためてギルバート・クランドンは思った。妻が何もかもこんなにきっちり始末していくとは——友人全員になんらかの品を贈るとは。自分の死を予見していたかのように。が、六週間前の朝に家を出るときは健康そのものだった。ピカデリーの縁石を踏み出したところで、車に轢かれて死んでしまった。

ギルバートはシシー・ミラーを待っていた。来てほしいと伝えてある。長年ともに働いてくれて、こちらとしては感謝の意を表す品を渡すのは当たり前だと思った。うむ、アンジェラが何もかもこんなにきっちり始末していくなんて変だと、坐って待ちながらギルバートは思い続けた。友人はみなアンジェラのちょっとした好意の印を贈られていた。指輪やネックレスや入れ子細工の箱——妻は小さな箱に目がなかった——は、どれも贈る相手の名前がついていた。どの品もギルバートにとっては思い出があった。これは自分がアンジェラがヴェネチアの裏通りで見つけて飛びついたものだ。アンジェラ、嬉しそうに小さく叫んでいたな。

ギルバートにはもちろんアンジェラはとくに何も遺していない。この日記だけだ。緑のなめし革で綴《と》じてある十五冊の小さな日記が、ギルバートの背後にあるアンジェラの書き物机にそろって立っている。結婚してからアンジェラはずっと日記をつけてきた。めったになかったことながら、二人のあいだで、まあ、小さないさかい——ギルバートはけんかなんて言いたくない——が起きたときの原因の一つはその日記だった。ペンを走らせているところへギルバートが部屋に入ってくると、アンジェラはいつも日記を閉じるか手で隠すかした。

「だめ、だめ、だめ」ギルバートの耳に妻の声が響いた。「わたしが死んだらね——まあ、そのときは」

こうしてアンジェラは日記を夫に残したのだ、遺品として。アンジェラの生前、夫婦が共有していなかった唯一の品だ。でも自分より妻が長生きすることを夫は疑ったためしもなかった。妻が一瞬でも立ち止まり、自分の行動を意識していたら、今でも生きていただろうに。でも縁石からそのまま足を踏み出されたんです、と車の運転手は死因審問で述べた。車を止めるひまなんてありませんでした……。

玄関広間から人声がして、ギルバートは我に返った。

「ミス・ミラーがおいでございます」女中《メイド》が言った。

シシーが入ってきた。この女が今まで一人でいるところをギルバートは見たことがなかった。もちろん泣いているところも。ひどく気落ちしている。無理もないが。本人にとってアンジェラは雇い主というよりずっと大きな存在だった。一友人だった。椅子を近づけて坐るよう促しながら、ギルバートは思った。自分にとっては、この女は同類の女たちとほとんど区別できるところもないな。〝シシー〟はほかにごろごろいる――アタッシェケースを提げて黒い服を着た地味な女。しかし、思いやりの才を具えたアンジェラは、シシー・ミラーの美点を余すところなく見出していた。分別そのものの人だ、無駄口を叩かない、信頼できる、なんでも話せる人だ等々。

はじめミス・ミラーは話ができなかった。椅子に坐って、ハンカチで両目を押さえていた。それから思い切ったように口を開いた。

「すみません、クランドンさま」

ギルバートはぼそぼそ言った。もちろんわかっています。まったく当然のことですよ。妻がこの女にとってどんな存在だったか察せられた。

「こちらではずっと楽しい思いをさせていただきました」と言いながら、ミス・ミラーはまわりを見回した。その目がギルバートの背後の書き物机に留まった。ここで二人は仕事をしていた

――ミス・ミラーとアンジェラは。というのも、有力政治家の妻としてどうしても避けられない務めをアンジェラは果たしていたからだ。

ギルバートが政治家になって以来、誰よりも大きな力添えをしてくれたのが妻だった。妻とシシーが机に向かっている姿をギルバートはよく目にした――シシーはタイプライターと向き合い、妻の口述どおり手紙を筆記していた。おそらくミス・ミラーも同じことを考えているのだろう。今はとにかくギルバートとしては、妻が遺したブローチを渡してやることしかない。どうも当人とはちぐはぐな感じのする贈り物だ。なにがしかの金か、またはいっそタイプライターを遺してやったほうがよかったのではないか。だが目の前にあるのはこれだ――「シシー・ミラーへ、愛を込めて」。

ギルバートはブローチを手に取り、考えておいた言葉を口にしながら渡した。大切にしてくれることはわかっています。妻もよくこれを身につけていました……。すると、やはり前もって考えてきたのではと思いたくなるような言い方でミス・ミラーも応じた。いつまでも大切な宝物となってくれるでしょう……。この人、真珠のブローチがそんなに似合わなくもない服も持っているんだろうなと、ギルバートは思った。仕事の制服さながらの黒いスーツ姿だ。ギルバートはふと気づいた――そうか、喪に服してるんだものな。ミス・ミラーも不幸があったばかりだった――尽くしてきた兄をアンジェラの一件の一、二週間前に亡くしていた。何か事故だったかな。ギルバートは憶えていない――アンジェラから聞いただけだ。思いやりの才を具えたアンジェラは、ひどい取り乱しようだった。

そうこうしているうちにシシー・ミラーが立ち上がった。脱いであった手袋をはめている。おじゃまになってはいけないという思いがありありと表情に出ている。だがギルバートとしては、相手の身の振り方について何か言ってやらずに帰すわけにもゆかなかった。何か考えていることがありますか。わたしで何か力になれることがありますか。

ミス・ミラーは机に視線を落としたままだ。ここでタイプライターと向かい合っていた。例の日記もここに置いてあった。アンジェラとの思い出にふけっていて、よければ力になりますよ、というギルバートの申し出に、ミス・ミラーはすぐには応じなかった。言葉の意味がぴんとこなかったようだ。そこでギルバートが繰り返した。

「何か考えていることがありますか、ミス・ミラー」

「考えていること？　あ、だいじょうぶです、クランドンさま」ミス・ミラーは声を励ました。

「どうかお気遣いなく」

金銭面の援助は不要だと、この女は言いたいのだなとギルバートは受け取った。そういう申し出は手紙でやるほうがよさそうだと察した。今できるのは、せいぜい相手の手を握ってこう言うことだけだった。

「ね、ミス・ミラー、何かわたしでお力になれることがあれば、喜んで——」

ギルバートは応接間のドアを開けた。敷居のところで、何かふと思いついたように一瞬ミス・ミラーは足を止めた。

「クランドンさま」客は初めて相手の顔を見すえた。いたわるような、それでいて探るような相手のまなざしに、ギルバートは初めてはっと心を打たれた。「いつであれわたくしでお役に立ちましたら、奥さまのことを考えますと、嬉しく存じます……」

そう言うなりミス・ミラーは立ち去った。その言葉も、そのときの表情も、思いもよらぬものだった。まるでギルバートのほうが自分の力添えを必要としていると信じているか、またはともかく望んでいるようにも思える。椅子に戻るギルバートの頭に、奇妙な、いや突飛ともいえそうな考えが浮かんだ。自分は長年あの女のことなどろくに気にも留めていなかったが、まさか小説家がよく言うように、向こうがこっちに熱い想いを抱いているわけはあるまいな。鏡の前を通るとき、ギルバートは映った姿にちらりと視線を送った。自分は齢《よわい》五十過ぎだ。だが鏡を見ると、まだ十二分に人目を奪える顔だと自負できる。

「かわいそうなシシー・ミラー！」ギルバートは薄笑いしながら言った。ああ、妻が生きていればそんな軽口も叩き合えたのに。思わず妻の日記に目を向けた。

「ギルバートは」適当な箇所を開けて文面を読み始めた。「本当に男前だった（後略）」

自分の問いを察してくれているようなくだりだ。もちろん、あなたは女性にはとても魅力ある人よと言ってくれている感じだ。もちろんミス・ミラーもそう思っていたわけだ。ギルバートは読み進めた。

「妻としてどんなに誇らしいことか」

ギルバートも夫としていつも実に誇らしかった。二人で外食したときなど、何度ギルバートはテーブル越しに妻を見つめながら心につぶやいたことか。この場で誰よりもきれいな女だと。日記を読み進めた。結婚一年目、ギルバートは下院議員の選挙に立候補していた。二人は選挙区を駆け回った。

「ギルバートが席に着くと、すごい拍手が起きた。聴衆はみな立ち上がって歌いだした。『彼はとってもいいやつだから[*1]』。わたしは圧倒されるばかりだった」

ギルバートも憶えている。妻は演壇で自分のかたわらに坐っていた。妻が自分にちらりと向けた視線や、その瞳に浮かんだ涙は今でもありありと目に浮かぶ。で、それからどうなったかな。ギルバートはページをめくった。夫妻はヴェネチアへ行っていた。ギルバートは選挙後のあの楽しい休日を思い出した。

「二人でフロリアンズ〔ヴェネチアのサンマルコ広場にあるカフェ〕に入ってアイスを食べた」

ギルバートはほほえんだ——妻はまだほんの子どもだった。アイスが大好きだった。「ギルバートがヴェネチアの歴史にまつわるとてもおもしろい話をしてくれた。彼が言うには、元首《ドージェ》[*2]が……」

女生徒さながらの筆跡で話をすべて書き留めてある。アンジェラが勉強熱心ということもあって、一緒に旅をするのは楽しかった。わたしは自分でもいやになるぐらい何も知らないのと、それも魅力であることを知ってか知らずか、口癖のように言っていた。

そうして——ギルバートは二冊目を開いた——夫妻はロンドンへ戻ってきた。

「わたしはなんとか好印象を与えたかった。自分のウェディングドレスを着た」

妻はサー・エドワード[*3]のとなりに坐っていて、ギルバートの上司であるあのしたたかな老人の心を捉えようとしていた。ギルバートはざっと目を走らせ、いくつものとりとめのないくだりから次々と記憶の空白を埋めていった。

「下院で食事……。ラブグローブ家で晩餐会。ギルバートの妻としての責任を自覚しているか、レディ・Lから訊かれた」

それから、年月を経て——ギルバートは書き物机から別の一冊を手にした——夫は仕事にますますのめりこんでいった。当然ながら妻は独りきりになることが多くなった……。二人のあいだに子どもができないのが、アンジェラには大きな悩みの種だったようだ。こんな書き出しがあった。「ギルバートに男の子がいればどんなにいいか！」

妙な話だが、ギルバート自身はべつに悔いたことなどなかった。人生はあるがままのとおり十分に豊かで満ち足りていた。あの年は政府のちょっとした地位につけた。ただの小さな役職だったが、アンジェラの記述はこうだ。

「あの人が首相になれるのは間違いない！」

状況が変わっていたら、実際そうだったかもしれない。ギルバートはここでページをめくる手を止め、どんなふうになっていたか考えてみた。政治ってのは一か八かの賭けだとしみじみ思った。だが賭けはまだ終わっちゃいない。五十歳じゃ終わらない。ギルバートはさらに先のページをぱらぱら読んだ。些末な出来事にあふれている。アンジェラの生活をなしてきたような、取るに足らず、楽しげな日常の些末事が目立った。

ギルバートは次の一冊を手に取り、適当な箇所を開いた。

「わたしはなんて臆病者なのか。またみすみすチャンスを逃してしまった。でもわたし個人の問題であの人をわずらわせるのは身勝手だろう。あの人には考えることが山ほどあるのだから。二人だけで夜を過ごせるのはめったにない」

これはどういう意味だ。お、ここに説明がある——イーストエンドでアンジェラがおこなった活動について触れていた。

「わたしは勇気を奮い起こして、ついにギルバートと話をした。とてもやさしい、本当にいい人だ。なんでも好きにやらせてくれる」

ギルバートもその会話を憶えていた。自分はただぶらぶらしているだけの、まるで役立たずな人間みたいだとアンジェラは言った。何か自分の仕事がしたいの。何かしたいのよ、人助けのために。うむ、たしか、あの椅子に坐ってそう訴えながら顔を赤らめていたな、とてもかわいかった。ギルバートはすこしひやかしてやった。ぼくの世話とか家の用事とか、やることはありすぎるほどあるんじゃないの。それでも、きみがおもしろいと思うんなら、もちろん反対はしないよ。で、何がやりたいの。地域のことかな。何かの委員会？　ただし、ぜったいからだを壊さないと約束してくれ。こうして毎週水曜アンジェラはホワイトチャペル〔ロンドン東部、テムズ川北岸のワーハムレッツの一地区〕へ通うことになったようだ。そうだ、思い出した、そのおりにアンジェラが着ていく服が、自分としてはまったく気に入らなかった。だが妻自身は大まじめだったようだ。

日記は次のような文面ばかりだった。

「ジョーンズ夫人と会う。（中略）十人の子持ちだ。（中略）ご主人は事故で腕をなくしている。

（中略）わたしもリリーの仕事を探してあちこち駆けずり回った」

ギルバートは読み飛ばした。自分の名前はあまり出てこなくなった。興味が失せてきた。なんのことだか、内容が不明の記述もいくつかあった。たとえばこうだ。

「Ｂ・Ｍと社会主義について激論を交わす」

Ｂ・Ｍって誰だ。この頭文字には心当たりがなかった。おそらく委員会で知り合った女性なのだろう。

「Ｂ・Ｍは乱暴な上流階級批判を口にした（中略）会議のあと、わたしはＢ・Ｍと帰ってきて、説得を試みた。でも彼は本当に狭量だ」

とするとＢ・Ｍは男か――おそらく自称〝知識人〟の一人なんだろう、アンジェラ言うところの乱暴で狭量なたぐいの人物だ。どうもアンジェラは会いたいとその男を自宅へ招いたようだ。

「Ｂ・Ｍは夕食に来た。ミニー[*4]と握手してくれた！」

感嘆符までつけたくだりを目にして、ギルバートとしては思い描いた人物像にまた一つ違う面が現れた気がした。Ｂ・Ｍは住み込みのお手伝いとは接し慣れていないようだ。ミニーと握手を交わすとは。たぶんＢ・Ｍは、淑女の応接間で自論をしたり顔でぶつような、よくいるたぐいのふがいない労働者階級の一員なのだろう。ギルバートはこの部類の人間を知っており、Ｂ・Ｍが誰であれ、こういうやつなんか好きになれんと思った。また出てきたぞ。

「Ｂ・Ｍとロンドン塔へ行った。（中略）革命が起こるのは必至だと彼は言う。（中略）わたしたちは極楽とんぼなのだそうだ」

いかにもB・Mが口にしそうな台詞だ——声が聞こえる気がする。ようすもはっきり目に浮かぶ。ずんぐりしていて、こわいひげを生やし、赤いネクタイに年がら年中ツイードの服というでたちで、その日の仕事をまっとうにこなしたためしなどない。アンジェラなら相手の正体を見抜けたはずだが。ギルバートは読み進めた。

「B・Mは——についてとてもいやなことを言った」名前は念入りに消してあった。「これ以上——の悪口は聞きたくないと、わたしは言ってやった」

やはり名前を消してある。まさかおれの名前じゃないだろうな。だからおれが部屋に入ると、アンジェラはさっとページを隠していたのかな。そう考えると、ますますB・Mのことが嫌いになった。こいつはまさにこの部屋でおれについてなんだかんだ言いやがったのか。なぜアンジェラは話してくれなかったのか。隠し事をするなんてあいつらしくない。ざっくばらんそのものの女だったのに。ギルバートはページをめくってゆき、B・Mに関する箇所を残らず拾い読みした。

「B・Mが自分の子どものころの話をしてくれた。母親は日雇いの家政婦をしていたそうだ。(中略)それを考えると、こんなぜいたくな暮らしをしていくなんて耐えられない。(中略)帽子一つに三ギニーも使うなんて」

おれに相談してくれていればいいのに、自分じゃ手に負えない問題について、乏しい知恵を絞ろうとするなんて。ギルバートは妻に本を貸したことがあった。カール・マルクス『近づく《ザ・カミング・》革命《レボルーション》*5』。

B・M、B・M、B・Mと、同じ頭文字が何度も出てくる。だがどうしてきちんと氏名を書かないんだ。頭文字を使うと、ざっくばらんな感じやなれなれしい感じがして、まるでアンジェラらしくない。相手に面と向かってB・Mと呼んでいたのだろうか。ギルバートは読み進めた。「夕食後にB・Mが不意にやってきた。幸い家にいたのはわたし一人だった」つい一年前の記述だ。〝幸い〟だと――なぜ幸いなんだ――「わたし一人だった」か。

おれはどこにいたんだ。予定表を記した手帳で日付を確かめた。ロンドン市長公邸の晩餐会だ。B・Mとアンジェラは同じ夜を二人で過ごしていたのか！　ギルバートはこの夜のことを思い出そうとした。自分が帰ってきたとき、アンジェラは起きて待っていたか。部屋はいつもと変わらぬようすだったか。複数のグラスがテーブルにあったか。椅子が二つ互いに寄せてあったか。何も思い出せない――ほんとに何もだ、市長公邸で自分がスピーチをしたことぐらいしか。ますます不可解になってきた――何もかもが。

自分の妻が自分の知らない男を一人で迎え入れている。次の一冊を読めばわかるかもしれない。ギルバートはもどかしげに最後の一冊を手に取った――アンジェラが書き終えずに死んだときの一冊だ。またか、なんと一ページ目から忌々しい名前が出てくる。

「B・Mと二人だけで食事。（中略）彼はずいぶんいらついてきた。もうそろそろぼくらはわかり合えるころだと。（中略）わたしはなんとか話を聴いてもらおうとした。でも聴こうとしない。脅すつもりか、こんなことを言う。もしわたしが――」

残りは一面に線を引いて消してあった。「エジプト、エジプト、エジプト」とページいっぱいに書いてある。ギルバートは一語もわからなかった。だが解釈の仕方は一つしかありえない。この悪党はアンジェラに自分の愛人になってくれと言っているわけだ。おれの部屋で二人きりになって！　ギルバートの顔にさっと血の気が差した。ギルバートは急いでページをめくっていった。アンジェラはどんな答えを返したのか。頭文字はなくなった。ただ〝彼〟とだけ記されている。「彼はまたやってきた。結論はどうしても出せないとわたしは言った。（中略）どうかほっといてと頼んだ」

向こうはほかならぬこの家でアンジェラに迫ってきたわけだ。だがなぜアンジェラは話してくれなかったのか。ほんの少しでもためらうことはないのに。続いて「彼に手紙を書いた」とある。そのあとは何ページも空白だった。続いてこうだ。

「返事は来ない」さらに何ページも空白があった。そうしてこうだ。「彼は脅すようにやってやるぞと言っていたことをやった」

それから――次はなんて書いてあるんだ。ギルバートはページをどんどんめくっていった。空白ばかりだ。だがようやく、死の直前の日に、こんな記述があった。

「わたしにも同じことをする勇気はあるだろうか」これで終わっていた。

手から日記が滑り落ちた。ギルバートは目の前に妻の姿が見えた気がした。妻はピカデリーの縁石に立っている。目を見開いている。こぶしを握りしめている。車がやってきた……。

ギルバートは耐えられなかった。真実を突き止めなければ。電話に大股で近づいた。

「ミス・ミラー！」返事がない。やがて部屋のなかで人の動く気配がした。

「シシー・ミラーです」ミラーの声がようやく呼びかけに答えた。

「誰なんです、Ｂ・Ｍってのは」ギルバートはかみつくように言った。先方の炉棚の安物時計がチクタクいう音が聞こえた。次いで長いため息をつく声が。ようやく先方は返事をした。

「わたくしの兄でございます」

この女の兄貴か。自殺した兄貴か。

「何か」シシー・ミラーが問う声がギルバートに聞こえた。「わたくしでご説明できることがございましょうか」

「何もない！」ギルバートは声を上げた。「なんにも」

ギルバートは自分宛の遺品を受け取った。妻は真実を語っていた。縁石から歩きだして愛人のもとへ向かった。縁石から歩きだして夫から逃げていった。

訳註
＊1　誰かをたたえるときによく口ずさまれる歌。
＊2　ドージェ：七～十八世紀までのヴェネチアの首長。
＊3　第一次世界大戦時の外相エドワード・グレイ卿（一八六二～一九三三）のことか。
＊4　お手伝いの名か。
＊5　架空の著書か。しかし、マルクスの『哲学の貧困』（一八四七）第二章第五節「同盟罷《ひ》業と労働者の団結」は、ときに「近づく動乱《ザ・カミング・アップヒーバル》」とも称されているようだ。

（井伊順彦 訳）

まとめてみれば

屋内は暑くなり、人が混み合ってきたので、こんな夜には湿気の心配がないので、ちょうちんが魔法の森の奥深くに吊り下げられた赤や緑の果物さながらに見えるので、バートラム・プリチャード氏はレーサム夫人を庭へ連れ出した。

戸外の空気と戸外に出てきたという感覚のせいで、サーシャ・レーサムは戸惑った。長身で、均整が取れていて、いささか不精に見える女性で、貫録も存在感も人一倍あるため、パーティの席上で何かしゃべらなければいけないとき、自分はまるで力不足だとか未熟だとかと感じているとは誰にも思われなかった。だが実際はそうだった。で、バートラムと一緒にいるのが嬉しかった。戸外に出ても、とぎれることなく話をしてくれる人だと信じられるから。この男の話を書き留めたら目を疑うだろう――その一言一言がくだらないばかりか、それぞれの話になんのつながりもなかった。鉛筆を取り出して、話すことをそのまま書き留めた——しかも一晩で話す量は本一冊分にもなるだろう——うえで、それを読んでみると、かわいそうにこいつは脳みそが足らないなときっと誰もが思うだろう。

　実情は大違いだった。なぜならプリチャード氏は世評高き役人で、バス勲爵士[*1]だったからだ。だがさらに妙なのは、大方の人間に等しく好かれているということだ。声の響かせ方、語気を強める際の口ぶり、ちぐはぐな考え方のなかにきらりと光る何かが特徴だった。日焼けた丸顔やコマドリを想わせる姿から何やら発せられているものが、かたちも捉えどころもないながら、存在し、これ見よがしに自己主張し、本人の言葉とは別個に、というよりしばしば言葉に相反して存在感を発揮していた。

　デボンシャー〔イングランド南西部の州〕を旅したときのこと、宿や宿のおかみのこと、エディやフレディのこと、牝牛や夜間の移動のこと、花形や名士の人々のこと、大陸鉄道や鉄道旅行案内書《ブラッドショー》のこと、タラを捕まえたこと、風邪をひいたこと、流感にかかったこと、リウマチをわずらったこと、キーツ[*2]の詩の意味がわかったことについて、バートラムがしゃべりちらしているあいだ、サーシャ・レーサムはそんなふうに考えていた。バートラムのことを、そこにいるだけでよさのわかる人だと、そうなんとなく思い、相手が話しているあいだ、その話の中身とは違った装いの人間として、しかも確たる裏づけこそないながら、これこそ本物の姿のはずだと信じながら、バートラム・プリチャードを創り上げていった。証明できるはずもないではないか、バートラムが誠意ある友で、人の気持ちがよくわかっているなどと——だがここで、よくある話だが、バートラムと話しているうち、サーシャは相手本人の存在を忘れてしまい、ほかのことを考え始める始末だった。

背筋をぴんと伸ばして、空を見上げながら、サーシャが考えていたのはこの夜のことだった。いきなり感じたのは田舎のにおいだ、星空のもと、薄暗くひっそりとした野原のにおい。だがこの場所、ウェストミンスターのダロウェイ夫人宅の裏庭にいると、田舎で生まれ育った美人のサーシャだが、おそらく際立った違いのせいで、ぞくぞくするほど楽しかった。干し草のにおいがあたりを漂い、背後の部屋は人であふれている。

サーシャはバートラムと歩いた。歩き方は足首をいくぶん曲げて牡鹿のようだ、扇を使い、堂々とし、物静かに、五感を掻き立て、耳をそばだて、鼻をくんくんさせながら。あたかも野生の、とはいえ夜間に歓びの種を得るような、自制心豊かな動物であるかのようだった。

これこそとびきりの奇跡だとサーシャは思った。人類最大の偉業だ。ヤナギ畑や、沼地を漕いでゆく網代舟《コラクル》があったところにこれがある。サーシャの頭にあるのは、乾いていてどっしりしており造りのしっかりした屋敷だ。貴重品をいろいろ置いてあり、互いに寄り添ったり、相手から離れたり、意見を交わし合ったり、刺激を与え合ったりする人々でざわついている。クラリッサ・ダロウェイは果てしなく続く夜に屋敷を開け放ち、沼地のあったところに礎石を置いていた。庭の端まで来て（ネコのひたいほどの庭だった）、二人でデッキチェアに腰を下ろすと、サーシャは敬わんばかりに熱いまなざしで屋敷を見た。あたかも金の矢に射貫かれたかのように。涙が込み上げてきて、ありがたいと心から思うなかで流れ落ちた。内気で、いきなり誰かに紹介されると言葉に詰まってしまうほど根っから慎ましい人柄なのだが、サーシャは他人には深い敬意を払っていた。感心している人々のようになれれば驚きだが、自分自身しかなれぬ定めであり、庭で椅子に腰を下ろし、ただこうして物言わぬまま熱い気持ちを抱えて、自分を締め出した人間社会を喝采するしかなかった。人々を讃美する詩の常套句が口をついて出た。あなた方は立派で善良で、何より勇敢で、夜と沼地に打ち勝った者たちだ、生き残った者たちだ、幾多の危険に遭いつつ世に乗りだし、航海を続けている。

運命の悪意ゆえか、サーシャはみなに加わることはできないが、バートラムのおしゃべりのあいだ、坐ってほめたたえることはできた。バートラムも船上の人だ、高級船員《キャビン》・船客付きの給仕《ボーイ》か下級船員——帆柱《マスト》に駈けのぼり、明るく口笛を吹く者——として。こう考えているうち、屋敷にいる人々に対する自分の賞讃の意を、目の前に立っている木の枝が浴びて、ぐっしょり濡れた。金のしずくを滴らせた。あるいは歩哨よろしくぴんと立った。この枝は勇ましくて浮かれ騒ぎをしている一団の一部だ、旗をなびかせる帆柱だった。壁際に何かの樽があった。サーシャはこれにも賞讃の意を授けた。

からだがそわそわしているバートラムは不意に敷地を探検してみたくなり、レンガの山に飛び乗って庭の塀の向こうを覗いた。サーシャも同じく覗いてみた。バケツが目に入った。いや、長靴の片割れかもしれない。たちまち幻想は消え失せた。またロンドンが現れた。広大で無愛想な人間味なき世界。乗合自動車《モーターオムニバス》、事件、居酒屋の照明、あくびをしている警官。

好奇心を満たし、わずかなあいだ黙ることでしゃべりの泡立つ泉を再び満たすと、バートラムはもう二つ椅子を引き寄せて、一緒に坐りませんか、と某夫妻を誘った。バートラムとサーシャはまた椅子に腰かけ、同じ屋敷、同じ木、同じ樽に目を向けた。塀越しに庭の向こうを覗いて、バケツを目にしただけで、いやむしろ自分たちとは関わりなく動いているロンドンのようすを目にしただけで、サーシャはもはや金の雲を世界に浴びせることはできなかった。

バートラムはしゃべり続け、某夫妻――名前はウォーレスだったかフリーマンだったか、サーシャはどうしても思い出せなかった――は応じていた。三人の言葉は金の薄いもやを突っ切り、味気ない日当たりへ落ちていった。サーシャは乾いていてどっしりしたアン女王朝様式[*3]の屋敷を見つめた。次いで、学校にいたころ、ソーニー島〔テムズ川にかつてあった小島。ウェストミンスター寺院あたり〕や網代舟に乗った人々、牡蠣、マガモ、もやについて読んだことをけんめいに思い出そうとした。ともあれ、それは当然のこととして排水と大工のおかげだとサーシャには感じられた。それからこのパーティときたら――夜会服を着た人々の集まりにすぎない。

サーシャは自問した。どちらの見方が本当だろうか。バケツや、半ば明かりがつき半ば明かりのついていない屋敷も目にすることができた。

いつもどおり慎ましく、他人の知恵と力を借りて創り上げていた例の誰かさんにサーシャはこの件をたずねた。答えはたまたま返ってくることがよくあった――愛犬スパニエルがしっぽを振って答えることは知っていた。

おっと、金箔と威厳を剝ぎ取られた木が、答えを示してくれるようだ。これは野原に生える木になった――沼地の唯一の木だ。サーシャもよく目にしていた。枝のあいだから赤く染まった雲を、あるいは雲の蔭にところどころ隠れて、ふぞろいの銀の光を放つ月をよく目にしていた。だがどんな答えか。そう、魂——自分のなかで、何か生き物が苦労しながら前へ進み、逃れ出ようとしている動きに気づいていて、サーシャはとっさにその生き物を魂と名づけていた——はそもそも伴侶なしだ、テンニンチョウ《ウィドー・バード》*4だ、あの木に打ち解けぬようすで止まっている鳥だ。

だがそのときバートラムが、いつもどおり親しげにサーシャの組んだ腕に自分の腕を差し入れながら、というのもサーシャのことは生まれたときから知っているからだが、ぼくら二人とも自分のやるべきことをやってないね、なかに入らなきゃ、と言った。

そのとき、裏通りか居酒屋で、例の性別が定かでなく意味も聞き取れない恐るべき声が響き渡った。金切り声だ、叫び声だ。

テンニンチョウははっとして飛び去ると、ますます大きな輪を描いてゆき、ついにそれ（サーシャがわたしの魂と呼んだもの）は、石を投げつけられてあわてて空へ飛び上がったカラスさながらに遠ざかっていった。

訳註

＊1　バス勲爵士：一七二五年にジョージ一世が創設したバス勲章三階級の最下位。

＊2　キーツ：一七九五～一八二一。イギリスのロマン派詩人。代表作『エンディミオン』（一八一八）。

＊3　アン女王：一六六五～一七一四。ジェイムズ二世の娘。治世は一七〇二～一四。アン女王朝様

式は赤レンガ造りの簡素な古典主義様式。
＊4　「未亡人の鳥」という意にもなる。

（井伊順彦 訳）

ドロシー L.セイヤーズ

Dorothy Leigh Sayers
1893-1957

アガサ・クリスティと並び称されるイギリス探偵小説の女王。貴族探偵ピーター・ウィムジイ卿を主人公として、長篇十一冊に短篇集三冊の小説を物した。なかでも第九作『ナイン・テイラーズ』(一九三四)は、一九三〇年代最高のイギリス探偵小説と目されている。またオックスフォード大学で学位を受けた初の女学生に名を連ねたほどのインテリで、探偵小説など種々の分野の評論や戯曲、ダンテの『神曲』の翻訳も手がけている。

朝の殺人

「八百メートルほど幹線道路沿いにディッチリーまで行ったら、標識のところで左に曲がるんですよ」と洗濯物しぼり機[*1]の訪問販売員《セールスマン》は言った。「でも時間を無駄にするだけだと思うがなあ」

「まあいいんですよ」モンタギュー・エッグ氏は明るく答えた。「その老人に、一か八か賭けてみます。『セールスマンの手引き』にこうあるんです。《どんな小さなチャンスも逃すべからず。試さぬかぎり結果はわからぬものなり》ってね。なんといっても、その方はお金持ちということなんでしょう?」

「マットレスにはソブリン金貨〔英国の昔の一ポンド金貨〕がぎっしり詰まってるとかなんとか、近所の者は噂してますがね」洗濯物しぼり機の訪問販売員は、にやりとしながら認めた。「でも皆好き勝手なことを言いますからね」

「近所には誰もいないとおっしゃいませんでしたっけ？」

「ええいませんよ。言葉の綾ってやつですな。ではまあ、幸運を祈ってますよ！」

エッグ氏は、厚意への感謝の印にしゃれた中折れ帽を振ってみせると、静かな決意を胸に、車のクラッチを踏んだ。

幹線道路は、いつもの六月の土曜日の朝と変わらぬ混みようで、メルベリーの森やビーチャンプトン近くの海辺に向かう行楽客で混雑していたが、〈ハッチフォード・ミルまで三・二キロ〉と書かれた標識のそばで、細い小道に曲がり込んだ途端、エッグ氏は人っ子一人いない深い静けさに包まれた。時折ウサギが生垣から慌てて飛び出すのと、運転する自動車モーリスが立てるエンジン音以外に、静寂を破るものは何もない。この謎のピンチベック氏がどんな輩であれ、孤独を愛する人物に違いなかった。

二キロ半ほど小道を進み、荒れ果てた原っぱの奥に、ぽつんと一軒の小さなコテージが立っているのがふと目に入ると、やはり洗濯物しぼり機のセールスマンが正しかったのだ、とエッグ氏は思い始めた。ピンチベック氏は金持ちかもしれないが、ピカデリーのプラメット&ローズ商会が販売するワインや蒸留酒のうってつけの客にはどうやらなりそうになかった。しかし、『セールスマンの手引き』の五つ目の格言、《いやしくもセールスマンの名に値する者なら、剃刀をビリヤードの球にも売り込める》を思い出すと、エッグ氏は原っぱの入口に車を停めた。そして、だらしなく傾いた門を持ち上げ、錆びたレールをきしませながら引きずり開けると、雨の日の車の往来が残した轍《わだち》ででこぼこになった道を、先へと進んだ。

コテージのドアは閉まっていた。モンティ〔モンタギューの愛称〕は、ペンキの塗装がぷつぷつと浮きあがるドアの表面を、元気よく叩いた。返事がないことには大して驚かなかった。もう一度ノックし、それから、せっかくここまで来たのにこの顧客開拓を諦めてしまうのも癪だと思ったモンティは、裏口へと回ってみた。だが、ここでも返事はなかった。ピンチベック氏は外出中なのだろうか? 外出することはまったくないという話だったのだが。生来、粘り強く、探究心旺盛なエッグ氏は、窓に近寄ると家の中を覗き込んだ。そこで目にしたのは、思わずヒューと小さく口笛を鳴らしてしまうような光景だった。エッグ氏は、裏口に戻ってドアを押し開け、中に入った。

ウィスキーを一ケース、あるいはポートワインを一ダースかそこら売るだけのつもりで人の家へやって来た場合、その人が台所の床にのびて、頭を滅茶苦茶につぶされているのを発見すると当惑するものである。二年間、西部戦線での従軍を経験しているエッグ氏ではあったが、この光景には嫌悪感を覚えた。エッグ氏はテーブルクロスを死体にかけてやった。几帳面な性格もあり、すぐさま腕時計に目をやると、時刻は十時二十五分を指していた。ちょっと立ち止まって考えてから、エッグ氏は敷地内を素早く見て回り、それから猛スピードで車を飛ばすと、警察を呼びに行った。

ハンフリー・ピンチベック氏の検死は翌日行われ、結果は、単独もしくは複数の何者かによる謀殺であると判断された。次の二週間、モンタギュー・エッグ氏は落ち着かない気持ちで注意深く新聞に目を通した。警察は手がかりを追っていた。まもなくある男に警察への出頭要請が出された。男の特徴は――赤いあごひげを生やし、格子柄《チェック》のスーツを着た、人目を引く容貌の持ち主で、登録ナンバー WOE1313 のスポーツカーを運転している、とのことだった。

やがてこの男が見つかった。男は起訴されたが、このとき五百キロ近く離れた場所にいたモンタギュー・エッグ氏は、うんざりすることに、ビーチャンプトンの治安判事たちの前で証言するよう通告されたのである。

被告人は、セオドア・バートンと名乗った。四十二歳、職業・詩人〈モンティはまじまじと見つめた。それまでこんなに近くで詩人なるものを見たことがなかったのだ〉。バートンは背が高く、たくましい体つきで、派手なツイードの服に身を包み、堂々たる姿をしていたが、どこかいかがわしい雰囲気を漂わせていた。ロンドンのイースト・セントラル地区〈貧困層や移民の多い治安の悪いエリア〉のバーあたりにいそうな男だな、とモンティは思った。眼差しは力強く、顔の上半分はそれなりにハンサムだった。口は黄褐色の豊かなあごひげで隠れていた。すっかりくつろいだ様子で、弁護士が代理人としてついていた。

モンタギュー・エッグは、早い段階で呼ばれると、死体発見時の様子について次のように証言した。

死体発見時刻は、六月十八日土曜日の午前十時二十五分。見たときには死体はまだかなり温かかった。玄関のドアには鍵がかかっていた。裏口のドアは閉じてはいたものの、鍵はかかっていなかった。台所には物が散乱し、あたかも激しいもみ合いがあったかのように見え、血痕のついた火かき棒が死体の横に置かれていた。警察を呼びに行く前に、素早く周囲を捜索してみたところ、二階の寝室に、重い鉄の箱が開け放しの空っぽの状態で置かれ、錠には鍵がぶら下がっているのを見つけた。コテージ内にはほかに誰もおらず、狭い庭先周辺に人が隠れているようなこともなかったが、家の裏手の納屋には、最近大きな車が停まっていたような跡があった。居間には二人分の朝食の食べ残しがあった。幹線道路からの小道を通ってやってきたが、途中誰にも会うことはなかった。おそらく五分か十分、現場を捜索し、その後すぐに、来た道をそのまま引き返した。

この時点でラメージ警部補が説明を加えた。このコテージに続く小道は、さらに一キロ足らず先へ進むと、ハッチフォード・ミルを通って折り返し、再びビーチャンプトン幹線道路の、五キロほどディッチリー寄りの場所に出るとのことだった。

次の証人は、ボウルズという名のパン屋だった。

パンを二つ届けるために、小型トラックに乗ってコテージを訪れたのが十時十五分。裏口に回ると、ピンチベック氏が自らドアを開けてくれた。この老紳士は健康そのもののように見えたが、どこか落ち着きがなく、いらだっているようにも見えた。台所にほかの人の姿は見えなかったが、ノックする前に二人の男が大声で興奮してしゃべっているのが聞こえたような気がする。ボウルズの配達に同行していた青年もこれを裏づけ、さらに台所の窓を横切る男の影を見たような気がする、と付け加えた。

次に、ハッチフォード・ミルから来たチャップマン夫人が名乗り出て証言した。

平日は毎日ピンチベック氏のコテージに行って、簡単な掃除をすることになっていた。七時半に着いて、九時には引き上げるのだが、十八日の土曜日もいつもどおりに来てみると、前夜のうちに不意の客が着いていた。被告人のセオドア・バートンだ。バートンは居間のソファで寝ていた様子で、その朝には発つことになっていた。納屋にバートンの車があるのが見えたが、それは小さなスポーツカーで、ナンバーがWOE1313なのがとりわけ目についた。なんて不吉な番号なのだろう[*2]と思ったのだから間違いない。納屋の中は裏口からは見えなかった。二人のために朝食を用意した。コテージを去る前に牛乳配達人と郵便配達人が訪ねてきたが、その後すぐに雑貨商の小型トラックもやって来たはずだ。というのも、雑貨商は九時半にはハッチフォード・ミルにいたからだ。自分の知るかぎりコテージを訪問する者はほかにはいない。ピンチベック氏は菜食主義者で、野菜を自家栽培していた。それまでピンチベック氏に来客があるのを見たことがなかった。ピンチベック氏が被告人と言い争ったりするのは耳にしなかったが、この老人は少し機嫌が悪そうだなと思った。「ちょっと怒っているような感じでしたね」

続いて、同じくハッチフォード・ミルから来た別の証人が証言した。

十時半ちょっと前に、一台の車が力強いエンジン音とともに猛スピードでハッチフォード・ミルを通り過ぎるのが聞こえた。その小道を高速車が通るのは珍しかったので、見ようとして外へ飛び出したが、少し先の曲がり角にある街路樹が邪魔をして何も見えなかった、とのことだった。

ここで、警察は被告人の逮捕時の供述を差し挟んだ。被告人は、自分は故人の甥であると述べ、コテージで一晩過ごしたことをあっさりと認めると、次のように語った。

おじは自分に会えて喜んでいるようだった。二人が顔を合わせるのは久しぶりだったからだ。「いくぶん金に困っている」ことを伝えると、詩作などという金にならない仕事をしているからだ、とおじは苦言を呈したが、それでも快く少額の金を貸すことを申し出てくれたため、ありがたくお金を借りることにした。その後すぐに、おじは寝室にあった箱を開けてたくさんの紙幣を取り出すと、一所懸命働いて倹約するように、と小言を言いながら、そのうちの五ポンド紙幣十枚を手渡してくれた。

こうしたことが起きたのが、九時四十五分かそれより少し前で――ともかくチャップマン夫人がすっかり家を出てしまった後のことだった。箱には紙幣や証券がぎっしり詰まっていたように見え、おじはチャップマン夫人と小売商人全般に対する不信感を口にしていた（ここでチャップマン夫人が憤慨して抗議し、治安判事たちがなだめすかさなくてはならなかった）。

供述はさらに続き――自分はおじとは口論など一切しておらず、たしか十時かそれくらいには車でコテージを出て、ディッチリーとフログソープを通ってビーチャンプトンまで行った。そこで車の持ち主である友人の元に車を置くと、今度はモーターボートを借りて、二週間ブルターニュ〔イギリス海峡に面するフランスの半島地方〕で過ごすために出発した。ラメージ警部補が自分に容疑がかけられていることを伝えに来たときには、おじの死については寝耳に水の状態だったので、むろん無罪を証明するために慌てて戻ってきたのだ――ということだった。

警察の仮説はこうだった。最後に訪れた小売商人が家を出るや否や、バートンは老人を殺害し、鍵を手に入れると金を盗んで逃亡した。死体は月曜の朝、チャップマン夫人がやって来るまで発見されないだろうと踏んだ上での犯行だ。

逮捕時の被告人の所持金は、イングランド銀行の五ポンド紙幣六枚と数シリング相当のフランス貨幣のみだったとの陳述を、セオドア・バートンの弁護士がラメージ警部補から引き出しているときだった。エッグ氏は自分のすぐ後ろで、誰かが興奮して荒い息づかいをしているのを感じた。振り返ると、そこには年配の女性の顔があった。興奮のあまり目が今にも顔から飛び出さんばかりになっている。

「ああ!」婦人は言いながら、どかっと椅子に身を沈めた。「もうどうしましょう!」

「失礼ですが」と、常に礼儀正しいエッグ氏は言った。「もしかして僕が邪魔になっているとか?」

「あら! まあこれはどうも! ねえ、どうすればいいのか教えてちょうだい。伝えなければならないことがあるの。かわいそうに。あの人はまったくの無実なのよ。本当なの。ねえお願い、どうしたらいいか教えて。警察へ行かなくてはダメかしら? まったくもう! そうは思ったんだけど——知らなかったのよ——こういう場所は初めてなんですもの! ああ、あの人有罪にされてしまうわ。お願い、どうか裁判をやめさせて!」

「この法廷では有罪になどできやしませんよ」モンティは相手を落ち着かせるように言った。「審理に持ち込むことならできますが——」

「ああ、そんなことしてはダメ! あの人はやっていないんですもの。そこにはいなかったんですから。ねえお願い、何とかして」

婦人のあまりに真剣な様子に、エッグ氏は軽く咳払いをしてネクタイを直すと、思い切って立ち上がり、力強く大きな声で叫んだ。

「閣下！」

治安判事たちがじろりと見た。弁護士も、被告人も、全員がじろりと見つめている。

「こちらにご婦人がいらっしゃいます」モンティは、最後までやり遂げなければと感じていた。「被告人のために、ぜひとも伝えねばならない、ある重要な証拠を握っているそうでございます」

じろりとした視線が、今度は一斉に婦人に注がれる。婦人は、驚いて即座に立ち上がると、ハンドバックを落としてこう叫んだ。

「まあどうしましょう！　ほんとにごめんなさい！　やっぱり警察に行くべきだったんだわ」

弁護士は、驚きと不快感と期待とが奇妙にないまぜになったような表情を浮かべて、すぐに前へ進み出た。婦人は脇へ連れ出され、少しの間ささやき声で話し合いが行われたが、それが済むと、弁護士がこう述べた。

「閣下、わたくしの依頼人からの指示は、抗弁を保留にするようにとのことでしたが、今初めてお会いしたこちらのご婦人が、親切にも申し立てに名乗り出てくださいました。その申し立てですが、本訴訟への完全な答えになるものと思われますので、閣下も、現段階にて彼女の話を聞いておかれたほうがよろしいのではないでしょうか」

短時間の話し合いの後、治安判事たちは、被告人が賛成するのであれば、婦人の証言を聞いてみようということになった。こうして婦人は証言台に入れられ、ミリセント・アデラ・クウィークという名前で宣誓をすることになった。

「わたしは独り者で、ウッドベリー女子高校で美術教師をしております。十八日の土曜日は、もちろん休日でしたので、メルベリーの森へ行って、一人きりでちょっとしたピクニックでもしようと思い立ったのでございます。それで小さな自家用車でちょうど九時半頃家を出ました。ディッチリーまでは一時間半ほどでしたでしょうか——わたしは決して飛ばさないんです、とても危ないですからね——道路も混んでいましたし。ディッチリーまで来ると、右に曲がり、幹線道路沿いにビーチャンプトンまでやって来ました。しばらくすると、ガソリンを十分入れてあったかどうか気になりだしました。うちの車のガソリンゲージはあまりあてにならないんですの。それで、どこかで止まってちゃんと入れておこうと思い、道路脇のガソリンスタンドに車を停めたんです。正確な場所は覚えていませんが、ディッチリーよりかなり先で——ディッチリーとヘルピントンの間でした。そのガソリンスタンドは、よくありがちな、おそろしく趣味の悪い建物で、真っ赤なペンキを塗った波形のトタン板でできていました。まったくあんな代物を建てさせたりしちゃいけませんよ。わたしはそこで男性に——とても親切な若い男性でしたが——満タンにするように頼みました。そしてそこにいる間にこちらの紳士をお見かけしたんです——はい、被告人のバートンさんのことです——車で乗りつけられたんです。ディッチリーの方角からやって来て、かなり飛ばしてらっしゃいましたね。道路の左側に車を停められて。ガソリンスタンドは右側にあるんですが、姿ははっきり見えました。間違いようがありません——あごひげもそうですし、着ていた服も——すごく独特でしたから。今着てらっしゃるのと同じスーツでしたわ。それから車のナンバーにも気がつきました。すごく変わったナンバーじゃありませんこと？　WOE1313だなんて。ええ、それでバートンさんはボンネットを開けて、プラグをいじってらしたんだと思いますが、やがてそのまま走り去っていきました」

「そのときの時刻は？」

「ちょうど今お伝えしようと思っていたんですよ。それが、腕時計に目をやったところ、時計が止まってしまっていたんです。ほんとにいらだたしいことです。ハンドルの振動のせいだと思いますが。でもガソリンスタンドにある時計を見上げたら——ドアの真上にあったんですが——十時二十分を指していました。それで自分の時計もそれに合わせました。その後、メルベリーの森へ行ってピクニックをしたんです。でもほんとに運がいいでしょう？　あのとき時計を見ただなんて。何しろわたしの腕時計ときたら、その後にもまた止まってしまったんですからね。でもこちらの紳士がガソリンスタンドの所で停まっていらしたのが、十時二十分だったのはちゃんとわかっているんです。ですから十時十五分から十時二十五分の間に、あの気の毒な方のコテージで、バートンさんが殺人を犯せたはずがないんですわ。何しろ三〇キロはゆうに離れてますからね——いいえ、もっとかも」

ミス・クウィークは、少し息を切らせながら申し立てを終えると、誇らしげに周囲を見渡した。ラメージ警部補の顔は見物だった。ミス・クウィークはさらに、なぜもっと早くにこのことを申し出なかったのか、その訳を説明した。

「新聞の手配記事を読んだとき、車のナンバーからわたしが見たのと同じ車に違いないと思いました――でももちろん、同じ人かどうかは確信が持てませんでした。そうでしょう？　手配記事ってすごく誤解しやすいですからね。それに当然、警察とは関わりたくありませんでしたし。学校じゃほら――親たちが嫌がりますからね。でも思ったんです。実際にこちらに伺ってこの紳士を自分の目で見たら、きっとはっきりするだろうって。ワグスタッフさんは――うちの校長ですが――親切にもここへ来るのに休みを取らせてくださいました。今日の午後はわたしが一番忙しいときなので、ご迷惑をおかけすることになってしまったんですけれどもね。でもこう申し上げたんですの。これは人の生死に関わるかもしれない問題なんですよ、ってね。そうでしょう？」

治安判事たちは、ミス・クウィークの公共心からの申し出に謝意を述べた。それから、両当事者からの緊急の要請に応じ、新しい証言について調査するため休廷にした。

問題のガソリンスタンドを一刻も早くミス・クウィークに特定してもらうことが極めて重要だったため、直ちにガソリンスタンドを探しに出かけるよう手はずが整えられた。ラメージ警部補と部下の巡査がこれに付き添い、バートン氏の弁護士も、依頼人に公平な調査かどうかを確認するために同行することになったが、ここでちょっとした問題が発生した。警察の車が、全員を快適に収容するにはどうも少しばかり小さ過ぎたようなのだ。モンタギュー・エッグ氏が自分のモーリスに乗り込もうとすると、警部補が一緒に乗せてもらえないかと声をかけてきた。

「もちろんどうぞ」モンティは答えた。「喜んで。それに、私のことも見張っておけるわけですしね。あの男の仕業でないとすれば、私が犯人だということになるに違いないでしょうからね」

「そんな、滅相もございません」警部補は言ったものの、このささやかな読心術に明らかに驚いている様子だった。

「もしお疑いになられても、責めるわけにはいきませんがね」

モンティはそう言うと、お気に入りのセールスマンのための格言、《明るい声と明るい顔をしていれば、注文は舞い込むものなり》を思い出して微笑んだ。そして、ビーチャンプトンからディッチリーまでの道のりを、警察の車の後を追って、楽しそうに車を走らせた。

「もう近くまで来ているはずなんだが」ヘルピントンを過ぎると、ラメージ警部補が言った。「今われわれがいるのは、ディッチリーから一六キロ、ピンチベックのコテージから四〇キロほどの場所ですな。ええと——この方向で行くと、道の左側にあるはずだぞ。おや、これがどうもそれっぽいな」警部補は、嬉しそうに続けた。「前の車が停まるぞ」

警察の車は、波形のトタン板でできた趣味の悪い建物の前で停まった。建物は道路の左側にぽつんと立ち、雑多なエナメル塗装の広告板と、たくさんのガソリンポンプが、建物をうるさく飾り立てている。エッグ氏はモーリスを横づけした。

「ここがその場所ですか、クウィークさん」

「ええと、わかりません。こんな感じでしたし、場所もこの辺なんです。でもどうかしら。こういうひどい場所ってどこもよく似てますし。でも——あら、あそこ！　わたしったらなんてお馬鹿さんなのかしら！　もちろんここじゃないわ。時計がないんですもの。ドアの真上に時計があるはずなんです。こんなつまらない間違いをして、ほんとにごめんなさい。もうちょっと先まで行かないといけませんね。ここからはすぐのはずですよ」

小さな行列は再び先へ進み、八キロほど行ったところで、もう一度停まった。今度こそ間違いであろうはずがなかった。もう一軒、赤い波形のトタン板でできたひどく趣味の悪いガソリンスタンドが立っており、そこにはさらに多くの広告板と、さらに多くのガソリンポンプ、それに時計があったのだ。時計の針は（正確だった。警部補が自分の腕時計と見比べて確かめたのだ）七時十五分を指していた。

「ここに間違いありませんわ」ミス・クウィークは言った。「ええ――あの男性の顔を覚えていますもの」

そう付け加えたところへ、ガソリンスタンドのオーナーが用聞きにやってきた。

オーナーは質問されると、六月十八日にミス・クウィークの車にガソリンを入れたかどうかについては、はっきり答えることができなかった。その前にも後にも、あまりに多くの車にガソリンを入れていたからだ。しかし、時計については絶対の自信を持っていた。時計はこれまで少しも狂ったことがなく、最初に取り付けられて以来、一度も止まったり故障したりしたことがなかったのだ。

オーナーは言った。うちの時計が十時二十分を指していたら、それは十時二十分ということなんです、国中のどんな法廷でだって証言してみせますぜ。

彼はWOE1313という登録ナンバーの車を見たことは思い出せなかったが、思い出さねばならぬ理由もなかった。というのも、その車はサービスを受けにガソリンスタンドに入ってきたわけではなかったからだ。車をちょっと点検したいドライバーは、よくガソリンスタンドのそばに車を停める。プロの手を借りなくてはならない場合に備えてのことだ。けれどもあまりに日常茶飯事なため、オーナーはそんなドライバーたちに注意を払ったりしないのだ。まして忙しい朝の時間には。

だが、ミス・クウィークには強い確信があった。オーナーの顔にも、ガソリンスタンドにも、時計にも、見覚えがあったのだ。そこで念のため、一行はディッチリーまで足を伸ばしてみることにした。しかし、道中ずっと、道沿いのそこかしこにガソリンスタンドが並んではいたものの、ほかにミス・クウィークの描写と完全に一致するものはなかった。色が違っているか、建物の素材が異なっているか、時計がないかのいずれかだった。

「さてと」警部補は、いくぶん残念そうに口を開いた。「共謀によるものと証明できないのであれば（そしてミス・クウィークがどんな女性かを見れば、それはありえなさそうだった）、これで可能性は消えましたな。ミス・クウィークがバートンを目撃したガソリンスタンドは、ピンチベックのコテージから三〇キロ近く離れているし、ピンチベックは十時十五分には生きていたのだから、バートンだったとは考えられない——時速三百キロ以上で走っていたなら話は別だが、そんなのは到底不可能だ。さてと、またいちからやり直しだな」

「何かひっかかるなあ」モンティは明るい声で言った。

「どうでしょうね。パン屋の男は台所で二人の男の話し声を耳にしています。その声があなたでないのは承知していますよ。あなたのいた時刻は確認させてもらいましたからね」ラメージ氏はにっこりと笑った。「おそらく残りの金がどこからか出てくるでしょう。珍しいことじゃありませんよ。さあ、もう戻ったほうがよさそうですな」

帰途についてからの三〇キロほどを、モンティは物思いにふけり押し黙ったまま運転した。だが、車が時計のあったガソリンスタンドにちょうど差し掛かったときだった（警部補は通り過ぎざまに、悔しがって握りこぶしを振った）。エッグ氏は、叫び声を上げると車を停めた。

「どうしたんですか」警部補は驚いて尋ねた。

「ひらめいたんです」モンティはそう答えると、ポケット手帳を取り出し、中を開いて確かめた。

「ほうら——思ったとおりだ。偶然の一致を発見したんですよ。確かめに行きましょう。よろしいですか？《運任せにするべからず。正確を期して、どんな小さな事実も確かめるべし》」

モンティはポケット手帳をしまうと、車を再び走らせ警察の車を追い越した。しばらくすると、最初に一行の注意を引いたあのガソリンスタンドまでやってきた——描写と一致しているものの、ただ時計だけが見当たらなかったガソリンスタンドだ。ここでモンティが車を停めると、後について走ってきた警察の車も同じように停まった。

オーナーが待ち構えていたように中から姿をあらわしたが、このオーナーからまずもって受けた印象は、先ほどのガソリンスタンドで話を聞いた男と実にそっくり、ということだった。モンティは、丁寧な口調でこの事実に触れた。

「おっしゃるとおりでして」男は言った。「あれは私の弟なんですよ」

「お二人のガソリンスタンドもよく似てらっしゃいますね」

「同じ会社から買い取ったからですよ。部品で届く、量産品てやつでしてね。手先の器用な人間なら、誰でも一晩で簡単に建てられるんです」

「そいつはいい」エッグ氏は我が意を得たりとばかりに言った。「標準化は、労力、時間、費用を大幅に節約してくれますからね。でも時計はお持ちじゃないんですね」

「まだね。注文したところなんです」

「今まで一度もお持ちになったことはないんですか」

「ええ、一度も」

「このご婦人とお会いになったことは」

男は、ミス・クウィークを頭のてっぺんからつま先までじっくりと眺めた。

「ええ、会ったことがあるような気がしますね。いつかの朝、ガソリンを入れにいらっしゃいませんでしたか？　二週間かそこら前の土曜日に。人の顔を覚えるのは得意なんですよ」

「何時頃だったでしょうね」

「十一時十分前か、その数分後です。お茶の時間にしようと、やかんでお湯を沸かしていたのを覚えていますから。いつもだいたいそのくらいの時間にお茶を一杯飲むものでね」

「十時五十分か」警部補は意気込んで言った。「するとこれは」――と素早く計算をする――「コテージからはちょうど三五キロ。殺人の起きた時刻からおよそ三十分後だ。時速七〇キロか――あの男の速い車でなら、簡単に走れる速さだ」

「ええ、でも――」弁護士が口を挟んだ。

「ちょっと待ってください」モンティはそう言うと、ガソリンスタンドのオーナーに向かって問いかけた。「車の点灯時刻[*3]を表示するために、針が動かせるようになっている時計の文字盤ってのがよくありますね。あれを持ってらしたことはありませんか」

「ええ、持っていましたよ。実は今でも持ってるんですがね。ドアのところに掛けていたんですが、先週の土曜日に外したんですよ。かえって迷惑がられていたのでね。いつも本物の時計と間違えられていたものですから」

「で、六月十八日の点灯時刻はというと」モンティは穏やかな口調で言った。「十時二十分ですな、私の手帳によれば」

「おお、それでは」ラメージ警部補は膝を打った。「いやあ、ほんとによくわかりましたな、エッグさん」

「ひらめきですよ、ひらめき」モンティは認めた。「《頭を使うセールスマンは、多大な労を省く》――とかそんなことが、『セールスマンの手引き』に書かれていますからね」

訳註

＊1　洗濯物しぼり機：二本のローラーの間に濡れた洗濯物を通し、ハンドルを回して水をしぼる、昔の手動式脱水機。鋳鉄製で大変大きく重い。

＊2　WOEは苦悩、災難の意。13は西洋で最も忌避される忌み数。

＊3　車の点灯時刻：法律で定められた車の点灯開始時刻のこと。現在も英国では、日没の三十分後

から日の出の三十分前までの間、公道を走る車両にはヘッドライトの点灯義務がある。

（中勢津子 訳）

一人だけ多すぎる

　ニトロフォスフェイツ社と無数の関連企業との新設合併を果たした、実業界のナポレオンともいうべきサイモン・グラントが、ある十一月の雨の夜に忽然と世間から姿を消したとき、家族や友人たちが当惑し、株式市場でもちょっとした混乱が生じたのは、ともかく当然のなりゆきだったと言えよう。しかしその数日のうちに、ニトロフォスフェイツ社が新設合併したというのは単に名ばかりで――実際には会社は解散の期が熟していなかったどころか（いわば）そんな時期はとっくに通り過ぎて、影も形もなくなっており、会社所有の資産もサイモン・グラントと同時に謎のうちに消えてしまっていたことが紛れもなく明らかになると――激しい非難の声が沸き起こった。その騒ぎ声は、三大陸を揺るがし、ついでにモンタギュー・エッグ氏の注意も揺さぶり起こすと、滞りなく日常業務をおこなっていた彼の仕事の手を、一時間かそこら休ませることとなった。

別にエッグ氏は、ニトロフォスフェイツ社に投資していたわけでも、この行方不明の資本家と何らかの面識があったわけでもなかった。エッグ氏がこの事件に関わることになったのはまったくの偶然からで、きっかけとなったのは財務大臣が発表した残酷な予算案だったのだが、それは、ワインと蒸留酒の商売に深刻な打撃を与えかねないものだった。ピカデリーのプラメット&ローズ商会の訪問販売員《セールスマン》であるエッグ氏は、ちょうど訪問先のバーミンガムへたどり着いたとき、雇い主から「方針に関する特別会議を開くため、至急ロンドンに戻られたし」との呼び戻しを受け、こうして――そのときは知らなかったのだが――サイモン・グラントが突然説明のつかない形で姿を消した、まさにその列車に乗り合わせるという奇遇に恵まれることになったのである。

サイモン・グラント事件における事実は、拍子抜けするほど単純だった。この頃、LMS鉄道〔ロンドン・ミッドランド・アンド・スコティッシュ鉄道〕は、バーミンガムからロンドンまで夜間急行列車を走らせており、バーミンガム駅を九時五分に出発した列車は、途中コベントリー駅とラグビー駅でのみ停車したのち、ユーストン駅〔ロンドン中心部北の主要駅〕に十二時十分に到着していた。

グラント氏は、コベントリーのとある著名な実業家たちが自分のために開いてくれた夕食会に出席していた。夕食後、厚顔無恥もいいことに英国実業界の繁栄についてのスピーチを披露すると、その後慌しく出発してバーミンガム急行に乗り込み、ラグビーへと向かった。そこでは、ことと金銭に関しては清廉なことで知られるあのバドルソープ卿のもとで一夜を過ごすことになっていた。

九時五十七分に、グラント氏が一等客車へ乗り込むのを、コンベントリー在住のいたってまともな実業家二人が目撃している。二人とも、列車が発車するまでの間、グラント氏とずっとおしゃべりをしていたのだ。グラント氏の乗った客車には、もう一人客が乗っていた――猟好きな准男爵として知られる、かの有名なサー・ヒックルベリー・ボウルズだ。会話の中で、グラント氏はサー・ヒックルベリーに対し（さほど近しい間柄ではなかったのだが）、秘書がインフルエンザで床に伏してしまったため、一人で旅をしているところだ、と語っている。コベントリー駅とラグビー駅の中間あたりで、グラント氏は、暑いとかそんなことをつぶやくと、廊下へ出て行った。そしてそれっきり、行方がわからなくなってしまったのである。

当初、事件はひどく不吉な様相を呈した。ラグビー駅で、列車の廊下の少し先にあるドアが、バタンバタンと開きっぱなしになっているのが目撃されたのだ。これに引き続いて、数キロ先の線路上でグラント氏の帽子と外套が発見されると、誰もが最悪の事態を恐れた。しかし、入念な調査にもかかわらず、サイモン・グラントの死体も、列車から何か重い物体が落ちたような形跡も、何一つ見つからなかった。

外套のポケットには、コベントリーからラグビーまでの一等車の切符が入っていたため、この切符を持たずに、グラントがラグビー駅で改札を通れたはずがないのは明らかだった。そのうえ、バドルソープ卿は、列車を出迎えさせるために、運転手と下男を乗せた車をラグビー駅に送り込んでいた。運転手は改札口に立ち、下男はプラットホームを歩き回って、この資産家の姿を探していた。二人ともグラント氏のことはよく見知っており、グラント氏は絶対に列車からは降りてこなかった、と口をそろえた。この改札に、切符を持たずにやって来た者も、間違った切符を持って来た者もいなかった。バーミンガム駅とコベントリー駅で発券されたラグビー行きの切符も調べられたが、どこにも食い違いは見つからなかった。

二つの可能性が残されていたが、どちらももっともらしく、ありえそうなものだった。バーミンガム―ロンドン間の急行列車は、ラグビーに十時二十四分に到着し、十時二十八分に再び出発する。しかし、この列車は速くて優れた乗り物に違いなかったが、駅に停まっていた唯一の列車でも最も重要な列車でもなかった。というのも、反対側の下り線路上では、アイルランド郵便列車が、蒸気をシューシュー吹き上げ、汽笛を鳴らしながら、轟音とともに北へ向かって動きだす十時二十五分までの三分間、やはり停まっていたからである。

もし、急行列車が時刻表どおりに運行していたならば、サイモン・グラントはこっそり隣の線路へ渡り、この郵便列車に乗り込み、二時二十五分までにホリーヘッド〔ウェールズ北西部ホリー島北岸の港市〕に到着していた可能性があった。そこから蒸気船に乗り込み、六時三十五分までにダブリン〔アイルランドの首都〕に到着すれば、その数時間後には、消息はもはや神のみぞ知る、となるわけだ。バドルソープ卿の下男が自信たっぷりに断言した内容については、ちょっとした変装――変装用具はトイレや誰もいない客室で簡単に身につけられる――でもすれば、下男の目をあざむくことは充分可能だったはずだ。捜査の責任者であるピーコック警部には、どうもこの線が濃厚なように思えた。郵便船で渡る乗客には、人数や行方を容易に把握できるという利点もあった。
切符の問題が、今や捜査の要となった。サイモン・グラントが、アイルランド郵便列車に駆け込む慌しい一分のうちに切符を手に入れたとは考えにくかった。事前に入手していたか、誰か共犯者とラグビーで落ち合い、そこで手渡されたかのどちらかだった。

ラグビー——ダブリン間の列車と蒸気船を含む事件当夜の切符が、ロンドンのLMS鉄道の代理店で、ソロモン・グランディ[*1]という、信じ難いような馬鹿げた名前で実際に購入されていたことをつきとめると、ピーコック警部は有頂天になった。人が偽名を使う際、浅知恵からつい自分のイニシャルに固執してしまうことを、ピーコック警部は熟知していたのだ。おそらく腕時計や煙草ケースや何かに刻まれたイニシャルと同じでないと疑われる恐れがあるせいなのだが、あまりによく知られた傾向であるがゆえに、疑われぬようにと選んだはずのイニシャルそのものが、まさに疑いを引き起こすという皮肉な結果を生んでしまうのである。おまけに、ソロモン・グランディが（まったく何という名前！）、わざわざ偽の、むろん実在しない住所を切符売り場の男性に伝えていたことをつきとめると、ピーコック警部の期待は、当然のことながら大いに高まった。

ところが、である。捜査の見通しが最も明るくなったまさにその瞬間、すべての仮説が一気に崩壊したのだ。というのも、ソロモン・グランディ氏が事件当夜も別の夜にも、アイルランド郵便列車には乗っておらず——グランディ氏の切符が提示されたことも、ましてや取り消されたこともなかったばかりか——サイモン・グラント氏がアイルランド郵便列車に乗ること自体が、まるで不可能だったことが判明したからである。軸箱のオーバーヒートと関係のある、何やらくどくどした頭に来るような理由のせいで、バーミンガム―ロンドン間の急行列車は、よりにもよってその晩、三分遅れ、つまりアイルランド郵便列車が発車した二分後に、ラグビー駅に到着していたのだ。もしこれがサイモン・グラントの逃亡計画であったなら、明らかに狂いが生じていたわけだ。

ということで、ピーコック警部は、またもやおおもとの問題に立ち返ることとなった。サイモン・グラントは、どうなったんだ？

同僚と議論を重ねた結果、警部はついに次のような結論にたどり着いた。

グラントは、実際にアイルランド郵便列車に乗り込もうと目論んでいた。だからこそ、警察の目をくらませるために、列車のドアを開け放して衣服を列車の後方にまき散らしたのだ。じゃあ、アイルランド郵便列車がすでに出発してしまっていたのがわかったらどうする？　そしたら駅を出て、別の列車に乗るほかあるまい。しかし、グラントは改札を通って駅を出てはいなかった。それに、綿密な捜査から、グラントが人目につかずに線路沿いを歩いたり、翌朝まで駅の構内をぶらついて過ごすのは極めて困難だったはず、との確信がピーコック警部にはあった。というのも、事件のすぐ前の週に、たまたま不幸にも自殺があったため、線路上にふらりと出てきそうなはぐれた乗客に対し、鉄道職員は特に目を光らせていたからだ。おまけに、照明装置を手にした保安員が二組、監視目的で要所要所に配置されてもいた。

そこでピーコック警部は、この捜査の線をすっかり退けてしまいはしなかったものの、部下に定常業務として引き渡すと、自らはアイルランド郵便列車の仮説に傾く前に思いついていた二つ目の大きな可能性について、じっくりと考えてみることにした。

その可能性とは次のようなものだった。

サイモン・グラントは、急行列車から一歩も出ることなく、そのまままっすぐユーストン駅まで乗っていった。ロンドンは身を隠すには絶好の場所だし——それに最初の計画が失敗したなら、急行列車に戻って旅を続けるよりマシな方法などあっただろうか？　ラグビー駅到着前に腕時計を見て、アイルランド郵便列車が発車してしまったかもしれないことには気づいていたはずだ。急いで確認してから切符売り場へひとっ走りすれば、そのまま簡単に旅を続けられただろう。

唯一やっかいな点は、警部が切符売り場の係員たちに尋ねたときに、事件当夜の十時十五分以降にはどんな切符も発券されなかった、とはっきり言われたことだった。また、ユーストン駅に切符なしで到着した乗客も一人もいなかった。プラットホームに共犯者がいた可能性については、捨てるほかなかった。もともとの逃亡計画に共犯者は含まれていなかったし、そのような緊急事態のためにあらかじめ共犯者を用意しておいたというのも、理屈に合わないからだ。

でも、と警部は反論した。緊急事態を見越して、事前に切符を買っておいたのかもしれない。だがもしそうなら、証明するのはきわめて難しくなる。というのも、発券された切符の数は、乗客の数と一致するだろうから。それでも警部は、失踪前の数週間に、ロンドン、バーミンガム、コベントリー、ラグビーで発券された切符の徹底的な調査を開始した。発行日以降に受け取りのあった往復切符の復路分が容易に見つかる可能性もあったし、何か捜査の糸口がつかめるかもしれないと踏んだのだ。加えて警部は、ラジオ放送を通じて広く情報提供を呼びかけた。ここで、警部の捜査している線が、モンタギュー・エッグ氏の目に留まったのである。

「警察本部長殿――拝啓」

エッグ氏は商用の手紙に書くような美しい筆跡で、こうしたためた。

「日刊新聞とBBCラジオ放送により、先月四日の九時五分発バーミンガム―ロンドン間の急行列車にいた乗客全員からの連絡をご所望と知り、謹んでご連絡を差し上げる次第でございます。私はその日、コベントリー駅からユーストン駅まで、同列車（三等席）に乗っておりましたので、捜査には全面的に協力させていただく所存にございます。ピカデリーのワイン・蒸留酒商プラメット&ローズ所属の訪問販売員でありますゆえ、本籍地にいることはまずございませんが、近く滞在予定のホテルのリストを同封いたします。敬具」

この手紙を送った結果、エッグ氏はある晩、オールダム〔マンチェスターの北東にある町〕にある、キャット&フィドルホテルのセールスマン用の部屋から外に呼び出され、ピーコック氏と話をすることになった。

「それはもう、よろこんで」エッグ氏は、ワインや蒸留酒の桁外れな大口注文から、疎遠になっていた知人の不幸な身の上話まで、何を聞かされようと準備は万端、といった調子で応じた。「現場にモンティあり、それが私なんです。いかがいたしましょう」

ピーコック警部は、エッグ氏自身と彼の仕事について、そしてとりわけ最後にロンドンへ出かけたときの状況について、考えうるかぎりの詳しい情報を欲しがっているようだった。モンティは手際よく前置きを済ませると、駅には充分な時間の余裕を持って到着したこと、おかげで列車が入ってくると、すぐに首尾よく席に着けたことなどを語った。

「早めに着いておいて本当によかったですよ。居心地いいのが一番ですからね。車内はかなり混み合っていましたし」

「列車が混み合っていたのは知ってますよ」ピーコック氏がうなるように言った。「知っていて当然なんですがね。何しろわれわれは、あの列車の乗客一人一人と連絡を取って、なるたけ大勢の人に会って話をせにゃならなかったものですから」

「大変なお仕事ですな」大勢の人に会って話を聞くという点では、同じ仕事をするベテラン同士として、エッグ氏はピーコック氏に敬意を払って言った。「全員と連絡をお取りになったのですか」

「一人残らずね」ピーコック警部は言った。「そこにはまるでいもしなかったくせに、ただちょっぴり有名になりたいばかりに名乗り出てくる、厚かましい迷惑な輩も何人か含めてね」

「ところでちょっぴりと言えば」モンティは尋ねた。「何をお飲みになりますか」

ピーコック氏は、それはありがたい、とウィスキーのソーダ割を少々頂戴した。

「列車のどのあたりに乗っていらしたか、少しでも思い出せますか」

「もちろんですとも」エッグ氏は即答した。「三等席の喫煙車、客車の中央、列車のちょうど真ん中におりました。一番安全な場所ですからね、事故でもあったときには。廊下側の端っこの席で、機関車のほうを向いて坐っておりました。真向かいに絵が掛っていましたが、一九〇四年か、その頃の服装をした二人の婦人と一人の紳士が、ヨーク大聖堂を訪れている絵でしたね。なぜそれが特に目を引いたかと申しますと、列車はその絵以外、すべて今風の仕上がりになっていたからなんです。それで、これは惜しいなと」

「ふうむ」ピーコック氏が尋ねた。「コベントリー駅では、客室の中にほかに誰がいたか憶えていますか」

モンティは、あたかもまぶたから記憶を搾り出そうとするかのように、ぎゅっと目を細めた。

「私の隣にいたのは、ツイード服姿の、大柄で、赤ら顔をした、はげ頭の男で、すごく眠たそうにしていました。一、二杯引っ掛けとったんでしょう。バーミンガム駅から乗っていました。その隣が、おんぼろの山高帽をかぶった、にきびづらのやせた青年です。私のあとから乗り込んできて、人の足にけつまづいたんですよ。事務員のようでした。隅の席にいた若い水夫は――私が席に着いたときには、すでにそこにいました。向かい側の隅の席にいる男とずっと話をしていて、相手の男はどこかの牧師さんみたいでした――あべこべの向きにつけたカラー〔牧師が詰襟の中にする着脱式カラー〕に聖職者帽、セイウチみたいな口ひげにサングラス、ふっくらした頬をしていて、話しぶりは親身で同情的でしたね。その隣が――ああそうだ！　ひどいにおいの煙草を吹かしている男がいたんだ――ごく普通の商人だったのかもしれませんが、この男のことはあまり見ていないんです。というのも、彼はほとんどずっと新聞を読んでいましたからね。それから、感じのいい、穏やかな紳士然とした老人がいました。散髪は必要でしたが。鼻眼鏡をかけて――やけに歪んでいましたが――難しそうな本から一度も目を上げませんでしたよ。それから私の向かいには、黄色のインバネス外套〔男性用ケープ付き袖なし外套〕を羽織って、茶色いあごひげを伸ばし放題に伸ばした男がいました――外国人らしく見えましたが――大きくて柔らかそうなフェルト帽をかぶっていました。この男と牧師さんはバーミンガム駅から、向かい側の席にいた残りの二人は、私のあとから乗り込んできたんです」

警部は微笑みながら、驚くほど厚味のある文書のページをめくった。

「いや、お見事な証言に感心しましたよ、エッグさん。あなたのお話は、同じ客室にいたほかの七人の旅行者の話と完全に一致しています。だが、八人の中で、すべての内容を完璧に話せたのはあなただけです。実に鋭い観察力をお持ちだ」

「それが商売ですから」モンティは満足げに答えた。

「そうでしょうとも。ご興味がおありかもしれませんのでお伝えしておくと、その長髪の紳士然とした老人というのは、ロンドン大学のアンブルフット教授という、高等微積分学の偉大な権威でしてね。あなたのことは、金髪の礼儀正しい若者、とおっしゃってましたよ」

「誠に恐縮です」エッグ氏は言った。

「外国人というのが、キュー〔ロンドン西郊外の住宅地区〕在住のシュライヒャー博士で、三年ほどそこに住んでいます――水夫と牧師のことも皆わかっています――酔っ払った男も大丈夫と――この男の妻にも会いましたが、いやこれがまたよくしゃべること――商人のほうは、コベントリーではよく知られた住人で、聖ミカエル教会の信徒代表委員会と関わりのある人物です。にきびづらの男はモリソン商会の事務員。この人たちは皆問題ありません。ところで、全員ロンドンに向かっていたんですよね？　ラグビーでは誰も降りませんでしたか」

「ええ、誰も」エッグ氏は答えた。

「残念だなあ」警部は嘆いた。「実はね、エッグさん。われわれは、まだ説明しに名乗り出てきていない乗客がほかにいたかどうかわからずにいるんですよ。たしかに名乗り出た乗客の人数は、ユーストン駅の改札で収集された切符の数と、ぴったり一致しているんです。では、廊下をずっとうろついているような者にはお気づきにならなかったわけですね」

「それが、ずっとではないんですが」モンティは答えた。「そのあごひげの男というのが、ときどき立ち上がっては、ちょっとうろついたりしていましたね、そう言われてみれば——落ち着かない様子でね。具合があまりよくないんだろうと思っていたんですが。でも、席を外すのは一度に数分きりでしたがね。神経質らしく、不快な男でしたよ——爪を噛むんです、それでもって、ドイツ語でつぶやいたりして。でもその男は——」

「爪を噛むですって？」

「ええ。ほんとに不快としか言いようがありませんよ。《目にも美しい手入れの行き届いた手は、商機を捉えてこれを逃さぬが、噛んだ爪や薄汚いかぎ爪は、買い手を躊躇させるものなり》って、『セールスマンの手引き』にもちゃんと書いてありますからね」そう言いながら、モンティは自分の指先に目をやると、穏やかにすました笑みを浮かべた。「とにかくその男の手は——まるで紳士らしくありませんでしたよ。何しろ爪の下の肉が出るほどの深爪なんですから」

「でもそれは尋常じゃありませんよね」ピーコックが言った。「シュライヒャー博士の手は、それはきれいに手入れされてましたよ。昨日、私自身で面談したんです。むろん、爪を噛む癖をそう急にやめられるはずがありませんよね？　人は癖をやめたりしませんよ――そんな急にはね。それに、どうして博士がそんなことを？　ほかに、向かい側の席にいた男について何かお気づきになった点は？」

「ないと思います。そうだ、ちょっと待ってください。それがですね、猛烈なペースで葉巻を吸っていたんです。二、三センチほど吸った葉巻をくわえて、廊下へ出ていったかと思うと、五分後には半分まで吸った新しい葉巻を口にして戻ってきたのを覚えています。フルサイズのコロナ〔混ぜ物のない上等の細長い葉巻〕で――上物でしたよ。葉巻についちゃ詳しいものでね」

ピーコックは目を見開くと、テーブルをぽんと手で叩いた。

「わかった！　最近どこでひどい深爪に出くわしたか、思い出したぞ。まったく！　そうだ、でもどうしてあの男が……」

モンティは、誰のことなのか、警部の言葉を待った。

「サイモン・グラントの秘書だ。インフルエンザで、あの日は朝から晩まで街にいたことになっている――だが、あの男が本当に街にいたかどうかなんてわかるものか。でも、仮にそうだったとしても、変装して列車に乗ったからって、何の役に立つというんだ。それに、シュライヒャー博士がどう関わってくる？　われわれが追っているのはサイモン・グラントだ――シュライヒャーはグラントじゃない――少なくとも」警部はいったん口を閉じると、より疑わしげに言った。

「どうしてシュライヒャーがグラントだなんてことがありえるのかがわからん。あの地区じゃ有名な人物だしな。まあ、長く家を離れているということだが。それにしたって、奥さんもいることだし――」

「へえ、奥さんがねえ」エッグ氏が、意味深な口調で言った。

「となると、二重生活、ということですか」警部が聞き返す。

「そして二人の妻」とエッグ氏。「答えにくいことをお尋ねするのをお許しいただきたいのですが――そのう――警部さんは、もし予想だにしない場面でつけひげを目にしたとしたら、すぐに気づくと思われますか」

「明るいところでなら、たぶん。でも、博士の読書ランプの下でとなると――だが、いったいどういうことなんです、エッグさん？　シュライヒャーがグラントなら、あなたが列車で見た男は――その深爪の男は誰だとおっしゃるんですか？　グラントは爪を噛まない。それはわかっています――見た目には気を使う男ですからね。まあ聞いた話ですが。私自身は会ったことがないので」

「では」エッグ氏が口を開いた。「お尋ねになられたので申し上げることにいたしますが、列車にいたもう一人の男が、三人の合作だった、ということではいけませんかね」

「三人というと」

「グラントとシュライヒャー、それに秘書です」

「おっしゃることがよくわかりませんが」

「ええ、つまりですね——グラントがシュライヒャーだと仮定してみましょう。シュライヒャーというのは、警部さんもご承知のように、グラントがもう一人の自分として手に入れ、仕立て上げるには、はなはだ都合のよい、おあつらえむきの人物像なわけです。この三年間、シュライヒャーの名前でお金も隠しておけたわけですしね——つまりそのう、警部さんも同じお考えかもしれませんが、グラントは、この大騒ぎがおさまり次第、こっそり大陸に渡ってしまおうと企んでいるわけです——正式な妻でないほうの女性を連れてね」

「でも秘書のほうは？」

「秘書というのが、列車の中で、シュライヒャーを装うグラントと、同じ格好をしていた男なんです。つまりその、ふつつかながら申し上げれば、そうだったんじゃないかと思ったわけですが」

「だが、シュライヒャーは——グラントのことだが、やつはどこにいたんですか」

「グラントも、列車にいたその男なんです。つまりその、そうかもしれないということですが」

「シュライヒャーが二人いたということですか」

「ええ——少なくとも、それが私の見方でして。一番よくご存じなのは警部さんなので、私は出しゃばった真似などしたくはございません。ですが、やつらは二人して一つの役を交代で演じていたのでしょう。秘書がバーミンガム駅からシュライヒャーとして乗り込み、グラントがコベントリー駅からグラントとして乗り込みます。コベントリー駅とラグビー駅の間で、グラントは手洗いかどこかでシュライヒャーに変装し、ラグビー駅では、列車が自分を乗せて出発するまでの間、プラットホームや廊下をぶらついて過ごすと、すぐにまた手洗いに引っ込みます。あらかじめ示し合わせておいた時間が来たら、今度は秘書が立ち上がって、廊下を通って別の場所に引っ込み、グラントのほうは出てきて自分の席につきます。またしばらくしてグラントが廊下に出て行くと、秘書のほうは客室に戻る、というわけです。二人が同時に人に見られることはありません。ラグビー駅で、グラントが再び列車に乗り込むまでの数分間は別ですが。でもその間のことにしても、私みたいな正直者の目撃者たちが、すぐに名乗り出て証言してくれますからね。シュライヒャーはバーミンガム駅で乗車し、コベントリー駅とラグビー駅ではじっと席に坐ったまま、まっすぐユーストン駅へ向かいましたよ、ってね――まさに彼がしたとおりに。葉巻の件を除けば、二人のシュライヒャーの違いに気づいたとは申せませんがね。でも二人ともたいそう毛深いうえに、外套にすっぽりとくるまってたんですから」

警部は、今の話にじっくりと思いをめぐらした。

「では、ユーストン駅で降りたときには、どちらがシュライヒャーだったんですか」

「グラントですね、間違いなく。秘書のほうは、到着直前に変装道具を取り外して、自分自身の姿で列車を降りたんでしょう。万が一にも人に気づかれることなどないでしょうからね」

ピーコックは小声で毒づいた。「もしそれがやつのしたことなら」と言うと叫び声をあげた。「もうこっちのもんだぞ。いや、ちょっと待った。ほらやっぱりやっかいな問題があったぞ。もしそれがやつらのしたことなら、ユーストン駅で三等席の切符が一枚余分にあったはずなんだ。だって一枚の切符で二人が旅行するなんてできっこないんだから」

「なぜできっこないんです」エッグ氏が言った。「私なんぞはしょっちゅう――ま、少なくともほんとにしょっちゅうってことじゃありませんが、ときどき知人と賭けをするんですよ。相手の切符を使って旅をして、そのまま捕まらずに済むかどうかという賭けをね」

「よろしければ」ピーコック警部が尋ねた。「あなたのやり方というのを、簡単にご説明いただけませんか」

「ええ、もちろんですとも」エッグ氏は快諾した。「《納得も満足も与えられるならば、明るく気軽に真実を話すべし》――というのが、わたくしモンティお気に入りの格言でございますからね。もし私がグラント氏の秘書なら、バーミンガムからロンドンまでの往復切符を手に入れるでしょう。そして、ラグビー駅で往路切符の最後の検札が済んだら、その切符をポケットにしまい込む振りをするでしょう。でも本当にしまうわけじゃありません。座席の端に押し込んで、それから廊下へ散歩に行くんです。すると、グラントが私のいた場所に坐り――アタッシュケースか何かそんなものを置いておくので、座席の位置はわかるんです――切符を回収し、それを自分で持っておきます。旅の終わりに来たら、私はつけひげや眼鏡なんかをサッと外し、外套のポケットに突っ込んで、派手な外套を裏返しにして腕にかけて運びます。そして、グラントが列車から降りるのを見届けてから、改札まで後をつけていきます。少し距離を空けてね。グラントは切符を渡して改札を通り抜けます。私はほかの大勢の人たちと一緒に歩いていきますが、出入口でちょっとせわしげに動いて混乱を引き起こします。改札係は私を呼び止めてこう言うでしょう。

『まだ切符をいただいておりませんが』

私は憤慨してこう言い返します。

『いいや、あげたとも。君が持ってるはずだぞ』

相手はこう言うでしょう。

『そんなはずはありません』

すると私は抗議し、改札係は私に、ほかの乗客の相手をする間、ちょっと横に立って待っているように、と言うでしょう。私は言います。

『いいかい君、切符は絶対に渡したんだ。ほら！　ここに帰りの分の切符がある、番号はこれこれこうだ。ちょっとその切符の山を調べて、これと対《つい》の半券が混じってないか、確かめてくれないか』

で、改札係が調べてみると、その半券が出てくるわけです。改札係はこう言うでしょう。

『申し訳ございませんでした。お客様のおっしゃるとおりでした。ここにございました』

私は、『わかればいいんだよ』と言って、そのまま改札を通り抜けるんです。もし改札係が私を疑ったとしても、証明なぞできやしません。それに相棒のほうも、その頃にはとっくに姿をくらませているというわけです」

「なるほど」警部は言った。「これまでに何回くらい、そのささやかな娯楽に興じられたことがおありなんですか」

「そうですねえ、同じ駅で二度することは決してありませんからね。こういうトリックは、やり過ぎると失敗しますから」

「どうも、シュライヒャーと秘書を、もう一度取り調べし直したほうがよさそうですな」ピーコックは悲しげに言った。「それから改札係も。グラントがアイルランド郵便列車に飛び移ったという考えに、われわれはとらわれ過ぎていたようです。アイルランド郵便列車が、ロンドン行きの急行列車の到着前に発車していたという偶然の出来事がなければ、きっとそう思い込んだままだったでしょう。しかし何ですな、われわれ警察組織を打ち負かすには、賢い犯罪者が一人いればいいということになりますな。ときにエッグさん、どうかくれぐれも習慣にはなさらぬよう――」

「ところで悪い習慣と言えば」モンティは嬉しそうに言った。「もう一杯やるのはいかがですかな」

（中勢津子 訳）

訳註

＊1　ソロモン・グランディ：英国の伝承童謡《マザーグース》の主人公で、月曜日に生まれ日曜日に死ぬと歌われる。

マージェリー・アリンガム

Margery Louise Allingham
1904-66

セイヤーズやアガサ・クリスティ、ナイオ・マーシュとともに、イギリス女性探偵小説四天王の一人。初期にはスリラー物やパズルふう謎解き物をおもに書いていたが、一九三〇年代になると、重厚な物語性や人物造型に重点を置き、社会情勢や関係業界事情を背景にして、探偵小説と風俗小説との融合をめざすような作風を示すようになる。その時代の代表作としては、『幽霊の死』（一九三四）や『クロエへの挽歌』（一九三七）などがある。

家屋敷にご用心

アルバート・キャンピオン氏は、サセックス州〔イングランド南東部の旧州〕リトル・チタリングのホワイト・ライオン宿屋の急な階段を、おそるおそる下りてきたが、頭の中は二つの重大な疑問でいっぱいだった。一つはバーはどこにあるのかという、わりに単純な問題だったが、もう一つは血縁に関するもっと哲学的な問題で、つまり普通、男はどれだけ親類のために我慢して尽くせば、人知れずロンドンの家に戻って自分のクラブ〔上流階級の男性専門の会員制紳士クラブ〕に雲隠れできるようになるのだろう、というものだった。

狭い廊下のでこぼこした床に足を一歩踏み入れ、オーク材とピューター〔スズを主成分とする合金〕からなる期待の持てそうな内装が目と鼻の先で待ち受けているのがちらりと見えたそのとき、背後の階段の上で衣擦れの音がしたかと思うと、くぐもった声が哀れっぽく尋ねかけてきた。

「話はどうなったね、お前さん」

べっ甲縁の眼鏡をかけた細身の男は、気まずそうに振り向くと視線を上げた。階段の上に立っていたのは、哀れでどこか風変わりな人物だった。六十歳に届こうかという小柄な男で、このとき身に着けていたのは、裾が靴に届かんばかりに下がったツイードの外套と、昔風のマフラーだったが、マフラーをあまりにもぐるぐるに頭に巻きつけているために、心配そうな顔の一部と薄汚いごま塩の口ひげが一、二箇所だけ、色鮮やかな重なりの隙間から三角形に覗いている。

片ほうの目も見えていたが、その目はうるみ、赤く縁どられ、どんよりとかすんでいた。キャンピオン氏はこの男を不憫に思ったが、そう感じてしまったことに腹を立てた。すでにひどい状況だというのに、またいとこのモンマスの厄介ごとまで抱え込むことはないじゃないか。

「シャーロット大おばさまとは、少しばかりお話をしたんですがね」キャンピオン氏は慎重に言葉を選びつつ、正直に答えた。「あいにく、拠点にするならここしかないと、今も頑なに信じているようですよ」

階段の上で、男が不服そうにうなった。

「問題は俺のこのひどい頭痛なんだ、知ってるだろ」男はいまいましそうに不平を鳴らした。「あのとき皆にはっきり言っておいたんだからな。冷たい隙間風が吹き込む、おふくろのあの古い車でこんなところまでやって来たりしたら、神経痛になることくらいわかっていたんだが、やっぱりこのざまだ。ずっとベッドで寝たきりさ。言わせてもらうがな、このベッドってのが、もう板みたいに硬くて、なんだか湿ってるんだ。でもだからって、同情なんかこれっぽっちも期待できないんだからな。まったくいかにもおふくろらしいよ。もしおふくろが南極調査隊の小屋に留まると決心したら、俺が肺炎になろうがお前がリウマチで動けなくなろうが、俺たちは皆そこに留まることになるんだ」

「まあ、バーまで下りてきてくださいよ」キャンピオンは、態度をやわらげて言った。不本意ではあったのだが。というのも、またいとこのモンマスは、一緒に楽しく酒を飲めるような性格の持ち主ではなかったからだ。「そのうち店も開くはずです。まあ皆何とかなりますよ」

「そいつはいい考えだな」ぐるぐる巻きにしたマフラーの隙間で、この年老いた男の顔がぱっと輝いたが、すぐに考え直したらしく、男は残念そうに言った。「やっぱりよしとこう。この頭痛には本当にまいってるんでね。それに、もしずっと酒を飲んでいたなんておふくろに思われたら、それこそえらいことになる。おふくろはお前さんにはそこまで厳しくせんだろうが、俺のほうは十分気をつけとかんとな。なにせ言いだしたら聞かない人だから」

そう言うと、男はよろよろと自分の部屋のほうへ戻っていった。キャンピオンは大おばのせいできまりが悪かった。

「とにかくすべてが馬鹿げてるよ。お前もわかってるんだろう？　それだけは確かさ。家を発つ前からわかってたんだ」またいとこのモンマスは、ドアからぬっと顔を出すと、捨てゼリフを叫んだ。「たぶん何かの冗談さ。おふくろにも言ってるように、人間ってのは悪ふざけをするものだからな」

「わたしにはさせませんよ！」

突然、この辛らつな返事が二人の間にあるドアから聞こえてくると、年長の男は途端に黙り込み、自分の部屋へ影のように姿を消した。キャンピオンはびっくりして立ち止まった。

レディ・シャーロット・ローンが、小さな踊り場に姿をあらわし、逃げ出そうとする前にキャンピオンをつかまえた。

「それで、アルバート」シャーロットはきびきびとした口調で言った。「調べてくれたのかしら」

「いいえ、まだなんです、おばさま。僕は……」

「まあなんてこと、階段の下から話しかけないでちょうだい。まるでわたしが梯子に載ったとび職人か何かみたいじゃないの。すぐに上がって来なさい」

キャンピオンは、三十八歳の男の自尊心を胸にしまい込むと、おとなしく上に行った。そして腕を差し出すと、しぶる管理人からこの老婦人が無理やり取りあげたばかりの居間へ、大おばに付き添って戻った。

いつものことだったが、キャンピオンにはこの老婦人が恐ろしくてならなかった。小柄で筋張った体つきに鳥のような鋭い目と鼻。年は八十に近いはずだということは事実としては知っていたものの、立ち居振る舞いや容貌を見る限り、実年齢よりも二十歳以上は若く見えた。

「ドロシーを台所へやりましたよ」老婦人はそっけなく言った。「ここで食事をしなければならないでしょうし、今夜は多分ここに泊まることになるのでしょうけれど、わたしは清潔な調理器具で用意された食事でないと嫌なの。ドロシーには何にでもよく目を光らせるようにと言っておいたわ」

「嫌な客だと思われそうだな」キャンピオンは軽い気持ちでつぶやいた。

「とんでもない」大おばのシャーロットは、すかさずキャンピオンの言葉を正した。「ドロシーは四十年以上もわたしに仕えてきて、わたしの流儀をいくらか身につけてますからね。わたしたちが人様の気分を害するようなことなどまずありませんよ。ところで、調査のほうはどれくらい進んだの？　あの家は見つかったのかしら」

「いいえ、残念ながらまだ見つかっていません。実のところ、前にお話ししてから、ほとんど階下へは行っていないもので」

「それは、役立たずのモンマスとうわさ話なんかしてるからですよ」老婦人は歯に衣着せずに言った。「あなたたち若者は、時間を無駄にし過ぎるんです。もう口を酸っぱくして言ってますけどね。あなたたちときたら、朝目を開けてから夜つぶるまで、いつも誰かに後ろからせっつかれていないと、子供みたいにのらくらしてしまうんですからね。もちろん、ろくでなしのモンマスの怠け癖ときたら、これはもう病気ですよ。この異常な事態に対するあの人の態度を考えてみるだけでもわかります。あの人は冗談だと思ってるんですよ。少しでも起きて動き回るくらいなら、ベッドの中で焼け死んだほうがましだと思ってるんです」

「ベッドの中で焼け死ぬですって？」キャンピオンは、不意をつかれて訊き返した。

「あら、違うとでも？」大おばシャーロットの目は、じっと見開いたまま瞬き一つしなかった。

「たちの悪い住居侵入なら、いつ火事になってもおかしくないわ。そんなのはちょっと考えてみればすぐわかることでしょう。あなたの事件解決の腕前のほどは耳にしていますよ。でも正直、これまでのところあなたの働きぶりに感心したとは到底言えませんね。昨夜は十時にうちに来てくれたけど、それもわたしが五回も立て続けに電報を送った後でやっとじゃないの。それからどんな異常な事が起きたのか、ほとんど一晩かけて説明してあげて、今朝早くには、車を二百キロ以上も走らせてここまでやって来たというのに、あなたはどんな謎を解いたっていうの？　何一つ解いていないじゃないの」

キャンピオンは思わずたじろいたが、きっぱりとした口調で応じた。

「ずっと考えてはいたんですよ。率直に申しあげますがね、おばさま。もし僕がおばさまのことを存じあげていなければ、この人はいったい何を考えているんだと間違いなく思い始めてますよ」

「何を言いたいのか、説明してくれるかしら」

キャンピオンはひるまなかった。うんざりするような朝を過ごして疲れていたため、忍耐にも限りがあったのだ。

「何も盗まれてないじゃないですか。そういう訴えはいつだって胡散臭いものです。何もひどい言いがかりをつけようというんじゃありませんが、屋敷に侵入されたのに何も盗まれていないとなると、警察が疑ってかかるのは家主と相場が決まっているんです。うそなんかじゃありません」

大おばのシャーロットは、にっこり微笑むと、穏やかに言った。

「もちろんんよ。だからこそ警察を呼ばなかったのよ。だからこそあなたを呼び寄せたんじゃないの。また同じことを一から言わせたいの？」

「いいえ」キャンピオンは慌てて言った。「いいえ、おばさま、そこのところはもうすっかり理解したつもりです。それで、昨日は二週間家を留守にしてお戻りになったところだったんですよね」

「そうよ。タンブリッジ・ウェルズ〔イングランド南東部ケント州の鉱泉の町〕へ行っていたの。ドロシーも一緒だったし、モンマスも最後の一週間は一緒だったわ。モンマスはベッドフォードシャー〔イングランド中南東部の州〕にいる自分の姉のところから来たのよ」

大おばのシャーロットがいったん口を開いたら、もう止めることなどできない。ある種の古いオルゴールのように、彼女の曲はいつだって最後まで聴くしかないのだ。

「ほかの二人の女中、フィリスとベティは、食費を持たせて実家へ帰したわ。屋敷には鍵をかけたし、庭師はもちろん夕方五時過ぎには敷地内にいません」

キャンピオンはうなずくと、思案するように言った。「古い屋敷ですからね。忍び込むのは簡単だ」

「ウェイバリーは、それはもう立派な屋敷ですよ」老婦人は言った。「梁の中には六百年近く経つものもあるわ。それもわたしがあの屋敷を買った理由の一つなの。十二年以上も前に、初めてそれがわかったときのモンマスの興奮ぶりは、今でも覚えているわ。とはいえ、あの屋敷がどんなに古いかなんて話してみても仕方ないわね。そんなのは関係ないんですもの。昨夜、わたしが応接間に足を踏み入れた瞬間に、誰かが留守中に部屋を使ったことがわかったという、その事実は変わらないんですからね」

　シャーロットはここでふと口をつぐんだ。いつも話のこの箇所に差しかかると、劇的な効果を狙ってそうするのだが、キャンピオンはもうじっと黙って聴いてはいなかった。

「それはそうですが、おばさま、そういうふうに簡単に思い込んでしまうことだってありますからね」

「応接間のことは、思い込みなんかじゃないわ」老婦人は言い切った。「ほら、あの応接間は、わたし以外立ち入り禁止だってことは知ってるでしょう。ドロシーですら、わたしが部屋にいないときに掃除に入るような真似は決してしないの。わたしのスポード[*1]や父の勲章が置いてあるんですからね。とても神聖な部屋なのよ。誰かが使ったりしたら、もちろんわたしにはすぐにわかるわ」

「じゃあ本当に誰かが使ったとお考えなんですね」

「絶対に間違いないわ」レディ・シャーロット・ローンが、まるでファスナーでもついているかのように口を固く閉じると、つかの間の沈黙が流れた。

「クルミ材のサイドテーブルに、グラスを置いた跡があったの」シャーロットはついに、犯罪の非道さに合わせるかのように声を潜めて言った。「いまいましい白い輪だもの、すぐ目についたわ。それから石炭入れには煙草の灰があったし、それにもちろんあの便箋も――あなたは当然、あの便箋をなかったことにはしないわよね」

　キャンピオンはためらった。そう、もちろん大おばの言っていることは正しかった。便箋があったのだ。この便箋こそが謎だった。腹立たしい朝をやり過ごし、手ごわい晩を控えた正午の今でも、あの便箋と、それがなぜ大おばシャーロットのクルミ材の書き物机の中から出てきたのかは、相変わらず謎のままだった。それはキャンピオンも認めざるをえなかった。

キャンピオンは財布を取り出すと、ウェイバリーの応接間から持ち出した、六枚の薄水色のボンド紙〔債券や書簡用紙などに用いられる上質紙〕を抜き取った。そしてもう一度、シャーロットが息子と甥の息子をお供に従えてケントを飛び出し、サセックスに駆けつけるきっかけとなった、型押しされた住所を眺めた。そこには、くっきりとした醜い準ゴシック書体で、こう書かれていた。

サセックス州
ホーシャムの近く
リトル・チタリング
グレー・ピーコックス*2

「窃盗だろうとなかろうと」大おばシャーロットは言った。「何者かがわたしの書き物机に坐り、そこで自分の便箋にメモをしたためたのよ。わたしはそれをやった人間に会いたいの。さあ、わたしたちはもうその場所まで来ているのだから、この家を探し出すことくらい、あなたには造作もないことのはずですよ」

細身のキャンピオンは、部屋の向こう側にいるシャーロットにちらりと目をやると、大きな口を力なくゆがめて笑った。

「ところが、郵便局ではそんな家のことは聞いたことがないと言うんですよ」キャンピオンは残念そうに言った。「郵便局長はここに十五年いるそうですが、グレー・ピーコックスはもちろん、ピーコックなんて名前は一度も聞いたことがないと言うんです」

「じゃあ、わたしたちは違う村に来てしまったのね」

「ええ、僕も最初はそう思いましたよ、もちろん。でもここでも行き詰ってしまうんです。サセックス州にはリトル・チタリングは一つしかなくて、ここがそこなんです」キャンピオンはためらったが、先を続けた。「ねえ、おばさま、こんなことを言うのをお許しいただきたいんですが、でも今度のことは、まったく馬鹿げてるとしか言いようがありませんよ。考えれば考えるほど、僕はモンマスの意見に賛成したくなってくるんです。見当違いのユーモアか何かじゃないかって。文房具屋はときどき、架空の住所を型押しした便箋のサンプルを送ってきたりするものじゃありませんか?」

「するかもしれないわね、でも六帖も送って寄こしたりはしないわよ」おばのシャーロットは軽蔑心を隠そうともしなかった。「あの便箋は、わたしの机で手紙を書こうとした何者かがそこに置いていったものですよ。わたしは証拠をこの目で見たんですからね。もしこの村がサセックス州のリトル・チタリングなら、グレー・ピーコックスという名の家は間違いなくこの近くにあるはずですよ。さあ、行って探し出してきなさい。そして見つけたらすぐさま戻って、わたしをその家の主《あるじ》のところへ連れて行くのよ。言ってやりたいことがあるんだから。わたしがしたいことははっきりしているの。それをやり遂げるまでは、絶対にこの場所を動きやしませんからね」

シャーロットは、気分良さげに小さくうなずくと、キャンピオンを下がらせた。キャンピオンは階下へ戻ったが、苛立っていた。何しろいとも簡単に説明がつきそうな問題なのに、今のところ、まったくお手上げの状態なのだから。

ついにバーが開いたのを見つけると、キャンピオンは刻み目のついたオーク材のカウンターにもたれて立ちながら、暗い内省的な目つきでグラスを覗き込んだ。訳がわからなかった。応接間の書き物机に、偽の住所を型押しした便箋の束を置く。たったそれだけのために空き家に忍び込むなんてことを、まともな犯罪者ならするはずがない。どう考えても納得がいかなかった。

宿屋の主人は同情してくれたが、夫婦ともども助けにはならなかった。ここには十五年ばかり住んでおるんですが、と二人は申し訳なさそうに言った。リトル・チタリングやこの近くのどんな村でも、グレー・ピーコックスなんて名前の家は聞いたことがありませんね。

悔しかったが、キャンピオンは断念した。こうなったら、シャーロットおばさまの気を一時的にそらしておいて、その隙に何かにかこつけてロンドンに逃げ帰ってやろう。キャンピオンがそのための入念な計画を練っていた、ちょうどそのときだった。

まず、外の埃っぽい道で車が急ブレーキをかけて止まる音がし、それからほどなくして、決して無為には過ごさなかったキャンピオンの長い青春時代にも、ついぞお目にかかったことのないような美少女が、バーのドアから顔を覗かせて、はっきりとこう言ったのだ。

「すみませんが、どなたかグレー・ピーコックス邸までの行き方を教えてくださいませんか」

この単刀直入な問いかけに、馴染み客ばかりが集う店内はたちまちしんと静まり返った。キャンピオンは髪が逆立つのを感じ、警戒心に満ちた目をグラスに向けてから、もう一度少女を見た。少女はまだそこにいたが、キャンピオンと目が合うと、快く家の名前を繰り返した。

「グレー・ピーコックスよ」

誰もすぐに返事はしなかった。皆、何のことやらさっぱりといった顔つきで互いに目くばせをし、そんなものは聞いたことがないぞ、というささやき声がそこここで漏れた。すると、窓のカーテンの後ろで、何者かがけたたましく笑い声をあげた。

このような美しい訪問者を侮辱するとは何事ぞと、その場にいた者すべてが立腹したらしく、くたびれた山高帽子にピンク色の襟なしシャツを着た赤ら顔の老人が、隠れていた場所からあっさりと追い出され出てきた。

「おいおい、リチャートさん」宿屋の主人は静かにたしなめた。「言いたいことがあるなら言いなさい。あんたはその家の場所を知ってるのかね」

リチャート氏はまたもや笑いだした。消えかけた焚き火の燃えさしの中に見い出せそうな顔だ。燃え立つような真っ赤な頰に、灰色のあごひげと口ひげが、ふさふさと波打つように生えている。「馬鹿な真似はよせ」リチャート氏の傍らにいた男が不機嫌そうに言った。「知ってるなら、そのお嬢さんに教えてやれ。知らないんなら、恥ずかしい真似はやめろ」

怒ったリチャート氏は真顔になった。そして、少女に向き直ると、あからさまに悪意の感じられるかん高い一本調子の声で行き方を教えた。

「八百メートルほど先に白い両開きの門がある。だがそこへは入らずに、そのままままっすぐ水車小屋まで進むんじゃ。その横から脇道へ入って、森を抜けていくがよい。すると古い二本の石柱に出るから、その間を入っていけば、グレー・ピーコックスに出るはずじゃ。なんせわしが前にあの門の中へ入ったときにゃあ、そこにあったんじゃからのう」

「まあ、ご親切にありがとう。ご迷惑をおかけしてすみませんでした」

少女は、リチャート氏にきらきら輝く白い歯をチラッと見せると立ち去った。少女の去った後には、騎士道精神が満たされたかのような淡い感覚が残った。

年老いたリチャート氏は、そそくさと窓辺に戻った。

「荷物をあんなに山積みにしとるわい」うわ言のように言いながら、リチャート氏はほくそ笑んだ。「ロンドンからの車に、あんなに荷物を山積みにするとはのう」

その眺めは、リチャート氏にとってはたまらないものだったらしい。というのも、彼はむせ返って背中を強くぶつけるまで、長椅子の上でひたすら笑い転げ続けたからだ。

「どうかしちゃったみたいですね」宿屋の主人がキャンピオンに話しかけながら、バーカウンターの中から出てきた。「あれはあなたがお探しになってた家じゃありませんか？　ほれ、リチャートさん、そんなふうにふざけてないで。血圧が上がっちゃいますよ。この紳士のところへきてお話ししなさい。さっきお嬢さんに教えてあげた家を、この方もお探しなんだから」

この最後の文句が、リチャート氏にとっては極めつけの一言だったことがわかった。リチャート氏は、バーカウンターにもたれてあえぐと、目から涙を流し、喜劇役者の仮面さながら口を大きく開いて、甲高いカラスのような声をかすかに漏らしながら大笑いしたのだ。しかし、宿屋の主人が怒ると落ち着きを取り戻し、最後にはキャンピオンに道を教えるために、車でその住所まで一緒に行くことに同意した。

リチャート氏は、車の中ではうって変わって静かな同乗者となったが、そのだんまりは、耳が聞こえないか、会話しようとする相手の努力をさげすんでいるかのどちらかだった。助手席で、背筋をぴんと伸ばして坐るリチャート氏の顔は、紅潮し、落ち着き払ってはいたものの、それでも時折全身にぶるっと震えが走るのだった。

キャンピオンは黙って運転しながら、この冗談の意味を知りたいと願った。

白い門を過ぎ、水車小屋のところで曲がると、森に出て、しばらくは木々のトンネルの中を走り続けたが、同乗者のしわがれ声の合図で、キャンピオンは草木の暗い切れ目の前で車を停めた。二本の古びた石柱が、背の高い雑草の合間からわずかに顔を覗かせている。

「ここなんですか」キャンピオンは疑わしげに尋ねた。

「そうじゃ」リチャート氏は答えた。その声は抑えた興奮に震えていた。「ここがグレー・ピーコックスじゃ。その石に生えたコケを削り取ってみりゃ、鳥の絵が描いてあるのがわかる。さあ、車回しへ入れとくれ」

キャンピオンが、門柱の周りをゆっくりとなぞるように走っていたそのときだった。別の車が目の前にさっと飛び出し、互いに慌ててブレーキを踏んで急停止した。ボンネット同士の間は五センチと離れていなかった。キャンピオンがフロントガラス越しにじっと目を凝らすと、そこには段々に積み上げた荷物の山を背に怒り狂う、黄色い髪をした少女の姿があった。憤怒に顔を青くし、大きな黒い目には憎悪をくすぶらせている。少女は荷物を積み過ぎた車を、敵意も剝き出しにバックさせると、キャンピオンと話せる位置にまでゆっくり横づけしてきた。

「あんたたち、自分たちが、すっごく面白い人間だとでも、思ってるんでしょうけどね」少女は言葉に毒を持たせるために、一言一言邪険に区切りながら話した。「言わせてもらうけど、あんたたちははっきり言って最低よ。地獄に落ちて、し、し、死んじまうといいわ」

最後のところでつい声が震えてしまうと、キャンピオンの傍らにいたリチャード氏が、勝ち誇ったような歓声を上げた。少女は顔を真っ赤にし、ドキッとするような憎しみのこもった一瞥を二人に投げると、クラッチを踏み、キャンピオンの車の周りを向こう見ずな猛スピードで急旋回し、砂塵と細かい石を撒き上げながら、後方にある木のトンネルへと姿を消した。

キャンピオンは後ろ姿をちらりと目で追いながら、心底残念に思った。自分は初対面の女性に、いつの間にそんなにひどい印象を与えてしまっていたのだろう。キャンピオンはリチャード氏に向き直った。

「何がおかしいんだ」キャンピオンは問いただした。

老人は嬉しさのあまり茫然としていたが、何とか自分を取り戻すと、さらに楽しいことが始まりそうな兆しに顔を輝かせた。

「止まっていてはいかん」リチャード氏は命じた。「先へ進むんじゃ」

キャンピオンは、大きな車の進路を草が一面に生い茂る小道へと向けた。小道の両側のイバラや月桂樹は枝を長く伸ばし、コケむした砂利を超えて合わさらんばかりになっている。緑があまりにも濃く生い茂っているために、小道に降り注ぐ真昼の光が淡い緑色に染まって揺らめいている。傍らにいるリチャード氏のワクワクと興奮した様子に、キャンピオンは深い疑念に襲われた。

「説明したほうがいいとは思わないか」キャンピオンはとげとげしく言った。

「いいや」同乗者はあえぎながら言うと、期待感に身悶えした。「先へ進むんじゃ」

キャンピオンは返事をしなかった。不意に小道が曲がり、キャンピオンは路上に落ちていた枝を何とか避けようと数秒頑張ったが、すぐに急ブレーキを踏むと、大きな車はつんのめるように急停止した。

二人の前にある車回しの突き当たりの、普通なら家が建っていそうな場所にあったのは、ぽっかりと空いた大きな長方形の穴だった。ところどころで水が一杯に溜まり、うっとうしいほど草が生い茂っている。

キャンピオンは、冷たい目でリチャード氏を見た。リチャード氏は、とうとう冗談も佳境を迎えてしまったので、もうほとんど気分は冷めていたが、前かがみに坐り、とろんとした目つきに青ざめた顔をしてはいたものの、その下には喜びが隠されていた。

「これがグレー・ピーコックスか」キャンピオンは尋ねた。

「ここがあった場所じゃ」リチャード氏は答えた。「今はないがのう」

「そんなのはわかってる。いつこうなったんだ」

「わしがまだ若かった頃じゃ。持ち主だったじいさんが、どこかのアメリカ人に売り渡し、それをそいつらが取り壊したんじゃ。そいつらが買い取ったときにゃ、ただの古い廃墟に過ぎなかったがのう。二十五年前、だったと思うが」

「二十五年」キャンピオンはその言葉を繰り返した。まるでその言葉が、自分と正気を隔てる壁であるかのように。「当時はグレー・ピーコックスと呼ばれていたのか」

「いいや。屋敷はプレイル農場と呼ばれておった。この土地を耕した男の名を取ってな。だがその何年も前に、ある年寄りが門柱の鳥の彫刻を指さして、わしにこう言った。この屋敷全体がグレー・ピーコックスと呼ばれていたことがある、とな。やがて屋敷は取り壊されたのじゃ。あんたとあのお嬢さんが訪ねてきたとき、すっかりおかしくなって笑っちまったのはそのせいじゃわい。まったく二人してもう取り壊されちまった屋敷を一所懸命探しとるんだからのう、わかったじゃろう?」

「非常に面白い」キャンピオンはとげとげしい口調で同意した。「ならば家までずっと笑いながら帰ってはどうかね」

リチャート氏を正当に扱うことなど、キャンピオンにとってはどうでもよかった。よそ者から得た五シリングをポケットに入れて歩けば、六キロ程度の散歩なんて愉快なものだろう。ユーモアのセンスのある男にしかできないような浮かれっぷりで元気よく小道を歩いていくリチャート氏を、キャンピオンは後にした。

車を飛ばし、森の外れで道が枝分かれしているところで、キャンピオンは先ほどの少女に追いついた。車は道端の草地に停められ、少女は運転席で本を読んでいるようだった。キャンピオンは自分に言いきかせた。僕はどうもだまされやすくなっているぞ。いいか、若く美しい女性が、ほとんど全財産、寝具まで積んだ車の運転席に坐って、明らかに涙を流しながら小説を読んでいるからといって、そんなのはとくだん驚くようなことじゃないからな。キャンピオンは車を近づけると、大泣きされるのを覚悟した。

だがそうはならなかった。代わりに起きたことはあまりにも意外だったので、キャンピオンは出鼻をくじかれて息をのんだ。少女はキャンピオンの姿を見ると、目をまたたいて涙を払いのけ、痛々しい様子で鼻をすすったのだ。

「ああ、もうこれ以上あたしをからかわないでちょうだい」少女は言った。「もうくたくただし、あの人たちが来る前にやらなきゃならないことが山ほどあるの。あのいまいましい場所はどこにあるのか、お願いだから教えてちょうだい」

キャンピオンは自分の言い分を、部分的にではあったが、憤慨するのもさもありなんと思わせる口ぶりで語って聞かせた。

「僕らの共通の友人のリチャート氏が——あの笑っていた男のことだけど——どうやら世界でグレー・ピーコックスのことを知っている唯一の人間みたいだ」キャンピオンは悲しそうに話を締めくくった。「それと、あの男の話では、あの屋敷を廃墟として買い取ったどこかのアメリカ人が、二十五年ほど前に取り壊したらしい」

「あらまあ、そこはあの人、ともかく間違ってるわよ」少女は平然と言うと、読んでいた本のページに運転免許証をしおり代わりに挟んだ。「それは確かよ。だってあたし、十日前にあそこにいたんですもの」

「何だって」

少女は微笑みかけた。

「だからほんとに頭にきちゃうのよ」少女はすっかり打ち解けて言った。「母とあたしは、金曜の晩にここまで屋敷を見にきたのよ。もちろん暗い夜道を走ってきたわけだけど、でも何から何まで全部見たし、その後であの人あたしたちを連れ帰ってくれたんだもの」

「誰がだって?」

「グレーさんよ。あの人があたしたちをロンドンから連れてきてくれたの。その屋敷の持ち主よ」

「君、グレー・ピーコックスの話をしているの?」キャンピオンは、自分の声が小さくなるのがわかった。

「あら、当ったり前じゃないの」明らかに少女は、キャンピオンをひどく頭の悪い男だとみなしていた。「だから嫌になっちゃうのよ。住所も知ってるし、前に来たこともある、それなのに見つけられないんですもの。夜は道が違って見えるのはわかってるし、乗って来たのはグレーさんの大きな箱型自動車《ワゴン》だったけれど、それでも何とか自分で見つけられると思ったから、屋敷の準備はあたしがするって母に言ったのよ。明日には使用人たちが列車に乗ってやって来るわ。やらなければならない仕事がどっさりあるはずなのよ。だって来週、母がほかの人たちを連れてくるまでに、あの屋敷をすっかりきれいにしておかなければならないんですもの」

「ほかの人たちって？」キャンピオンは迫った。品良く話をする余裕などなかった。「あたしたちが屋敷を見つけてあげたアメリカ人たちのことよ、もちろん」少女は言った。「自分たちの休暇用の家にするために、あたしたちがあんな大金を払えるだなんて、思ってやしないわよね？」

キャンピオンの足もとの地面がぐらりと揺れ、その後、むしろ恐ろしいほど固くなった。キャンピオンは車から降りると、少女に近づいた。

「あのね」キャンピオンは声をかけた。「暗澹たる気持ちにはなりたくないけど、君たちがまだお金を全然払っていないといいんだけどね」

少女の黒い瞳は、まん丸く、あけすけで、まごつかせるほどあどけなかった。その目がキャンピオンの目と合った。瞳の奥底にはわずかな驚きが表れていた。

「あたしたち、グレーさんに前金を支払ったわよ」少女は言った。「額の半分。一週間あたり一七ギニーで六週間分。問題がないといいのだけれど。だってそれ、あの人たちのお金なんだもの、つまり、あのアメリカ人たちのってことだけど。母とあたしはひどくお金に困ってるから、あたしたちじゃとても弁償できないし――」

少女は、急に話をやめると笑いだした。

「ばっかみたい。あなたのせいで、一瞬ヒヤッとしちゃったわ。ところであなた何者なの？　役に立たないならもう行ってちょうだい。ほんと馬鹿げてるわ、だって――ほら――有名な屋敷なんでしょう？　だから身元保証人も仲介業者もいなかったわけだし。見て、ここに住所から何から載ってるわ。あたし、そこへたどり着く道を探そうとしてるんだけど、それがわからないのよ」

少女は、キャンピオンに読んでいた本を手渡した。本が落ち、少女が印しておいたページが開いた。キャンピオンはその本を興味深く手に取った。一八七〇年頃に印刷された古めかしい本で、『イングランドの庭にある憩いの場所』という興味をそそる素朴な題名がつけられていた。作りは単純だった。数十章からなり、各章ごとに田舎にある邸宅が一軒ずつ取りあげられ、その興味深い特徴や歴史、それに建物の一部を描いたペン画が掲載されていた。サセックス州ホーシャム近くのリトル・チタリングにあるグレー・ピーコックスには、長い章があてがわれていた。

キャンピオンは立ったまま、いくぶん細か過ぎるほど詳細に描かれた、腰板張りの玄関広間のスケッチをしばらく眺めていた。

「先週の金曜日の晩、ここに行ったと言ってたよね、ミス――えっと――」

「マーフィーよ」少女は陽気に補った。「アン・マーフィー。ええ、行ったわ。母とあたしの二人で行ったのよ。先週の金曜日じゃなくて、その前の金曜日にね。仲介業者がこの本を見せてくれたとき、すぐに、これぞまさしくああいうアメリカ人たちが気に入りそうな屋敷だとわかったわ。それで、グレーさんが滞在しているコスモポリタンホテルに電話をしたの。そしたら会いに来てくれって言われて。それで三人で話をして、その後グレーさんは屋敷を見に連れてってくれて、親切にもこの本を貸してくださったのよ。とっても素敵なところよ。その階段の上がり口にある小さな猟犬用の出入口、見える？　ええ、それまだそこにあるのよ。それからそこのドアは、とびきり素敵な応接間に通じてるの」

少女はふっと黙り込むと、ため息をついた。

「理想的なお屋敷よ」少女は言った。「そりゃそうだわ。でもあそこに決めたことを、ちょっとばかり後悔しているのよね」

「後悔？　どうして」心配でいたたまれなくなったキャンピオンは尋ねた。

少女は首をすくめた。「あら、大したことじゃないの。こんなことを考えてしまうなんて、あたしほんとに馬鹿よね。でも今朝、母が学生時代の旧友から自宅を貸すって言われてね。ある意味残念な話なのよ。だってその家はかなりの年代もので、家賃ももっと安いだろうから、あたしたちにはうってつけだったと思うの。だって母も私も、この取引では決まった額のお金しかもらえないんですもの。そのアメリカ人の男性というのは、母の古い知り合いなの。成人した息子さんが二人いらして、奥さんはもう亡くなってるんだけど、息子さんたちが猟をしにきてるのよ。もちろん、母はいい家を見つけてあげて、あの人たちみんなを感心させたいって思ってるし、気持ちよく過ごしてもらいたいとも思ってるわ。だって、仕事もろくにできない馬鹿な二人組だなんて思われたら嫌でしょ？　なんでこんな話をあなたに聞かせてるんだかわからないけど、でもちょっと不安になるわよね、こんなふうに家が消えてしまうなんて」

キャンピオンは、グレー・ピーコックスの章の初めにあるスケッチにもう一度目をやると、少女に本を返した。その薄い色の目には険しい表情が浮かんでいた。

「教えてくれないか。君たちはその前金を、グレーさんに直接支払ったの？」

「ええ、ええ、そうなのよ。だってほら、グレーさんは外国に行くところだったし、こうおっしゃったんですもの。このちょっとした取引を、ってあの人がそう呼んでらしたのだけど、今ここで済ませてしまって、仲介業者のことは後で取り計らうことにさせてもらえれば、みんなの面倒が省けますよ、ってね。グレーさんは、あたしたちの身元保証人については気になさらなかったし、あたしたちも、あちらの身元保証人を要求したりはしなかったわ。だってあのお屋敷を見ることができたんですもの。まったく、中まで実際に見たっていうのに、この有様だから嫌になっちゃうわ。とにかく、母はグレーさんに小切手を渡し、グレーさんは、グレー・ピーコックスの住所が型押しされた便箋に領収書を書いて、あたしたちにくれたの。どこにも問題はなかったと思うけど」

キャンピオンは、ここまでのおよそ十分間、じっと深く考え込んでいたが、おもむろに片手を差し出した。

「じゃあね、マーフィーさん」キャンピオンは唐突に言った。「屋敷が見つかることを祈ってるよ。いいかい、もし万が一見つからなかったら、仲介業者のところに戻るんだよ。そしたらいつでもグレー氏を探し出してくれるだろうからね」

少女はキャンピオンの手を握ったが、そのぞんざいな別れ方に、少しばかり傷ついているように見えた。確かに唐突な去り方だった。しかしキャンピオンは、心の中で少女の世話を三人の精悍なアメリカ人たちに託すと、もう振り返りもしなかった。

キャンピオンは車に乗り込むと、しかと前を見すえたまま、手を振ることもなく走り去った。

またいとこのモンマスは、気乗りしない様子でキャンピオンを出迎えた。マフラーは脱ぎ捨てられ、寒々とする部屋で身を起こしていた。飲み物の載った小さな盆が、鏡台の上に置かれている。

「このいまいましい穴倉に、あとどれだけいなけりゃならんのだね、キャンピオン」モンマスは、キャンピオンが部屋に足を踏み入れるなり食ってかかった。「このままじゃ死んじまうよ。わかるんだ。おふくろには、そもそも俺たちはここへ来るべきじゃなかったと言っておいたがね」

「大丈夫ですよ」キャンピオンはそっけなく答えた。「あなたは今すぐここから出て行くんですから」

「ほんとか」モンマスは椅子から勢いよく立ち上がると、マフラーをつかんだ。「家に帰るってことだよな?」

「いいえ。あなたはロンドンに行くんですよ。ところで、まだあのお金を持ってらっしゃるといいんですがね。でなければ、今まで以上に長いこと家から離れていなければならなくなりますよ」

またいとこのモンマスは、撃たれた熊のように立ちすくんだ。

「え?」モンマスは用心深く聞き返した。「何の金だって?」

「一週間につき一七ギニー、その六週間分ですよ、グレーさん」

長く、気まずい沈黙が流れた。

「それで?」モンマスはついに口を開くと、いかにも調子のよいハッタリをかましてみせた。「それでお前さん、あのたわいのない過ちについて、何を知ってるっていうんだい、え?」

キャンピオンは微笑んではいたものの、大目に見るつもりなどなかった。

「あなたがシャーロットおばさまの屋敷ウェイバリーを、哀れな母親と娘に貸したことは知ってますよ。あの屋敷がグレー・ピーコックスという名の古い建物だと、嘘の説明をしてね。あなたは二人を車でケントまで連れていき、二人は暗闇の中で、サセックスに来ているものと思い込んだんだ」

「まるで違うね」小太りの男は首を横に振った。「そんなに賢い頭をしてるんなら、話を正しく理解したらどうだ。事実だけを見るんだ。嘘の説明なんかじゃない。ウェイバリーは本当にグレー・ピーコックスなんだ。俺は何年も前からそのことを知っていた。一九一四年に、あの屋敷をあるアメリカ人たちが買い取った。そいつらは屋敷の煉瓦や梁を一つずつ解体して、番号付けしたコンテナに収めた。アメリカに持っていってもう一度組み立てるつもりだったのさ。何も目新しいことじゃない。よくあることさ。だが、この屋敷の場合には、戦争が始まって輸送ができなくなってしまった。戦争が終わると、今度は元の所有者が亡くなったんで、遺言執行人が建築業者に安値で売り払った。その建築業者が今ある場所に建てたというわけだ。建築業者はグレー・ピーコックスなんて名前は屋敷にしちゃふざけてると思い、ウェイバリーと呼んだ。あの屋敷がどこかの時点で移築されていたのは知っていたが、先日、友人の家の図書室で古い本を拾い読みしていたら、あの屋敷に関する記事の中に、うちの玄関広間のスケッチがあることに気づいたのさ」

「そこであなたは本をくすねると、おばさまがちょっと家を空けた隙に、このささやかな詐欺行為に及んだというわけですね」キャンピオンは言った。「あなたはコスモポリタンホテルに泊まり、仲介業者と会い、車を借り、お姉さんのところにいるはずの間にすべてをやってのけた。違いますか？」

またいとこのモンマスは立ち上がった。

「本は借りたかもしれん」モンマスは威厳を込めて言った。「そいつは認める。だが、〈詐欺〉という言葉はいただけんな。いいかキャンピオン、そいつは断じて許せん」

「好きなだけ腹をお立てなさい」キャンピオンは陽気に答えた。「さあ、コートを着て、小切手帳を見つけてきて。僕らは仲介業者のところへ行くんですから」

「仲介業者だと？」老人は憤慨した。「いったい何のために？　仲介業者に行くだなんて、とんでもない」

「僕らは前金を返さなければなりません」キャンピオンは真剣な口調で言った。「馬鹿な真似はよすことです。シャーロットおばさんに見つかったら、それこそもっとひどいことになりますよ」

モンマスがさっと振り返った。小さな目が飛び出さんばかりに大きく見開かれている。

「なんてこった、おふくろはあいつらと会ったのか？」小男は肩をすぼめ、ポケットに深く手を突っ込んだ。「おふくろに見つかるとまずい。そいつは頭になかったな」

モンマスはぼそりとつぶやくと、テーブルの縁に腰かけた。

キャンピオンは誰に対しても、ましてや自分の父親ほどの年齢の男に対して説教をするようなタイプの男ではなかったが、夫に先立たれた妻とその子供から金を奪うような卑劣な行為に対しては、ひと言言っておくのが自分の務めだと考えた。またいとこのモンマスは、真面目な顔をしてキャンピオンの言葉を最初から最後までじっと黙って聴いていたが、話が終わるとすくっと立ち上がった。

「わかった」モンマスは真剣な面持ちで言った。「わかったとも。全額返す。俺が間違ってた。今になってわかったよ。目からうろこが落ちる思いだ。お前さんが語る二人の哀れな女たちのことを考えてるうちに、おのれの軽率さが悔やまれたよ。今日は一日中、二人のうちのどっちかが入ってくるんじゃないかとビクビクしながら、顔を隠してぶらぶら何もせずに過ごしてたんだ、自分でも馬鹿みたいだと思いながらね。馬鹿な悪党、それが俺だったんだ、キャンピオン。ひどいことをしてしまった。ほんとに恥ずかしくて仕方がない。あんな下卑た真似はするべきじゃなかった」

モンマスが溢れ出す自責の念を口にするのをふっとやめると、このような態度を予想だにしていなかったキャンピオンは、居心地悪そうに襟元を弛めた。

またいとこのモンマスは、車でロンドンへ向かう道すがら、ずっと反省の色を見せて黙りこくっていたが、いざ街が近づいてくると、首を横に振った。

「どんな優れた犯罪者も致命的なミスを犯すものだな、キャンピオン」モンマスは真面目な面持ちで言った。「なぜ俺がずっと重い気持ちを引きずっているかわかるか？　まったく考えるとむかっ腹が立ってしょうがないからだよ。もしも俺がおふくろの書き物机の中に、住所入りの便箋なんか置き忘れるようなドジさえ踏まなけりゃあさ、くそっ、誰にもバレずにうまくいっていたのにな」

（中勢津子 訳）

訳註

＊1　スポード：英国の陶芸家ジョサイア・スポードの陶磁器。
＊2　グレー・ピーコック：キジ科の鳥。ハイイロコクジャク。

編者解説

本書は、二度の世界大戦にはさまれた一時期、すなわち約二十年の戦間期を中心に、一八九八年から一九四四年までに発表されたイギリス短篇小説のなかから、なんらかの意味でモダニズムに関わる諸作品を独自の視点にもとづき収録し、翻訳したものである。本年の劈頭に創刊された「20世紀英国モダニズム小説集成」の第一弾、バーバラ・ピムの長篇『なついた羚羊《かましし》』に続き、第二弾となる。

時代が二十一世紀に変わって十年を超える日々が過ぎた今も、わたしたちは確たる生き方を見出せていないかに思える。ならばおよそ百年前のヨーロッパ、なかでも当時まだ大きな勢力を誇っていたイギリスの人々はどのように生きていたのか。それを探るべく本「集成」は生まれた。二十一世紀を知るにはまず二十世紀を知ることから始めようではないか。わたしたちはそう思っている。

掲載順は発表年に従った。ただしR・オースティン・フリーマンの「人類学講座」は、読者への便宜から同じ作者の「謎の訪問者」と並べるため、本来の位置から後ろへずらした。訳出は本邦初訳を原則としたが、思うところあって、いくつか例外も出た。

では収録作品および作者について紹介してゆこう。

★H・G・ウェルズ

「ミス・ウィンチェルシーの心」 "Miss Winchelsea's Heart"

初出は *The Queen* 誌(一八九八年十月号)で、短篇集 *Twelve Stories and a Dream* (Macmillan, 1903)や、*The Country of the Blind* (Thomas Nelson, 1913)、*The Short Stories of H.G. Wells* (Ernest Benn, 1927)などにも収録された。

底本には右記 Ernest Benn 版を使用し、適宜 *The Oxford Book of English Love Stories*, ed. John Sutherland (Oxford University Press, 1996)を参照した。

ミス・ウィンチェルシーは知的だがいささか高飛車で自意識の強い面のある教師で、すなおな友人のファニーとヘレンとともにローマへ観光旅行に出かける。そうしてドーバー海峡を渡るまでの列車内で一人の青年と出会い、言葉を交わすうちに惹かれてゆく。やがて相手もどうやら教師らしいことがわかってくる。しかし、ひょんなことから青年の奇妙な名前がわかり、唖然とする次第となる。人柄に惹かれているのなら、名前ぐらいのことで幻滅しなくてもよいはずなのに、その名前はそんななまやさしいものではなかった。ところが、実はそこにはあるとんでもない――ミス・ウィンチェルシーにすれば人生を左右するほどの――誤解がひそんでいた……。

発表時期が十九世紀の終わりなので、本書の趣旨からやや外れていると思われる向きもあろう。だが戦間期以前の古きよき時代《ベル・エポック》における文芸の一実例として、こうした諸作品が世に出たあとに、二十世紀前半の思潮を代表するモダニズムが始まったという流れを知るうえで、参考になると考えて取り入れた。しかもE・M・フォースターの『眺めのいい部屋』（一九〇八）ふうに舞台がイタリアで、登場人物たちの小道具もしゃれており、名前（＝言葉）に関する遊戯めいた謎《ミステリ》性のある落ちが用意されている点など、ところどころでモダニズムを先取りしている感もある佳品だ。主人公たちの服装や言動も『眺めのいい部屋』さながらに、どこか人工的なにおいのする洗練ぶりが感じられる。

なお、本書作成にご助力いただいた鹿児島有里氏（紹介は後述）によると、若いイギリス人女性がイタリア旅行に出かけるという本作の設定の背景には、グランドツアーの伝統があるのではないかという。周知のとおりグランドツアーとは、イギリスの貴族の子弟が教育の一環として家庭教師とともに欧州大陸を巡った旅のことで、十八世紀からおこなわれたとされる。行き先としてはとくに、当時の先進国たるフランスやイタリアなどの都市が好まれた。十九世紀になると、富裕市民の出現や交通機関の発達によって、旅に出られる人間も多様になってゆく。

本作が書かれた十九世紀末には、上流社会とは縁のない若い女性でも動きやすくなったわけだが、それも欧州大陸を舞台に見聞を広めてきたイギリス人の伝統を継承するものだったのだろうと、鹿児島氏は指摘されている。

一つ私見を付け加えるなら、主人公たちが好んで訪れようとしているのが、イタリアという国よりむしろローマという都市である点に注目したい。過去のヨーロッパの高尚な文化に対する憧憬の念は、現在の卑俗な中流階級文化に対する嫌悪の念と、明記こそされていないがおそらくは表裏一体であり、この点にもモダニズムのにおいが感じ取れる。古代ギリシア・ラテン世界への回帰志向も、実はモダニズムの一面だからだ。

作者H・G・ウェルズ（一八六六～一九四六）はイギリスの小説家、文明批評家。映画脚本も手がけている。執筆活動の前期には、『タイムマシン』（一八九五）にはじまり、『モロー博士の島』（一八九六）、『透明人間』（一八九七）、『宇宙戦争』（一八九八）などSF小説をおもに物した。ウェルズ自身はこうした作品群を〝科学ロマンス〟と呼んでいる。

二十世紀に入ると、ウェルズはウェッブ夫妻らの提唱する漸進的なフェビアン社会主義に傾き、文明批評色の濃い社会派小説を多く手がけるようになる。この中期の代表作には、『キップス』（一九〇五）、『トーノ・バンゲイ』、『アン・ヴェロニカ』（ともに一九〇九）が挙げられる。

第一次世界大戦が始まると、ウェルズは性や恋愛の問題を扱った小説か、または世界情勢などに関する随筆を続々と出してゆく。次いで戦後になって目立つのは（一九〇五年にも未来社会像を見すえた『モダン・ユートピア』を世に問うているが）、『世界文化史《ジ・アウトライン・オブ・ヒストリー》』（一九一九）や、ソ連訪問記や平和論などの評論だ。とくに戦間期の一九二八年に上梓された『公然たる徒党（*The Open Conspiracy*）』では、ソ連流の共産主義とアメリカ流の資本主義とに反対し、世界の各分野の指導者による協力団体を組織して、理想社会を建設してゆこうと訴えた。

短篇小説も数多く著しているが、大半は第一次世界大戦前の作品だ。そのなかでは前記『タイムマシン』の原型である「時の探検家たち」（一八八八）や、「奇蹟をおこなう男」（一八九八）といったＳＦ作品に注目したい。

★サキ

以下の三作品は、いずれもサキの短篇集第三弾 *The Chronicles of Clovis*（John Lane, The Bodley Head, 1911）の収録作だ。

底本には右記初版本を使用し、適宜 *The Best of Saki*（Pan Books, 1976）を参照した。

サキ短篇集の表題にあるクローヴィス・サングレールは、口達者で皮肉屋の青年貴族だ。男前で自己愛が強く、平気でうそをつき、世の中をうまく泳ぎ回っている。とはいえ悪党と一言で切り捨てるのも難しい複雑な魅力を具えた人物ではある。この短篇集のほかにも顔を出すことがあり、同じく趣味のよい男前でひねくれ者のレジナルドと並ぶサキ作品の花形だ。

① 「エイドリアン」 "Adrian"

ルーカス――下々の者に対して気前のよい裕福な社会主義者――の伯母が、甥の友人で男前だが下賤な階層の出であるエイドリアンを気に入り、社交界の雰囲気を味わわせてやろうと、スイス旅行へ連れてゆく。だが一行が泊まった高級ホテルでエイドリアンがしでかしたこととときたら……。

本作はエドワード七世時代(一九〇一〜一〇)の上流人士に対する風刺の毒矢だ。最後の一言は、思わず吹き出してしまうほど切れ味鋭い落ちではあるが、ともあれ社交界のご婦人の神経は凡俗には計り知れない代物だと嘆ずるほかない。

本作でも、修行の一環として、上流夫人が下層の若者をドイツかエジプトへ連れてゆこうとするが、甥にフランス行きを進められ、結局スイスに決める。これも前記グランドツアーの一変種と見ることも可能だろうか。

② 「捜す」 "The Quest"

我が子が行方知らずになったと気づいて、うろたえあわてふためく両親、とくに母親に対して、ワシか野獣にさらわれたのではと平気で言い放つクローヴィスの〝冷酷〟ぶりには、サキ作品の毒になじんだ愛読者でも驚くところだ。しかし、だからとてクローヴィスの人格をなじってもあまり実りはない。ここはむしろ、自身を悪役に仕立ててまでして、同じ上流社会に属する相手の生活態度を辛辣に批評するモダニズム性をこそ、感じ取るほうがよかろう。当の母親の応答も、真剣であるのは疑いようがないながら、どうにも神経を疑わせるたぐいのもので、そんな態度と言葉とのちぐはぐな点にサキ流喜劇の辛味が伝わってくる。

やたら神のご威光を尊ぶがごとき生まじめなキリスト教科学《クリスチャン・サイエンス》信者も、我が子の身の上には心を砕くが他人の子にはそっけない親も、等しく風刺の対象になっている。とにもかくにもめでたしめでたしの結末が控えているとはいえ、背筋が寒くなるような、二十世紀に入ったからこそ生まれたたぐいの一品だろう。

クローヴィスの本領発揮というべき最後の一文が本作の基調を示している。

③「フィルボイド・スタッジ——ネズミの恩返しのお話」"Filboid Studge, the Story of a Mouse That Helped"

貧しい絵描きのマークが、大企業重役の娘レオノアに恋をして、お嬢さんと結婚させてほしいと、レオノアの父親ダンカンに申し出た。だが実のところダンカンの会社は業績不振のありさまで、新製品のシリアル食品も宣伝費をふんだんにかけながら売り上げが芳しくなかった。そんななか娘に求婚者が現れたということで、ダンカンも渡りに船とばかりに、相手の財力には目をつぶって申し出を認めた。マークはその返礼として、くだんのシリアルの宣伝役を担うことになった。そうしてなんと、人間の心理を巧みに利用する〝逆宣伝〟というべきしかけをおこない、会社に莫大な利益をもたらした。まさにネズミがライオンに恩返しをしたわけだ。だがそれゆえに、マークには哀れな結末が待っていた……。

十九世紀後半のイギリス文学を代表する存在たるトマス・ハーディ（一八四〇〜一九二八）には、

『人生の小さな皮肉』（一八九四）なる哀感あふれる短篇集がある。本作における人生の皮肉も、ハーディ作品に似て不条理そのものだが、サキの場合は先人とは異なり、冷酷なまでの非人情を押し通している点が持ち味だ。

本作でも最後にクローヴィスが口にする教訓めかした一言が光っている。


作者サキ（一八七〇～一九一六）の本名はヘクター・ヒュー・マンローという。サキの姉によると、十一世紀ペルシアの詩人ウマルハイヤームの詩集『ルバイヤート』に出てくる酒姫《サーキイ》にちなんで、この筆名をつけたということだが、真偽のほどは保留しておく。

スコットランド系の父親がインド警察に勤務していた関係で、ミャンマーに生まれたサキは、一八九三年に父と同じくインド警察に入ってミャンマーに送られる。が、三年後に健康を害したため職を辞してイギリスへ帰り、文筆活動を始める。父親と同じ職に就き、ミャンマーで生活経験を得た文人といえば、むろんジョージ・オーウェル（一九〇三～五〇）が思い浮かぶ。それでも随筆「象を撃つ」（一九三六）でわかるように、オーウェルが大英帝国の植民地支配に疑問を抱くようになるのに対し、良し悪しは別にサキが最後まで〝排外的〟（とも思える）愛国心を持ち続けたのは、はたして時代情勢の違いなのか、両者の人となりの違いなのか。

そんなサキの特徴を挙げるなら、同性愛者、反ユダヤ主義者、〝右翼〟、厭世観・虚無感の持ち主というところか。最初の点を除けば、フランスの小説家ルイ＝フェルディナン・セリーヌ（一八九四～一九六一）を想わせるではないか。第一次世界大戦が起きると軍に志願し、国際情勢に敏感たることを示す攻撃性の強い諸作品を世に問うている点も同じだ。ただ、かの『夜の果てへの旅』（一九三二）の作者が、俗語や卑語を存分に用い、しばしば文法も無視して奔放な大衆の世界を築いているのに対し、サキ作品は機知に富む整った文体で、前記エドワード七世時代のイギリス上流社会をおもに風刺・攻撃して成り立っている。

なお、サキといえば短篇作家という印象が定着しており、たしかに子どもや動物を中心にすえたものやら、怪奇性の強いものやら、多彩な短篇が世に出ているが、実は長篇小説もわずか二作ながら書かれている。とくに『ウィリアムが来たとき（*When William Came*）』（一九一三）は、皇帝ヴィルヘルム二世率いるドイツに侵略された近未来のイギリスを描いたいわばＳＦで、欧州各国のあいだに緊張が高まった二十世紀初頭にはやった「侵略文学」の一代表作だ。

★ジョン・ゴールズワージー
「遠き日の出来事」“A Long-ago Affair”

本作は *Cassell's Weekly* 誌（一九二三年四月四日号）に掲載され、短篇集 *The Caravan: The Assembled Tales of John Galsworthy*（Heinemann, 1925）や、*Argosy* 誌（一九二六年八月号）にも収録された。底本には右記 *The Caravan* の再版本（一九六三）を使用し、適宜 *The Oxford Book of English Love Stories*（ditto）を参照した。

一九二一年の夏、風景画家のヒューバート・マースランドは、四十年近く前にたびたび泊まったロンドン郊外の親類宅の近くへたまたまおもむいた。あたりのようすを眺めるうち、当時の地元社交界の華で、若者たちにとってあこがれの的だったモンティス夫人のことが頭によみがえった。若く罪なき愚か者の一人として、マースランドは夫人と踊る機会を得ると天にも昇らんほどの気持ちを味わう。だが当の夫人にとって、自分はある事柄のために都合よく利用できる存在にすぎなかった……遠い日の苦い思い出だ。

お堅い道徳観に縛られていたとされるヴィクトリア朝の社会も、実は十分〝みだら〟で妖しい空気を漂わせていたと、マースランドは今さらのように思い返す。社会のそんなありさまは、下流階級ならば、たとえば前記トマス・ハーディの『日陰者ジュード』（一八九五）に生々しく描かれているし、本作のとおり上流階級でも表面こそ異なれ内実は似ていたわけだ。

一九二〇年代のイギリス社会では、しゃれた服装をして、夜な夜な酒や薬に興じるボヘミアンさながらの良家の子女、すなわち陽気な若者たち《ブライト・ヤング・ピープル》のありさまが大きな話題となった。第一次世界大戦を経て、ヴィクトリア朝流の価値観が崩れ、美意識や道徳意識が変わり、混乱した社会に生きる若い世代のようすは、イヴリン・ウォーの『卑しい肉体』（一九三〇）ほかの諸作に詳しい。オルダス・ハクスリーの『対位法』（一九二八）にも、いくぶん年齢層は高いが、心の空しさを埋めようとサロンでの長々とした会話で時を過ごす人々が出てくる。ゴールズワージー自身はおそらく、モダニズムの風潮や思想などろくに意識しないまま、ヴィクトリア朝社交界での一挿話を描いたのだろう。が、目の前に広がる二〇年代イギリス社会のありさまに触発されたことも間違いなかろう。

温かな芝生や白いネクタイ、格子縞のスーツ、籐のステッキなど、昔をよみがえらせるための小道具の使い方がさりげなくも巧みで、主人公の心の動きをていねいに綴っている佳品だ。ここで拙文の足らざるところを補っていただくべく、訳者である今村氏自身の短評を紹介する。

主人公のマースランドが風景画家であるという設定のもとで書かれているために、主人公を通して語られる風景の描写は美しく、また本人の繊細な感性を通して時間の経過とともに微妙に変幻する情景を読者は共有できよう。

現在時間として一九二一年が設定され、門境を越えると突然、三十九年前、すなわち主人公が十五歳だった一八八二年に飛翔し、過去が蘇る。

当時クリケット選手として最もよく知られた、実在のA・P・ルーカスとの一戦での主人公の活躍が思い出され、社交界の花ともいえる未亡人に寄せられた淡き切ない恋情がほろ苦い記憶とともに蘇る。一九二〇年代と一八八〇年代という時代の変化と価値観や倫理観の変容の機微が虚実の皮膜を通して、実にみごとに描き出された名作と言えよう。

作者ジョン・ゴールズワージー（一八六七〜一九三三）の小説には、自らと同じ上層中流階級の出身で、出身階級の束縛と闘いながら自由な生き方を求めるなかで苦悩する知的な青年が多く出てくる。代表作には、『資産家』（一九〇六）をはじめ、短篇「あるフォーサイトの小春日和」（一九一八）、『窮地』、短篇「目覚め」（ともに一九二〇）、『貸家』（一九二一）を合わせた『フォーサイト家物語』（一九二二）が挙げられる。

初めて上梓した作品は短篇小説集 *From the Four Wins*（1897）で、短篇集はその後も五作出している。なかでも前記「あるフォーサイトの小春日和」や「林檎の樹」をおさめた第四作 *Five Tales*（1918）が有名だろう。ほかに『フォーサイト家物語』の続篇として物された *A Modern Comedy*（1929）に入っている "A Sirent Wooing"（1927）や "Passers By"（1927）も注目される。

また戯曲についても、ゴールズワージーは一九〇六年の『銀の箱』に始まり、一九三四年の『冬の庭園』まで、二十を超える長・短篇を物している。劇作家としての出世作『銀の箱』では、裕福な家庭の若者が自らと関係のある娼婦の財布を盗んだことが隠蔽されるなかで、貧しい労働者のやむをえざる暴行が罪に問われる一件を扱い、出身階級の上下と裁判の公正との関係を世に問うている。

一九二一年にロンドンで結成された国際ペンクラブの初代会長を務め（在任期間一九二一〜三三）、一九三二年にはノーベル文学賞を受けた。

★R・オースティン・フリーマン

①「人類学講座」"The Anthropologist at Large"
初出は *Pearson's Magazine* 誌（一九〇九年二月号）で、短篇集 *John Thorndyke's Cases,* related by Christopher Jervis M.D.（Chatto & Windus, 1909）や、*MacClure's Magazine* 誌（一九一〇年五月号）にも収録された。

底本には Project Gutenberg の *Dr Thondyke Short Story Omnibus* 版（2007）を使用し、適宜右記 *John Thorndyke's Cases* の復刻版（Hyperion, 1975）を参照した。

本作の語り手にしてソーンダイクの友人ジャーヴィス医師と、法医学者にして科学派探偵ソーンダイクの有能な助手ポルトンは、すでにフリーマンの代表的長篇ミステリ『赤い拇指紋』（一九〇七）から登場している常連の人物だが、何かとソーンダイクに対抗したがるバジャー警部は、本作からの新顔だ。

ソーンダイクが自宅でジャーヴィスと話しているところへ、知人の事務弁護士マーチモントに付き添われて、ソロモン・レーヴェなる男が捜査の依頼にやってきた。自分は外国へ旅している兄の膨大な美術蒐集品の管理を任されていたが、ゆうべ自分が不在のところ兄宅に賊が押し入り、その品々を奪われてしまった。だからぜひ取り戻してほしいという。ソーンダイクは警察にも事情を話すようにと言いつつ、捜査を引き受ける。

ところで、いったん本作から離れるが、コナン・ドイル（一八五九～一九三〇）のシャーロック・ホームズ物「青いガーネット」[*1]（一八九二）の冒頭付近に、ホームズが古くみすぼらしいフェルト帽をもとにあれこれ推理する場面がある。知人の男の話として、クリスマスの早朝、この帽子をかぶった一人の男がガチョウを持って路上をよろめき歩いていたところ、数人の男に襲われそうになり、どうにかそれを追い払ったが、警官に見られたためガチョウと帽子を落としたまま逃げ出していったという。知人はガチョウを持ち帰り、帽子はホームズのもとに置かれた。ホームズは例のごとく愛用のルーペでためつすがめつ〝戦利品〟を眺め、持ち主のようすをいちいち述べてゆく。いわく、この男は知性派で、裕福だったが、近ごろ不運な目に遭っており、とくに妻とはうまくいっていない等々。こんな演説を聞かされて、やはり例のごとく目を丸くするばかりの相棒ワトソンに、ホームズはすまし顔で根拠を並べてゆく。

ホームズ物の愛読者にはおなじみの場面だが、世界初のフリーマン伝を著したノーマン・ドナルドソンも指摘するとおり、元祖科学派探偵たる本作の主人公ソーンダイク[*2]は、こうしたホームズ流推理のあいまいぶりを暗に批判するかのように、依頼人から渡された帽子を細かく調べながら、きちんとわかる事柄しか口にしない。ヴィクトリア朝を代表する名探偵の推理法を乗り越えようとする姿勢は、モダニズムの一特徴たる知的な批評性を表している。

文化人類学にもとづく人種の考察や、いささか型どおりでオリエンタリズムとも取れそうな意地悪い面もあるが、ともあれ日本人・日本文化に寄せられた関心も、時代が二十世紀に変わったことを象徴するような要素だろう。一つ皮肉を言えば、ホームズ流の超人めいた推理法に批判の目を向けながら、結末部でソーンダイク自身が確たる物証もないまま自分の推理を立て板に水のごとく述べている点に、フリーマンは忸怩たる思いをかみしめなかったのだろうか。

なお、ウェブサイト上の同人誌『翻訳道楽』第二十八号に、わたしは未見だが本作の翻訳が載っているようだ（邦題「人類学者のための事件」宮澤洋司訳）。法医学の教授兼弁護士であるジョン・ソーンダイク博士物の短篇は全部で四十作で、未訳作品は十二を数える。長篇は二十一作だが、完訳されているのは六作のみだ。ソーンダイク研究の余地はまだまだ大きい。

② 「謎の訪問者」 "The Mysterious Visitor"

初出は *Pearson's Magazine* 誌（一九二四年十一月号）で、短篇集 *The Puzzle Lock*（Hodder & Stoughton, 1925）にも収録された。

底本には右記短篇集を使用し、適宜 *The Oxford Book of English Detective Stories*, ed. Patricia Craig (Oxford University Press, 1992) を参照した。

また、本作は『新青年』（一九二七年新春増刊号）に妹尾アキ夫訳で掲載された。だがこれは抄訳で、しかもかなり自由に書き換えられている。訳者の達者な筆さばきは参考になったが、百年近く前における雑誌掲載の〝翻訳〟のありようがうかがえる。現代ならば翻訳の名に値しない超訳だった。

大学での元教え子で医師のジャーディーンから、クロフトンという患者が消息不明になっているので調べてほしいとソーンダイクは頼まれた。クロフトンは神経質な男で、自宅の財政状況をことさら気に病んでいるため、息抜きに旅にでも出るようジャーディーンは勧めた。そこでクロフトンは自身の別荘にしばらく泊まったあと、別の保養地に移る旨の手紙を妻に送ってきたが、それから消息不明になったという。

その後、ある老女の遺書がクロフトンを巨額の財産の受取人に指名していることがわかった。当の遺書の日付より、妻宛の手紙の日付が三日だけ遅いため、かろうじてクロフトンは遺産を受ける資格を得たのだが、いまだ本人の生死は判然としない。またクロフトン自身も、妻を基本的に財産の受取人とする遺書を作成してあった。

ソーンダイクはジャーディーンからそうした事情を聞かされたあと、二人でクロフトンの別荘へ足を運ぶ。はたして真相は？

実は、本作では問題解決に向けての鍵の一つが前もって読者に示されておらず、そこは探偵小説として減点対象だ。しかしながら、マッチの燃えさしや垂れた蠟涙《ろうるい》やタンブラーの置き跡など、見落とされがちな点に鋭く目をつけ、よどみなく推理を展開してゆくくだりは見事で、科学派探偵ソーンダイクの面目躍如たるものがあり、何度も読み返したくなる。ともあれ格別に酷い事件やあくどい人物は存在せず、また本格物の定番たる密室をめぐる謎が扱われているが、やはり短篇ゆえにさほど込み入った仕掛けが施されているわけでもないので、評価としては「よくできた小品」が妥当なところだろう。それでも、筋や道具立てが地味にせよ読みごたえある理詰めの謎解きが成立しうることを示した点で、やはり戦間期すなわち探偵小説黄金時代の産物たる資格は十分だ。

ちなみに、本作のなかで言及されているソーンダイク物長篇第四作『物言わぬ証人』（一九一四）でも、ジャーディーンが語り手を務めている。

作者R・オースティン・フリーマン（一八六二〜一九四三）で特筆すべきは、倒叙型ミステリの創設者である点だ。倒叙型とは犯人の視点で物語を展開してゆく手法のことで、誰が犯人であるか読者は始めから知らされている。となると日本人なら『刑事コロンボ』を思い浮かべる向きも多かろう。この形式はフリーマンの第二短篇集『歌う白骨』（一九一二）の第一作、「オスカー・ブロズキー事件」で初めて用いられた。ダイアモンド商が殺され、列車事故に見せかけたという実話にもとづく作品だ。同短篇集のほかの諸作でも、やはり倒叙型が取り入れられている。

フリーマンは仕立屋の家に生まれるが、医師を志してミドルセックス病院付属医科大学に学ぶ。医師の資格を取ると、イギリスの植民地だった西アフリカの病院に赴任するが、病を得て帰国を余儀なくされる。その後、健康への不安があり、また一八九八年に赴任地での体験記を上梓したことから、執筆で生計を立てる方向へ転換する。小説家としての第一作は、見たところ紳士ふうの怪盗ロムニー・プリングルを主人公とする冒険物短篇集（一九〇二）だ。クリフォード・アッシュダウンという筆名を用い、友人の医師との合作で出した。

フリーマンの執筆時期は一九〇七年から四二年まで及ぶが、とくにイギリス探偵小説の黄金時代である戦間期には、アガサ・クリスティ（一八九〇〜一九七六）やドロシー・L・セイヤーズ（本書所収）、F・W・クロフツ（一八七九〜一九五七）、H・C・ベイリー（一八七八〜一九六一）と並ぶ巨匠と目された。

★G・K・チェスタトン

「主としての店主について」"Concerning Grocers as Gods"

初出は *G.K.'s Weekly* 誌（一九二五年四月十一日号）で、作者の死後に短篇集 *Daylight and Nightmare,* ed. Marie Smith（Xanadu, 1986）に収録された。

底本には右記初出誌を使用し、適宜 *G.K.Chesterton Collected Works: vol. XIV*, ed. Denis Conlon（Ignatius Press, 1993）を参照した。

食料品店の店員ウィリアムは、店主とのささいないざこざゆえに、あっさり店をやめた。今後のあてもなかったが、ほどなく知り合ったヒンクスなる男の話に心を惹かれ、イギリスから海の向こうのアメリカへ渡ることにした。この催眠術師か預言者めいた老人によると、かの国では誰もが楽しく暮らしており、もめごとなど何一つないという。

ヒンクス師とともにアメリカのある町に着いたウィリアムは、かつて店をやめたときと同じくささいなことをきっかけに、新天地にも失望してゆき、捨てた母国のよさを再認識する。ところが故郷の村に帰ってみると、なんだかようすが違っていた。いつのまにか、元の職場はアメリカふうの効率性を重んじた事業制度にもとづく百貨店に変身しており、ウィリアムはとまどうほかない。さて、これからどう身を処すべきか。

発想が奇抜で、設定舞台が広く物語展開がすばやいため、読者としては主人公への感情移入がなかなか難しいが、むしろ作者はそれを狙い、からからに乾いた空気を醸し出そうとしたのかもしれない。ならば成功だ。

画一化や人工化、大量宣伝や大量消費など、アメリカ流の社会原理に対する作者の嫌悪感があらわで、現代社会のありように対する風刺がどぎつく利いた異色作だ。

作者G・K・チェスタトン（一八七四～一九三六）は、小説や詩、戯曲、文芸評論、時事評論、など様々な分野で一流の執筆活動をした近代英文学の大人《たいじん》だ。卓抜な着想にもとづき、頭韻や逆説、対句、比喩といった文体技術を駆使して多くの秀作を物した。一八八七年、一五〇九年創立の名門パブリックスクールであるセントポール校に入学後、一学年下のE・C・ベントリー（一八七五～一九五六）と知り合い、生涯の友となる。ベントリーはのちの探偵小説家兼詩人で、イギリス探偵小説黄金時代を予告する快作『トレント最後の事件』（一九一三）の作者だ。

チェスタトンは一九二二年カトリックに改宗したが、すでに長篇評論『正統とは何か』（一九〇八）で自らの宗教観を披露している。ソ連流の共産主義のみならず社会主義全般とアメリカ流の資本主義との双方を批判し、国民による小規模土地私有を是とする土地均分論を唱道した。

探偵小説も多く書いており、ブラウン神父物五作（一九一一～三五）や『木曜の男』（一九〇八）などが代表作とされる。またここ数年、『知りすぎた男――ホーン・フィッシャーの事件簿』（原書一九二二、拙訳、論創社、二〇〇八）に『法螺吹き友の会』（原書一九二五、拙訳、論創社、二〇一二）と、モダニズム時代に発表された短篇集が邦訳されている。一九二八年には探偵小説家の親睦団体〈ディテクション・クラブ〉の初代会長に選ばれた。

★アーノルド・ベネット

「クラリベル」"Claribel"

初出は *The Saturday Evening Post* 誌（一九二五年八月二十二日付）で、短篇集 *The Woman Who Stole Everything and Other Stories*（Cassell, 1927）に収録された。

底本には右記短篇集を使用し、適宜 *The Oxford Book of English Love Stories*（ditto）を参照した。

半年前からパリで一人暮らしをしているイギリス人クラリベルは、自称三十歳の独身で資産家の娘だ。あるとき街を歩いていて雨に降られ、目に留まったカフェに入ると、以前会ったことのあるイギリス人のジェイムズがいた。どうやら下層の出らしいが、服装も態度もやぼったくなく、教養もありそうな青年だ。言葉を交わしてゆくうち、クラリベルはジェイムズに惹かれてゆく。その後も二人は付き合いを続ける。パリで孤独感を抱えながら生きてきたクラリベルは、心の通う相手をついに見つけたと思い、結婚を望むようになる。ジェイムズも自分に好意を示してくれている。

そんなある日、ジェイムズから速達が届く。大事な話があるのでお宅にうかがいたいという文面だ。クラリベルは胸をときめかせる。ジェイムズがやってきた。さて、そこからの話の流れは……。

善意の二人の微妙な気持ちの擦れ違いから、思わぬ結果が生まれるまでが淡々と描かれており、まさに前記トマス・ハーディ流の〝人生の小さな皮肉〟に近い味わいのある物語だ。戯曲ではよく用いられる劇的皮肉《トラジック・アイロニー》、すなわち観客は知っているが登場人物たちには知らされていない状況を生む手法が、見事に効果を上げている。

とはいえ、同じく皮肉な結末を導いても、サキ作品の毒気――読者の好みは大きく分かれようが――はかけらもない。一九二〇年代のパリに集《つど》ったアングロサクソン系の青年芸術家絡みの話だから、舞台設定はずばりモダニズム仕様なのに、内容は微温的な十九世紀小説の枠組みにおさまっている。ともあれ若い二人に対する作者の眼差しは温かく、心なごむ作品であることは疑いない。ただ、まさにそれゆえに、モダニズム以降の二十世紀文学界において、ベネットが果たした役割の〝限界〟も感じざるを得ないが。

作者アーノルド・ベネット（一八六七〜一九三一）は、H・G・ウェルズやジョン・ゴールズワージーと並んで、第一次世界大戦前後のイギリス文学における大物小説家で、戯曲や評論なども執筆している。長篇小説としては、自分の生まれ故郷スタッフォードシャーのポッタリーズ地区にある「五つの町」を舞台に、フランス写実主義の手法で、仕立屋を営む女性と娘二人の親子二代にわたる生涯を描いた一連の作品が有名だ。なかでも、モーパッサンの『女の一生』（一八八三）を下敷きにした『老妻物語』（一九〇八）が代表作だろうが、一九〇五年には「五つの町の物語（Tales of the Five Towns）」と題して、十三作品からなる短篇集も出している。

また、億万長者のアメリカ人父娘を主人公とし、ロンドンのサヴォイ・ホテルを想わせる高級大型ホテルを舞台として、ドイツ人公爵の失踪をはじめ、奇妙な人物や事件を扱った『グランド・バビロン・ホテル』(一九〇二)など、〝ファンタジア〟と総称する大衆小説も多く著している。この系統の短篇集『諸都市の略奪品』(一九〇五)では、〝歓びを求める百万長者の冒険〟という副題が示すとおり、若い大金持ちの若者が、ひまにまかせてヨーロッパからアフリカ北部までまたにかけ、善悪様々な行為に手を染めるようすが描かれている。この作品はエラリー・クイーンにも評価され、R・L・スティーヴンソンの『新アラビアンナイト』(一八八二)や、コナン・ドイルの『シャーロック・ホームズの冒険』(一八九二)等々とともに、クイーンの選ぶ重要な短篇探偵小説百二十五点、いわゆる「クイーンの定員」に入っている。

なお前記サヴォイらしきホテルを舞台とし、錯綜たる人間模様を描いた大衆小説には、一九三〇年刊行の『王宮《インペリアル・パレス》』も挙げられる。ベネット最後の長篇作品だ。ちなみに前年には、オーストリアの小説家ヴィッキー・バウム(一八八八〜一九六〇)の『ホテルの人々』が上梓され、世界的な評判を呼んだ。この作品を映画化した『グランド・ホテル』(一九三二)は、アメリカ・アカデミー賞の作品賞を得ている。

★ヴァージニア・ウルフ

以下の三作品はいずれも作者の死後、夫のレナード・ウルフによってまとめられた短篇集 *A Haunted House and Other Stories*, Foreword by Leonard Woolf (The Hogarth Press, 1944) に収録された。執筆時期はおおむね一九二〇年代前半と考えられる。なぜなら一九二五年四月二十七日付の日記に、作品名こそ挙げていないが、ウルフは「遺産」を除く本書所収の二作品など諸短篇を念頭に置きながら、夜会出席者の意識を探究したいと記しているからだ。[*3] ウルフの没後、一九七三年に刊行された短篇集『ダロウェイ夫人の夜会』は、前記二作品を含めた七作品で構成されている（*Mrs. Dalloway's party: A Short Story Sequence*, ed. Stella McNichol, Hogarth Press）。「遺産」も執筆時期はほぼ同じだろう。

底本には同書の第五版（一九五三）を使用した。

① 「自分の同類を愛した男」 "The Man Who Loved His Kind"

リチャード・ダロウェイは旧友の弁護士プリケット・エリスと二十年ぶりに路上で出くわした。[*4] 言葉を交わし合ったあと、ダロウェイはエリスを自宅で開く夜会に招いた。どうせ退屈な集まりだろうし、自分は気軽なおしゃべりなど苦手だと思いながら、エリスは誘いを受ける。が、ダロウェイ宅に来てみると、派手に着飾って楽しそうに談笑している紳士淑女とは、やはりどうにも交われない。エリスは、貧しい人々のためにはときに無償で活動することもいとわぬ男で、しかもダロウェイたちとは異なり上層中流の出ではないため、目の前の光景に対する違和感を抑え切れなかった。

そんな旧友のようすに気づいたのか、ダロウェイ氏はミス・オキーフという三十代の女性を引き合わせた。エリスは高飛車な物言いをするこの相手ともなじめないが、ともかく会話を続ける。あたかも、抱き続けている違和感の源をつかもうとするかのように。ここからの両者のやりとりが本作の中心だ。

そうしたなかで、どうしようもなく感じ取れるのが、両者の発する言葉のずれだ。言葉を本人の出自や性格や教養等々の総合的表現形態、あるいは〝人間〟の凝縮物ととらえるなら、もはやおざなりの作法では互いの心の通い合いなど望むべくもない。ところが、そんな両者が最後の最後にある点で意見の一致を見る。しかも皮肉ながらそれが永久《とわ》の離別の宣言となった。イギリスが階級社会であることなど百も承知のつもりでいたが、あらためて越えがたい壁のありようを目の当たりにした思いがする。ミス・オキーフのぶしつけな物言いには、中身をかみしめてみると、ただの品のなさとは一味違う〝奥深さ〟が感じられ、モダニスト作家ウルフのウルフたるゆえんと言えよう。

手法の面では、両者の内面に関するめまぐるしい視点の変化が見逃せない特徴だ。

② 「遺産」 "The Legacy"

有力政治家ギルバート・クランドンの妻アンジェラが亡くなり、夫が遺品を整理していると、妻の秘書ミス・ミラー宛の真珠のブローチがあった。ギルバートはミス・ミラーを自宅へ呼び、遺品を渡す。夫本人には妻が生前せっせとつけていた十五冊の日記が遺された。妻が決して中身を見せようとしなかった品々だ。夫は日記を一冊目から読んでゆく。夫の存在が自慢の種であり、夫婦円満であることを喜んでいるような記述が続いていた。ところがそのうち、夫に関する記述が少なくなり、B・Mなる文字の数が目立ってきた。どうやら男性の頭文字で、しかもそいつは社会主義者か、ともかく反体制めいた思想の持ち主らしい。アンジェラとずいぶん親しげなようすもうかがえる。ギルバートは心穏やかでなくなった。ここはミス・ミラーに事情を聴こうと、思わず声を張り上げた。ギルバートとしては、亡き妻にとんでもない遺産をもらうはめとなったのではないか。妻の秘め事という遺産を。

理解し合えていたはずの相手の心に、何やら不可解かつ不愉快なものがひそんでいたと気づいた人間は、全身に冷や汗の出る思いを味わわされるだろう。まして相手は妻で、しかも今はこの世にいない。これは究極の〝復讐〟なのか。日記のある頁一面に書かれた〝エジプト、エジプト、エジプト……〟なる文字も、いやおうなく謎《ミステリ》性を高める。読者は様々な角度からこの〝エジプト〟の真意を探りたくなるではないか。

手法としては、本書収録のウルフ作品のなかでは最もふつうだが、結末の解釈を読者にゆだねるのは現代小説の一手法であり、微妙な話の魅力で読ませる一品だ。ミス・ミラーの胸の内を勝手に忖度《そんたく》したギルバートの道化ぶりは微苦笑もの。

③「まとめてみれば」〝A Summing Up〟

ダロウェイ夫人宅のパーティに集《つど》った客のうち、本作の主人公となったのは内気で謙虚な女性サーシャ・レーサムと、叙勲者にして饒舌な官僚の男性バートラム・プリチャードだ。しかし、ほぼ全篇がサーシャの心理描写や内面独白からなっている。サーシャの目に映る物事から、前後にあまり脈絡のない連想が果てしなく生まれる。サーシャは人となじむのが苦手なため、社会から疎外されていると自覚しているが、そのことをうらんだりはしない。むしろパーティに興じる目の前の人々をはじめ、いわば勝ち組に讃辞を呈したいような心もちだ。「自分の同類を愛した男」とは異なり、会話の相手バートラムとの関係では自分のほうが〝下位〟にいる。むしろだからこそ、なんの気負いも衒《てら》いもあせりもない。松尾芭蕉の名句をもじるなら、サーシャは有閑女性の一人として、〝俗事に倦《う》みて想いは庭を駆け巡る〟心境にあるようだ。

また、「屋敷にいる人々に対する自分の賞讃の意を、目の前に立っている木の枝が浴びて、ぐっしょり濡れた。金のしずくを滴らせた」や、「三人の言葉は金の薄いもやを突っ切り、味気ない日当たりへ落ちていった」といった表現は、まるで印象派の絵画を観ているかのようだ。いや、象徴派の詩句だろうか。

本書所収のウルフ作品のなかで、実験性、モダニズム性が最も高い一作だ。

なお当該三作品については、邦訳が和歌山大学の教育学部紀要（人文科学）に掲載されている（坂本正雄訳）。邦題と掲載号は以下のとおり。

①「自分と同種のものが好きな男の話」（第五十三集、一一三～一一八頁、二〇〇三）
②「遺品」（第五十九集、五三～五六頁、二〇〇九）
③「ひとつのまとめ」（第五十五集、七三～七四頁、二〇〇五）

作者ヴァージニア・ウルフ（一八八二～一九四一）は、周知のとおりジェイムズ・ジョイスやD・H・ロレンスなどとともに、イギリス・モダニズム期を代表する小説家だ。女性の自立を促す評論『自分だけの部屋』（一九二九）や、三十六歳から自殺する直前まで記していた覚書『ある作家の日記』（一九五四、夫レナード・ウルフが編纂）といった作品もある。

長篇小説としては、前記『ダロウェイ夫人』や『燈台へ』（一九二七）をはじめ、上層中流ないし上流階級に属する人々の心理を分析・描写・追求した諸作品が有名だ。が、第一作『船出』（一九一五）は、ある若い女性の精神的成長をおおよそ十九世紀ふうリアリズムで綴ってゆき、〝きまじめなジェイン・オースティン〟といった味わいが読み取れる作品だ。また、意識の流れの手法で個人の内面はもはや描きつくしたということなのか、第八作『歳月』（一九三七）では、一八八〇年から約五十年にわたるある中流一家の生活の変遷がやはりリアリズムで描かれており、歴史文書にも似た社会性が感じられる。

ウルフは短篇小説も早くから手がけており、前記『船出』（一九一五）に続いて、「壁のしみ」と「キュー植物園」（ともに一九一九）を書いている。この二作は一九二一年発表の『月曜か火曜』に、表題作などほかの六作とともにおさめられている。なお、一九七三年には *Mrs Dalloway's Party: A Short Story Sequence*, ed. Stella McNichol（Hogarth Press）が、また一九八五年には *The Complete Shorter Fiction of Virginia Woolf*, ed. Susan Dick（Hogarth Press）が、それぞれ刊行された。前者は『ダロウェイ夫人』とほぼ同じ時期に書かれた短篇七作品からなっている。後者は未発表作品を含めウルフの全四十六短篇をおさめている。

★ドロシー・L・セイヤーズ

以下の二作品はともに底本には *Hangman's Holiday* の初版本（Gollancz, 1933）を使用し、適宜復刻版（New English Library, 1974: 1978）を参照した。

両作品の主人公モンタギュー・エッグは、酒類の巡回販売員を本業とするアマチュア探偵で、十一の短篇作品にのみ登場する。セイヤーズ作品の花形探偵ピーター・ウィムジイ卿と比べると、いささか地味でおもしろみに欠けるのは否めないが、『セールスマンの手引き』なるものをつねに持ち歩いており、そこに記された諸々の格言を生かして事件を解決してゆく点に特徴がある。

①「朝の殺人」“Murder in the Morning”

初出は *The Passing Show* 誌（一九三三年三月十一日号）。

顧客になってくれそうな金持ちの存在を人づてに知ったモンタギュー・エッグは、さっそくお目当てのピンチベック氏のもとへ車でおもむく。だがそこで目にしたのは、頭部を滅多打ちにされたご当人の遺体だった。エッグはすぐさま警察に通報し、ほどなく容疑者が逮捕された。故人の甥セオドア・バートンだ。裁判が始まり、エッグも目撃者として証言台に立った。続いて複数の人間が証言したが、どうもバートンには不利な展開に思われた。だがその直後、被告人は無実なのだと、傍聴していた一人の女性が切羽詰まった口ぶりで言いだした。あの人はまったくの無実だと、自分は「本当に知ってる」のだという。女性は急遽やはり証言することになった。はたしてバートンは真犯人なのか。

率直なところ、とくに凝った筋のひねりに出会えるわけでもないが、モンタギュー・エッグ物の入門篇としては手ごろな一品だ。セイヤーズの長篇作品の文体にときおり感じる衒学めいたくさみがなく、パズルふうの謎解きが小気味よい。一九三〇年代よりもむしろ二〇年代に、こうしたたぐいの作品は多くあっただろう。こんな小品にも探偵小説黄金時代の味わいが楽しめるのは驚きではないか。

②「一人だけ多すぎる」"One Too Many"

初出は *The Passing Show* 誌（一九三三年三月十八日号）。

野心満々の資本家サイモン・グラント氏が行方不明となった。同時に本人が経営する会社の資産も消えてしまったという。グラント氏はバーミンガム発ロンドン行きの急行に乗り込んだが、途中の駅と駅との中間あたりで忽然と姿を消したようだ。警察は列車の内外を捜索したが、遺体は見つからない。グラント氏の関係者からも話を聴いたが、らちが明かない。そこで警察はマスコミを通じて情報提供を呼びかけた。実は偶然にもモンタギュー・エッグが同じ列車に乗り合わせていた。事件を知ったエッグは呼びかけに応じて警察に手紙を書いた。そうして捜査担当のピーコック警部から事情を聴かれることになった。

派手な展開や衝撃の結末とは無縁ながら、まるでF・W・クロフツか西村京太郎を想わせる達者な鉄道ミステリだ。たとえばクロフツでいうなら、『死の鉄路』（一九三二）や『列車の死』（一九四六）のような本格派には及ばずとも、『少年探偵ロビンの冒険』（一九四七）における鉄道がらみの謎には負けていない。謎が解けてもまた読み返して真相までの筋道を確かめたくなる。本作でのエッグは警部を相手に、チェスタトン作品の有名探偵ブラウン神父さながら、確たる証拠も見つからぬまま独自の視点から鋭利な推論をとうとうと述べてゆく。前記「朝の殺人」もしかり、一九三〇年代のセイヤーズの短篇には気軽に頭の体操ができるものが多い。

作者ドロシー・L・セイヤーズ（一八九三〜一九五七）は、イギリス探偵小説黄金時代を代表する小説家だ。前述の貴族探偵ピーター・ウィムジイ卿を主人公とする作品は、長篇で十一冊、短篇集で三冊を数える。なかでも一九三四年発表の第九作『ナイン・テイラーズ』は、一九九六年にイギリス推理作家協会《CWA》から、一九三〇年代最高のイギリス探偵小説に与えられるラスティ・ダガー賞を受けた（候補作には、ほかにグレアム・グリーンの『ブライトン・ロック』など四作が挙がっている）。人物造型などにはさほど力を入れず、純粋な謎解きにこだわることが主流だった二〇年代イギリスの探偵小説に、物語性や風俗小説の要素を取り入れた三〇年代のセイヤーズ作品は、純文学として見ても価値が高い。

セイヤーズはオックスフォードに生まれ、イギリス国教会の牧師である父から、四〜五歳時にはラテン語の手ほどきを受けている。また十歳のころにはフランス語とドイツ語も我が物にしていたという。その後オックスフォード大学のサマヴィル学寮に進み、中世文学を学び、初めてオックスフォード大学の学位を受けた女学生の一人となった。

セイヤーズは創作のみならず評論でも卓抜な手腕を発揮している。とくに自ら編集した探偵・怪奇物の短篇アンソロジー *Great Short Stories of Detection, Mystery and Horror Vol.1*（Gollancz, 1928）の序文として書かれた探偵小説論は必読の一作とされる（『ピーター卿の事件簿Ⅱ　顔のない男』所収、宮脇孝雄訳、東京創元社、二〇〇一）。十九世紀半ばのエドガー・アラン・ポオに始まり、ウィルキー・コリンズやコナン・ドイルを経て、二十世紀二〇年代にいたるまでの探偵小説の発展史を詳述し、そのなかで様々な型の作者や作品を具体的に紹介している。なかでもアングロサクソン系の国、とくにイギリスにおいて探偵小説が繁栄している根拠や背景を分析している腕前は、圧巻というほかない。

一九三七年に長篇『忙しい蜜月旅行』を、一九三九年に短篇集『証拠に歯向かって』を出してのち、一九四〇年代に入ると、セイヤーズは宗教色の強い戯曲や種々の評論の執筆に活動の主軸を移す。若いころからの中世文学の素養を生かしてダンテの『神曲』の翻訳にも手を染めるが、完成を見ないうちに息を引き取った。

★マージェリー・アリンガム

「家屋敷にご用心」 “Safe as Houses”

初出は *The Strand* 誌（一九四〇年一月号）で、*Ellery Queen's Mystery Magazine* 誌（一九四四年三月号）

などにも収録された。
底本には短篇集 *Mr. Campion and Others*（Penguin Books, 1950）を使用した。このアリンガムの第二短篇集は、前記「エラリー・クイーンの定員」に選ばれている。

アマチュア探偵アルバート・キャンピオンの大おばレディ・シャーロットに、奇妙なことが起きた。旅行に出て二週間後の昨日ケント州の自宅へ戻ってきたところ、何者かが侵入した形跡があるという。とくに何も盗られてはいないようだが、書き物机のなかに見覚えのない便箋が置いてあり、そこにはサセックス州リトル・チタリングという地名と、グレー・ピーコック邸なる名前が記されていた。レディ・シャーロットは息子のモンマスとキャンピオンとをともない、さっそくリトル・チタリング村を訪れる。そうしてある宿屋に泊まり、くだんの屋敷を探すことにしたが、酒場に来ている地元の誰もそんな家は知らないと口をそろえる。大おばから真相究明を任されたキャンピオンは戸惑うばかりだ。

ところがそこへ一人の美少女が入ってきて、なんとこう言った。どなたか、ピーコック邸までの行き方を教えてくれませんか。ここからこの一件は複雑な様相を呈してゆく。少女の話に出てくる屋敷の持ち主とは誰なのか……。

中盤までは、良くも悪くもアリンガム流に文体が凝っており、その分だけ内容のわりに進行が鈍い感もあるが、少女の登場から一気に展開が盛り上がる。誰がどこまで事実を語っているのか、一見したところ悪人は見当たらないため、キャンピオンとともに読者も判断しづらい。だがキャンピオンはわずかな糸口から、あっと驚くような推論を導き出した。アガサ・クリスティの代表的長篇『そして誰もいなくなった』（一九三九）と比べても、さほど遜色ない型破りの発想にもとづく結末ではなかろうか（少しほめすぎ？）。

問題解決に努めるキャンピオンは、アリンガム作品の主役であり、長篇では十八作品に登場する。角縁のメガネをかけた細身の男で、髪はブロンド、顔は青白い。一見すると頼りなさげだが、学があって目のつけどころが鋭い。かと思えば、たとえば長篇第八作『クロエへの挽歌』（一九三七）では、被害者宅に泊まり込んで謎を探り始めたまではよかったが、当の被害者の妻に一目ぼれして肝心の任務をしばらくやめてしまうなど、頼りない面というより人間くさい面もさらけ出す。本作でも、三十八歳という立派な大人でありながら、大おばのレディ・シャーロットや少女にやりこめられて、たじたじとなるところを見ると、あいかわらずの〝個性〟発揮ぶりだ。

作者マージェリー・アリンガム（一九〇四～六六）は、大衆小説家である両親のもと、ロンドン郊外に生まれた。十九歳のときに長篇小説第一作を上梓するなど、早くから文才を示し、*The White Cottage Mystery*（1928）や *The Crime at Black Dudly*（1929）をはじめ、初期にはスリラー物やパズルふう謎解き物をおもに著していた。

だがセイヤーズの場合と同じく、アリンガムも一九三〇年代に入ってからは、重厚な物語性や人物造型に重点を置き、探偵小説と風俗小説との融合をめざすような作風を示した。その皮切りになったのが一九三四年発表の『幽霊の死』だ。ここで一九五四年に刊行された同書の邦訳の解説（江戸川乱歩、早川書房）を紹介しよう。アリンガムの特徴を的確に評しているのみならず、邦訳刊行当時の我が国におけるアリンガム受容のようすや評価のほどを伝える有益な資料だ。

イギリスの女流探偵作家マージェリー・アリンガムの盛名は昭和十年前後から日本の雑誌などにも紹介されていたが、長篇の邦訳は今（昭和二十九年二月）に至るまで一冊も出ていない。彼女の作風は初期からして凝った文章で、何となく難しいところがある割には、筋の面白さに乏しいのがその理由だったと想像する。（中略）

今から十余年前、探偵小説好きな左翼経済学者ジョン・ストレイチーが、「土曜文学評論」に書いた文章は、色々な場合によく引合いに出されるが、この学者同好者は、マイクル・イネス（「ハムレット復讐せよ」の作者）と、ニコラス・ブレイク（「野獣死すべし」の作者）とアリンガムとを、イギリス現代探偵小説界の三人の俊英として、特別に称揚《しょうよう》している。この三人の特徴は、いずれも教養深い作家であり、作品に文学味が強く、随《したが》って文体が凝っている点にあり、イギリスでなければ見られないような、非通俗なハイブラウな作家たちである。

（『海外探偵小説作家と作品1』所収、講談社、一九八八）

乱歩がこう述べたころとは異なり、我が国では二〇〇〇年代に入ると、作風が変わって以降のキャンピオン物長篇小説が続々と邦訳されるにいたったので、挙げておこう。前記『クロエへの挽歌』（拙訳、論創社、二〇〇七）、第九作『屍衣の流行』（原書一九三八、小林普訳、国書刊行会、二〇〇六）、第十二作『検屍官の領分』（原書一九四五、佐々木愛訳、論創社、二〇〇五）、第十六作『殺人者の街角』（原書一九五八、佐々木愛訳、論創社、二〇〇五）、第十七作『陶人形の幻影』（原書一九六二、佐々木愛訳、論創社、二〇〇五）。いずれもその当時の社会情勢やら関係業界事情やらを背景に、人間関係のもつれを丹念に描き込み、謎解きの妙味こそいくらか薄らいでいるものの文学的香気の高い中・後期の力作だ。

短篇の未訳作品もかなり残っており、今後のさらなる研究が待たれる作家の一人だろう（実はわたし自身が取り組みたいと思っています）。

＊　＊　＊

イギリスのモダニズム期とはいつごろのことか。とくに定説があるわけではないが、十九世紀末から二十世紀戦間期までを指す向きも少なくない。二十世紀における欧米の思想・文化全般についての便利な解説書、『年表で読む二十世紀思想史』（矢代梓著、講談社、一九九九）は、哲学者・経済学者カール・マルクスと音楽家リヒャルト・ワグナーという両ドイツ人の死亡年、すなわち一八八三年から筆を起こしているが、イギリス関連では、一八九四年における唯美主義の文芸季刊誌『イエローブック』の創刊が、冒頭部付近で特筆されている。同誌に特異な白黒挿絵を描いていたオーブリー・ビアズリーは、一八九六年一月に詩人・文芸批評家のアーサー・シモンズをともない、やはり唯美主義に立つ芸術誌『サヴォイ』を発行した。イギリス・モダニズムは十九世紀末から始まったとする見方は、こうした点を捉えてのものだろう。ともあれ本叢書「20世紀英国モダニズム小説集成」では、実質的な意味での二十世紀の起点といえる第一次世界大戦の勃発から、第二次世界大戦の終結までをおもな広がりとし、先述したエドワード七世時代をも加えることとする。

なお本書の第一作「ミス・ウィンチェルシーの心」の舞台となったローマ、というよりイタリアについて一言すると、仏独墺露英といった国々よりもモダニズムとは縁が薄そうにも思えるが、そうではない。一九〇二年にはトリノで開催された国際博覧会が成功をおさめたし、その前から〈リバティ様式〉と呼ばれる同国独特の芸術様式が、なかんずく建築の分野で花開いていた。そうした動きの結果、一九〇九年には、詩人フィリッポ・トンマーゾ・マリネッティ（一八七六〜一九四四）が「未来派宣言」を発表し、前衛芸術運動を展開してゆくことになる。友人二名や新たに知り合った青年とともに、ローマの街を歩き回るミス・ウィンチェルシーの目には、どんな光景が映っていただろうか。

さて、ではモダニズムの特徴とは何か。わたしは本「集成」第一弾となったバーバラ・ピムの小説『なついた羚羊』の訳者解説で、次の四点を挙げた。

①実証主義や物質主義などヴィクトリア朝流の価値観や美意識に対する反発。
②第一次世界大戦による様々な影響（戦前の社会との遮断）に対する意識。
③反近代（ロマン主義からの脱却）にもとづく古代ギリシア・ローマ世界への回帰志向。

④引用や模倣を含め、ときに衒学趣味にも傾く主知主義的傾向。

当該ピム作品に即した点をとくに挙げたので、これですべて語れるものではない。このほか、都市化への適応、[5]新奇な時間感覚、[6]奔放な連想、[7]人間心理の探究[8]といった点も見落せない。

また、本「集成」にとっての重点時期である戦間期については、一九一七年におけるロシア革命の成功によるソ連邦の成立から、共産主義（＝マルクス主義）に対する賛否の対立が激しくなり、〈組織〉対〈個人〉または〈政治〉対〈文学〉という図式ができあがったことも挙げたい。イギリスでは、フランスやドイツの場合ほど、この対立構図を意識する風潮は強くなかったかにも思えるが、三〇年代に入ると知識人のなかには影響を受ける向きがやはり見られた。スペイン内戦に加わった経験をもとにしたジョージ・オーウェルの『カタロニア讃歌』（一九三八）は、〈公《おおやけ》の大義〉に対する〈私《わたくし》の良心〉という問題に関する好素材だ。

第一次世界大戦を中心として前後二十年ほどの欧米文化は、模索、実験、前衛、斬新、混乱等々、いくつもの表現が可能なほどの事態を生み出しており、極言するなら、自らが「前時代とは一線を画した事柄を実践（ないし体現）している」と自覚していれば、すべてはモダニズムの活動だと見なすのも可能かもしれない。なぜなら、今までとは違ったかたちで何かをせねばという当事者の意識（の変革）自体こそ、何よりモダニズムの核だからだ。ところでトマス・ハーディの代表的長篇小説『テス』（一八九一）には、〝現代なるもののうずき（the ache of modernism）〟という表現が出てくる（第十九章）。無学なはずの少女テスが、目には見えない何かの事物か事象に対する漠とした怖れ、つまりは十九世紀末の時代精神を感じ取って自分なりの言葉で表したため、将来の夫となる若き知識人エンジェルがひそかに驚く場面でのことだ。同じモダニズムという言葉でも、第一次世界大戦後の場合とは意味が異なるにせよ、ハーディは二十世紀性に近い資質の持ち主だと見なしうる一因ではある。本「集成」から諸作品が刊行されてゆくうち、モダニズムの具体像はさらにおのずと明らかになってゆこう。

文事や芸術に携わる者の二十世紀性に関して、あえて一言でまとめるなら、自らの単独性を強く意識するにいたったということだ——この世の中で、自分はべつに疎外されてはおらず孤立しているわけでもなく、つねに孤独を感じるわけでもないが、しかし単独の存在なのだと。イギリス文学の場合、第一次世界大戦前にロンドンへやってきたアメリカ詩人エズラ・パウンド（一八八五～一九七二）の影響のもと、イマジズムやヴォーティシズムといった詩や美術の前衛運動が起きた。この流れについても、技術・内容面を云々する前に、現代社会においてとにかく何か事を起こさねばという気持ちの表れと捉えると、むしろわかりやすい。

たとえば、パウンドとともにヴォーティシズムの中心人物だった画家・小説家のパーシー・ウィンダム・ルイス（一八八二～一九五七）は、評論『束ねられる技芸《わざ》（*The Art of Being Ruled*）』（一九二六）で、大量生産や大量消費、機械化、規格化、画一化が進む戦間期社会でいかに自律性を失わずに生きてゆくべきかを力説している。自らの目の前の事柄にしか注意が向かない人々、目に見えない事象と向き合う意識を持たない人々を〝巨大動物園の獣ども〟と罵倒するなど、不穏当な表現が多く用いられた一書だが、これも無知なる大衆への呪詛というよりむしろ、単独者として生きるうえでの覚悟の表現なのではないか。

本「集成」では、ウェルズ、ゴールズワージー、ベネットと、一般にモダニズムとは縁遠いとされる人物の作品も含めた。十九世紀小説との訣別を宣言したかのようなウルフの随筆「現代小説」（一九一九）では、「物質主義者」すなわち「精神をうち忘れて肉体にのみかかずらっている」（大沢実訳、『世界批評大系5　小説の冒険』所収、筑摩書房、一九七五、以下同）作家だと、あっさり切り捨てられている三者だ。なかでもベネットの場合は、技術面で最もすぐれているからこそ三者のなかで「極悪の犯人」だと、ひどいののしられようだ。ウルフにとっては、ひと時代前に属する先輩方はかくも人間の心理をないがしろにしており、それゆえ人生の真理が描けていない作家に思えたわけだ（ハーディやコンラッドに対しては点数が甘めだが）。

しかしながら、ウェルズの「ミス・ウインチェルシーの心」については、本稿冒頭で述べたとおり、十九世紀末の作品にしてすでにモダニズムの視点からの読み解きが可能だし、ゴールズワージーの「遠き日の出来事」についても、一九二〇年代特有の社会風俗に関する作者の関心が反映された一品だろう。問題はベネットの「クラリベル」だが、これは——少し持ち上げれば——いわばアンチ・モダニズムの代表として加えた次第だ。アーネスト・ヘミングウェイ（一八九九〜一九六一）の短篇に、やはり一九二〇年代のパリのカフェを舞台とした「海の変化」（一九三一）という異色作がある。名前も不明な男女二人の思わせぶりな言葉のやりとりを中心としており、物語の起承転結どころか、物語性そのものを排したような小品だ。一方「クラリベル」はまさに〝物語〟といった感が強い。本「集成」にあえてそんな作品を組み入れたのは、遊戯めいた言い方だが、〝メタフィクション的自己言及性〟ないし〝自己批評性〟——モダニズムの一特徴！——の精神を一度くらいは発揮したかったからだ。大衆に対する嫌悪や敵意や蔑視が露骨だからと、モダニズム期の作家連に対して仮借ない批判を展開している『知識人と大衆』（原書一九九二、東郷秀光訳、大月書店、二〇〇〇）のなかで、著者ジョン・ケアリから評価されたほとんど唯一の存在がベネットだ。無視できるわけがない！

ともあれ〈単独性〉という概念は、大衆文学でも大衆文学なりのかたちで表れている。先述のとおり、イギリス探偵小説の黄金時代は戦間期に重なっており、アガサ・クリスティの『スタイルズ荘の怪事件』とF・W・クロフツの『樽』（ともに一九二〇）がその幕開けを告げる作品とされる。第一次世界大戦によって社会がいかに荒廃したかについては、ヒュー・ウォルポールの『暗い広場の上で』（一九三二）に出てくる一人物の台詞を紹介する（拙訳書『二、三のグレース　オルダス・ハクスリー中・短篇集』風濤社、二〇一二の「訳者解説」でも引用した）。

「戦後わたしは、次々と気に染まない仕事を我慢してやってきました。事務員や秘書や反戦団体の講演者など、いろいろな仕事を。（中略）もちろん、この戦後の世界に、どんな種類の道徳感《ママ》も残っていないとわかっています。誰もが自分の利益のために働き、誰一人もはや理想を持たず、神は科学者によってガスや水に降格され、性別はもはや存在せず、誰もが利己的で怠惰で残酷です（後略）」（澄木柚訳、早川書房、二〇〇四、一六二頁）

社会がここまで変わり果てたなか、探偵小説家たちもいやおうなく「個」としての人間存在を意識するようになる。いうまでもなく（本「集成」の収録作でも明らかなとおり）、探偵小説すなわち殺人小説というわけではない——セイヤーズの大長篇秀作『学寮祭の夜』（一九三五）を見よ——が、殺人事件の解決が一大主題であることはまちがいない。個人の命の意味をどう考えるか。

ここでシェイクスピアの『マクベス』（一六〇五？）から、人間の単独性に関わる箇所を引こう。叛乱軍との戦闘から戻った一隊長が、スコットランド王ダンカンに戦地のようすを報じる場面で、マクベス将軍についてこう述べている。

「（前略）運命などには目もくれず、べっとり血糊のついた太刀ひらめかし、武勇の申し子さながら、敵陣深く切り進むや、たちまち、かの賊将の面前に立ちはだかり、なんの身ぶりも挨拶もなく、無造作に真向から唐竹わり、すぐさま首を、身方《ママ》の胸壁にさらしものにされました」（第一幕第二場、福田恒存訳、『新潮世界文学1　シェイクスピアI』所収、一九六八、以下同）

周知のとおり、その後マクベスは、バンクォー将軍とともに戦地から帰還する途中の荒野で、三人の魔女に妙な予言を聞かされる。とくに第三の魔女から「いずれは王ともなられるお方！」（第一幕第三場）と持ち上げられ、それならばとダンカン王を刺殺してしまう。むろん行為に及ぶ前は大いに迷うのだが、夫人からけしかけられて腹を決める（第一幕第七場）。

「やってしまった（I have done the deed）」（第二幕第二場）という一言の重みは計り知れない。このあとマクベスは狂わんばかりの苦しみを覚える。初めて「人間」を殺《あや》めたからだ。仕えていたダンカン王を亡き者にして、マクベスは個としての人間存在の価値を思い知らされる。今までいくら戦地で敵を殺しても、相手は「人間」ではなかったため、なんら痛痒を感じなかった。

黄金期の少なからぬ探偵小説作家は、マクベスの場合と似た想いを抱いていただろう。批評家ロバート・バーナードによると、戦間期には現実から精神的に逃避したい人々に愛読されたゆえに探偵小説は栄えたという。つまり十七世紀古典主義時代の風習喜劇のような役割を果たしたのだと[*9]。そうした作品世界を築き上げ、そのなかで自らの好ましい社会を描き、部外者や邪魔者を殺害したり処刑したりして取り除いた形態が、探偵小説として磨かれていったというわけだ。なるほど、一九二〇年代におけるゲームないしパズル風味の濃い作品群の場合なら、一面の真理は突いていそうだ。イギリスの聖職者にして探偵小説家ロナルド・ノックス（一八八八～一九五七）による十戒や、アメリカ戦間期の大物探偵小説家S・S・ヴァン・ダイン（一八八八～一九三九）による二十則と、一九二八年には探偵小説を創作するうえでの規定まで打ち立てられたほどだから。しかし、そんな規定にはむろん拘束力はなく、〝違反〟した作品も珍しくなかったし、ましてや三〇年代に入れば探偵小説の内実も変わっていったことは、各作品での解説で言及したとおりだ。人間存在の単独性の意味について、読者大衆に対して探偵作家なりに訴えかけていったという視点は忘れまい。

　たとえばヴァン・ダイン自身の長篇第一作『ベンスン殺人事件』（一九二六）でも、語り手が興味深くも次のように述べている。ヴァン・ダイン作品おなじみの探偵ファイロ・ヴァンスを含めて、捜査陣が殺人現場に足を踏み入れた場面だ。少し長いが引こう。

「一見して、金にものをいわせた絢爛豪華な部屋だ。（中略）このテーブルのいちばん玄関ホール寄りの側に、おもての窓に背を向けて、高い背面が扇形の大きな籐製安楽椅子《ラウンジ・チェア》があった。

　この椅子で、アルヴィン・ベンスンが永眠していた。

先の世界大戦〔第一次世界大戦〕で二年間、前線に従軍し、身の毛のよだつ死者をいやというほど見ていた私だが、この殺人の光景には強烈な嫌悪感を抑えきれなかった。戦時のフランスでは、死も日々の暮らしの必然的な一面に思えていた。だが、今この部屋ではまわりのあらゆるものが非業の死という観念の対局にある。六月のまぶしい日の光が差し込む室内。開いた窓からは街の喧騒が絶え間なく聞こえてくる。どんなにやかましくともその騒音が、平和や安全、秩序ある社会生活のいとなみを思い出させる」（日暮雅通訳、東京創元社、二〇一三、三五〜三六頁、傍点引用者）

その後、捜査に行き詰まって嘆く地方検事に対して、ヴァンス探偵が揶揄するように声をかける。

「（前略）戦争で何百万という男が殺されたが、だからといって、食細胞が血迷ったり脳細胞が炎症を起こしたりすることもなかっただろう。なのに、きみの管轄内で嫌われ者がひとり、ありがたいことに撃ち殺されたら、うなされて夜も眠れないって？　やれやれ！　ちっとも首尾一貫していない」（前掲書、二七四〜七五頁）

ダンカン王を手にかけたあとのマクベスのようすと見事に通底しているではないか。探偵小説は戦間期に大きく変容した。つまり、少なくとも英米では、第一次世界大戦の影響なくして、十九世紀作品とは異質の探偵小説は成立し得なかったということだ。

さて、以上のようにいわゆる純文学と大衆文学との壁を取り払って、まさに「文学」自体の有する力をひたすら追い求めた結果、稀有なイギリス短篇小説集ができあがったと思う。両種の作品をまとめて扱うという試みそのものは、実は今までにもなされたことがあるようだ。たとえば、二〇〇七年の第二十七回日本ヴァージニア・ウルフ協会大会のシンポジウムでは、ある討論者《パネリスト》がドロシー・L・セイヤーズの主題を絡めて、一九三〇年代におけるウルフのフェミニズムや平和主義を捉え直す試みをしたという（同協会のウェブサイト上の記録から）。おもしろい論点だ。とはいえ、これとても司会者を含めて計四人からなる場での発表だから、はたしてご本人は意を尽くせたのかどうか。やはり、従来の文学史の枠組みを超えて多角的にモダニズム小説を検討した点で、本「集成」は類書をもって代えがたい魅力を具えているのではと、ひそかに自負している。

本書を作成するまでに、訳者たちは複数回の勉強会を開き、また個々に訳文を批評し合って内容の質を高めるべく努めた。ある程度は表記もそろえたが、あまり細かい点まではこだわらず、訳者の流儀に任せた。各作品の担当者を挙げておく。

H・G・ウェルズ「ミス・ウィンチェルシーの心」……堀祐子
サキ「エイドリアン」……奈須麻里子
サキ「捜す」……辻谷実貴子
サキ「フィルボイド・スタッジ——ネズミの恩返しのお話」……奈須麻里子
ジョン・ゴールズワージー「遠き日の出来事」……今村楯夫
R・オースティン・フリーマン「人類学講座」……藤澤透

R・オースティン・フリーマン「謎の訪問者」……井伊順彦
G・K・チェスタトン「主としての店主について」……藤澤透
アーノルド・ベネット「クラリベル」……浦辺千鶴
ヴァージニア・ウルフ「自分の同類を愛した男」、「遺産」、「まとめてみれば」……井伊順彦
ドロシー・L・セイヤーズ「朝の殺人」、「一人だけ多すぎる」……中勢津子
マージェリー・アリンガム「家屋敷にご用心」……中勢津子

本稿「解説」を締めくくるにあたり、まず鹿児島有里、清水雅人、黒田明の三氏に深くお礼を申し上げたい。

鹿児島氏は有名出版社勤務のご経験もお持ちの腕利き編集者だ。本書の訳者の一人である今村氏とは師弟関係にあり、そのご縁で訳者たちの勉強会にも参加なさり、各人の訳文のみならず翻訳本作りのありよう全般について、的確な助言を何度もして下さった。

清水氏はDHC文化事業部企画部出版課の編集者で、中勢津子氏と藤澤透氏をご紹介下さった。二〇〇二年、わたしがジョイス・キャロル・オーツの長篇小説『フォックスファイア』を翻訳した際（我が第一作目の翻訳長篇）、編集担当を務められたのが清水氏だ。今回そうしたご縁から、新進気鋭の訳者二氏にご参加いただいた次第で、これは大きな成果だった。

黒田氏は論創社の編集者で、一九二〇〜三〇年代における国内外のミステリに造詣の深い方だ。先述した「謎の訪問者」の抄訳や、江戸川乱歩のアリンガム論など、貴重な資料をお送りいただ

いたことで、わたしの執筆の効率は跳ね上がった。

以上のとおり、お三方にはまことに助けられた。どうもありがとうございました。

それからもちろん、風濤社編集部の鈴木冬根氏にもお礼を申し上げなくてはならない。この短篇集の企画をまとめるにあたり、氏とわたしは何度も話し合い、進むべき道をともに探してきたが、方針が決まってからは、氏は収録作の選択をすべてわたしに任せて下さった（撥ねられた作品も二つ出たが）。我が国には、すでにイギリス短篇小説集はいくつか存在するが、そのいずれとも異なる魅力を放つ一書を仕上げられたものと信じる。もちろん生みの苦しみは感じたが、歓びのほうがずっと大きかった。それも鈴木氏の大きなお心あってこそのことだ。ありがとうございます！

二〇一四年一月

井伊順彦

＊1　初出『ストランドマガジン』一八九二年一月号、同年発行の『シャーロック・ホームズの冒険』所収。
＊2　*In Search of Dr. Thorndyke: The Story of R. Austin Freeman's Great Scientific Investigator and His Creator*（Bowling

Green University Press, 1971）

＊3　*The Diary of Virginia Woolf, vol. III : 1925-1930*, ed. Anne Olivier Bell（The Hogarth Press, 1980）p.12.

＊4　ウルフの代表的長篇小説『ダロウェイ夫人』（一九二五）の主人公クラリッサの夫。保守党国会議員。

＊5　たとえばG・K・チェスタトンは「探偵小説弁護」（一九〇一）で「ロンドンの詩美の発見」という表現を用いている。

＊6　中期オルダス・ハクスリーの代表的長篇小説『ガザに盲いて』（一九三六）では、章によって違う時代が扱われているのみならず、時間の経過がばらばらにされている。たとえば第一～三章は一九三〇年代の話だが、第四章は一九〇二年の話、第五章は一九二〇年の話というように。

＊7　ジェイムズ・ジョイスの『ユリシーズ』（一九二二）や『フィネガンズ・ウェイク』（一九三九）は、各国文学史における先行作品を縦横に変形せしめたうえで採用している。

＊8　ヴァージニア・ウルフ作品などでは、探究というよりむしろ心理と一体化したような叙述の仕方が見られる。

＊9　"The English Detective Story", *Whodunit: A Guide to Crime, Suspense, and Spy Fiction*, ed. H.R.F.Keating（Van Nostrand Rinhold, 1982）p.30.

【訳者略歴】

井伊順彦　いい・のぶひこ
早稲田大学大学院博士前期課程（英文学専攻）修了。英文学者。訳書にG・K・チェスタトン『知りすぎた男　ホーン・フィッシャーの事件簿』（論創社）、オルダス・ハクスリー『二、三のグレース　オルダス・ハクスリー中・短篇集』、バーバラ・ピム『なついた羚羊』（風濤社）他。英国バーバラ・ピム協会、英国トマス・ハーディ協会、英国ジョウゼフ・コンラッド協会各会員。

今村楯夫　いまむら・たてお
ニューヨーク州立大学大学院博士課程修了。東京女子大学名誉教授、日本ヘミングウェイ協会顧問。著書『ヘミングウェイの言葉』（新潮新書）、『ヘミングウェイと猫と女たち』（新潮選書）他多数。

浦辺千鶴　うらべ・ちづる
上智短期大学英語学科、東京女子大学文理学部英米文学科卒業。「シュート・ザ・クロウ」（新国立劇場）他、戯曲を多数翻訳。

辻谷実貴子　つじや・まきこ
東京女子大学文理学部英米文学科卒業。英国レディング大学大学院修士課程修了。東京電子専門学校にて英語学を担当。主要論文：*Wandering Protagonists' Journey in Search of Self Identity in Novels by Katherine Paterson.*

中勢津子　なか・せつこ
一九九五年獨協大学外国語学部英語学科卒業。共訳『ベスト・アメリカン・短編ミステリ２０１２』（ＤＨＣ）。

奈須麻里子　なす・まりこ
東京女子大学大学院博士後期課程人間科学研究科人間文化科学専攻修了。東京女子大学非常勤講師。主要論文：*The Representations of Women's Subjectivity in Shakespeare's Late Plays.*

藤澤透　ふじさわ・とおる
一九九九年北海道大学経済学科卒業。二〇一二年ＤＨＣ翻訳新人賞優秀賞受賞。共訳『ベスト・アメリカン・短編ミステリ２０１２』（ＤＨＣ）。

堀祐子　ほり・ゆうこ
東京女子大学大学院博士後期課程人間科学研究科人間文化科学専攻修了。東京女子大学等非常勤講師。主要論文：*Caryl Churchill's Representations of Female Subjectivity: Family, Society, Wars and the Body.*

20世紀英国モダニズム小説集成

自分の同類を愛した男

英国モダニズム短篇集

2014年 2月 10日初版第1刷印刷
2014年 2月 28日初版第1刷発行

編・解説　井伊順彦
訳者　井伊順彦・今村楯夫 他
発行者　高橋 栄
発行所　風濤社
〒113-0033 東京都文京区本郷 3-17-13 本郷タナベビル 4F
Tel. 03-3813-3421　Fax. 03-3813-3422
印刷所　シナノパブリッシングプレス
製本所　積信堂

printed in Japan
ISBN978-4-89219-377-4

【20世紀英国モダニズム小説集成】

四六判上製

第一次世界大戦後の価値観が転換した激動の時代に生まれた小説作品群を、純文学、大衆文学の垣根なく未訳を中心に発掘する叢書。

＊　＊　＊

なついた羚羊《かましし》

バーバラ・ピム／井伊順彦 訳・解説
20世紀のジェイン・オースティンと謳われた作家のデビュー長篇。
384頁　本体3800円　ISBN978-4-89219-376-7

自分の同類を愛した男
英国モダニズム短篇集
（本書）

井伊順彦 編・解説／井伊順彦、今村楯夫 他訳
9作家15篇の短篇アンソロジー。
【収録作品】Ｈ.Ｇ.ウェルズ「ミス・ウィンチェルシーの心」／サキ「エイドリアン」「捜す」「フィルボイド・スタッジ」／ジョン・ゴールズワージー「遠き日の出来事」／Ｒ.オースティン・フリーマン「人類学講座」「謎の訪問者」／Ｇ.Ｋ.チェスタトン「主としての店主について」／アーノルド・ベネット「クラリベル」／ヴァージニア・ウルフ「自分の同類を愛した男」「遺産」「まとめてみれば」／ドロシー Ｌ.セイヤーズ「朝の殺人」「一人だけ多すぎる」／マージェリー・アリンガム「家屋敷にご用心」
320頁　本体3200円　ISBN 978-4-89219-377-4

風濤社